KB260284

서문문고
079

수호지 (5)

김 광 주 옮김

차 례

81 미인계(美人計)

燕靑月夜遇道君
戴宗定計出樂和

　낙화와 소양을 딸려서 고구〔高太尉〕를 돌려보내 놓고
나서, 송강은 그래도 불안하여 군사 오용과 상의했다. 오
용이 웃으면서 말했다
　"내가 보건대 그놈은 봉목사형(蜂目蛇形)으로 생겨서
얼굴만 돌이키면 은혜를 잊어버릴 놈입니다. 놈은 많은 군
마(軍馬)를 상실했고 조정의 전량(錢糧)을 소모했으니 경
사(京師)로 돌아가서는 병을 핑계하고 나서지 않을 겁니
다. 반드시 병사들은 잠시 쉬게 하고, 낙화와 소양은 부리
(府裏)에 연금해 버릴 것입니다. 우리 편에서는 다시 똑똑
한 사람 둘을 더 뽑아서 금보(金寶)를 주어 경사로 보내
놓고 정세를 탐지한 다음, 뒤로 손을 써서 우리의 충정을
폐하께 아뢰도록 해서 고태위가 언제까지 감춰 두고만 있
지 못하게 하는 것이 상책일까 합니다."
　이때, 선뜻 나선 것은 연청(燕靑)이었다. 그는 동경으로
가면 천자가 노상 출입하는 이사사(李師師)라는 창기가
있으니, 비록 전번에 그 집에서 일대 소동을 일으킨 일이
있다고는 하지만, 역시 베갯머리 송사가 제일 빠른 길이니
자기가 다녀오겠다고 했다.
　또 주무(朱武)는 예전에 화주를 공격했을 때, 연청에게

신세를 진 일이 있는 숙태위 숙원경을 시켜서 천자에게 상주하도록 힘써 달라는 것이 좋겠다 하면서, 문태위 문장환(聞章煥)을 불러서 숙태위에 관한 일을 물어 봤다. 문태위가 말했다.

"그는 소생의 동창 친구입니다. 폐하의 곁을 촌보도 떠나지 않고 있으며, 인품이 극히 인자하고 관후하여 대인접물(待人接物)에 매우 친절하고 온순한 사람입니다."

송강은 문장환에게 솔직히 사정을 이야기하고 숙원경에게 특사령을 빨리 주선해 달라는 편지 한 통을 쓰게 했고, 연청은 대종과 함께 그 편지와 따로 개봉부(開封府)의 인신(印信)을 찍은 공문을 만들어 가지고 공인으로 변장하고 며칠 만에 동경에 도착했다.

그들은 곧장 성 안으로 들어가지 않고 만수문(萬壽門) 밖으로 돌아 들어갔다.

성문을 지키는 파수병이 앞길을 가로막았다. 전수부(殿帥府)의 명령으로, 양산박에서 괴상한 놈들이 많이 출입하기 때문에 딴 고장에서 오는 장사치들은 일체 통과시킬 수 없다는 것이었다.

연청은 싱글싱글 웃으면서,

"양산박의 호걸들이라면 눈이 휘둥그레져서 통과시키면서, 어째서 개봉부의 공무로 들어가려는 사람은 통과시키지 않는단 말이오?"

하고 가짜 공문을 꺼내 보였다. 그 소리를 듣고 있던 감문관(監門官)이 호통을 쳤다.

"개봉부의 공문을 가지고 있다는데 뭘 그렇게 시끄럽게 구느냐? 빨리 통과시켜라!"

　이리하여 그들은 성문을 무사히 통과하고 하룻밤을 여인숙에서 묵었다. 그 이튿날 연청이 대종에게,
　"나는 곧 이사사의 집으로 가서 일을 꾸며 볼 테니, 형님은 내가 실수하는 눈치가 보이거든 곧 혼자서 돌아가도록 해주시오!"
해놓고 곧장 이사사의 집으로 달려갔다.
　지난번에는 소동을 일으켜서 미안하다는 인사말을 했더니, 이사사가 말했다.
　"거짓말 말아요. 그때 당신은 장간(張間)이란 사람이고 다른 두 사람은 산동서 온 장사꾼이라고 하더니, 그런 큰 소동을 일으키고 말았지요. 내가 폐하께 잘 말씀드렸으니까 망정이지, 딴 집에서 그런 일이 발생했다면 일문멸족(一門滅族)을 당하는 판이었어요!"
　연청은 이때라 생각하고 솔직히 흉금을 털어놓고 호소했다.
　"내 자세한 이야기를 할 테니 놀라지 마시오. 지난번에 왔던 사람 중에서 살결이 검고 키가 자그마하며 맨 윗자리에 앉았던 사람은 호보의(呼保義) 송강이란 사람이고, 그 다음 자리에 앉았던 수염을 세 갈래로 기르고 살결이 희고 깨끗하게 생긴 사람은 소선풍(小旋風) 시진, 공인의 몸차림을 하고 앞에 서 있던 사람이 신행태보(神行太保) 대종, 문간에서 양태위와 주먹다짐을 한 사람이 흑선풍(黑旋風) 이규, 그리고 나는 북경 대명부 태생인 낭자(浪子) 연청이라고 하오. 우리 형님이 당신을 좀 만나보고 싶어한 것은 우스운 소리나 하고 놀아 보자는 목적이 아니었고, 평소에 폐하께서 당신 댁에 자주 출입하신다는 소문

을 들었기 때문에, 한 번 직접 만나뵙고 충정을 간곡히 여쭈어서, 하늘을 대신하여 도를 행하고 보국안민하고 싶은 마음을 천청(天聽)에 상달하여 빨리 특사령을 받아서 수많은 생령들이 받고 있는 고난을 덜어 주자는 것이었소. 만약 그렇게만 주선해 주신다면 당신은 양산박 수만 명의 은인이 되실 것이오. 지금 세상은 간신배들이 세도를 부리고 전권을 제멋대로 휘두르고 똑똑한 사람들의 나갈 길을 가로막고 있기 때문에 하정상달이 불가능하오. 그래서 이 댁으로 줄을 더듬어서 왔던 것이 뜻밖에도 당신을 놀라게 해준 것이었소. 이번에 우리 형님께서 변변치는 못하지만 선물을 보내신 것이 여기 있으니 웃으시며 받아 주시기 바라오."

연청은 당장에 보따리를 풀고 상 위에 죽 늘어놓았다. 모두가 금주보패(金珠寶貝) 기명(器皿)들이었다. 뚜쟁이 할멈이 제일 좋아하는 것은 재물이었다. 허겁지겁 하녀를 불러서 수습케 하고 연청을 안에 있는 조그만 방으로 맞아들여 앉히고, 좋은 음식과 다과를 내놓아 정중하게 대접을 했다.

본래 이사사의 집에는 황제가 불시로 드나드는 까닭에, 공자(公子)·왕손(王孫)·부호의 자제라 할지라도 감히 여기 와서 차 한 잔을 마셔 볼 생각도 못하는 곳이었다. 그런데도 음식과 다과를 차려내고 이사사가 친히 연청을 대접하게 되었다.

연청은 이 자리에서 대뜸 몇 차례나 특사령을 가지고 양산박에 왔던 사람들이 실패하고 돌아간 까닭과, 세 번씩이나 싸움에 패한 고태위에게 소양·낙화 두 사람을 딸려

보냈으나, 고태위는 양산박을 떠나 이곳으로 올 때에는 특사령을 책임지겠다고 큰소리를 쳤지만 황제에게 면목이 없어서 두 사람을 감금해 두고, 많은 군마를 상실했다는 사실조차 황제에게 상주하지 않고 끝까지 속일 궁리를 하고 있으리라고 자초지종 사연을 상세히 이사사에게 설명해 주었다.

"자세한 사연은 잘 알았습니다. 우선 술이나 한 잔 드시면서 천천히 상의하기로 하십시다."

이사사는 자못 상냥하고 은근한 태도로 연청을 대했다. 연청은 본래 술을 마시지 못한다고 사양했으나, 이사사의 성화 같은 권에 못 이겨 두서너 잔을 받아 마셨다.

본래 이사사란 여자는 산전수전 다 겪은 풍진기녀(風塵妓女)로서 물결 따라 흐르는 계집인지라, 연청의 깨끗한 풍채와 능란한 언변에 홀딱 반해서 술잔을 주고받으며 연청의 마음을 슬며시 건드려서 유혹해 보려고 했다.

그러나 연청은 어디까지나 영리한 사람이었다. 또 송강의 대사를 맡고 온 중책을 생각하고 이사사의 유혹을 애써서 피했다.

술이 거나하게 취하자, 이사사는 하녀를 시켜서 금대(錦袋)에서 퉁소(鳳簫)를 꺼내 오라 하더니 입에다 대고 얌전하게 조용히 불기 시작했다. 구름도 꿰뚫고 돌도 녹일 것만 같이 아름다운 퉁소 소리에 연청은 갈채를 마지않았다. 한 곡을 다 불고 나자 이사사는 퉁소를 연청에게 내밀면서 한 곡 불어 달라고 아양을 떨었다.

연청은 이 계집의 환심을 사두어야 일을 하기 편하리라 생각으로, 마지못해 퉁소를 받아들고 한 곡을 불었더니 이사사가 매혹적인 음성으로 갈채를 보냈다. 이번에는 원함(阮咸—비파의 일종, 월금(月琴). 죽림칠현(竹林七寶)의 한 사람인 원함(阮咸)이 만든 악기)을 손에 잡더니 여러 가지 아름다운 소곡(小曲)들을 뜯어서 연청에게 들려주었다. 그 악기의 음향은 옥패(玉佩)가 일제히 울리는 듯, 꾀꼬리가 입을 맞대고 재잘거리는 듯 여운을 길게 뽑으며 한없이 귀엽게 들렸다. 연청은 고맙다 인사하고,

"소인도 노래나 한 곡조 불러 보겠소!"

하더니 시원스런 음성으로 가사를 정확하게 한 곡조 멋들어지게 불렀다.

이사사는 친히 술잔을 들어 연청에게 권하면서 애교가 똑똑 듣는 음성으로 칭찬을 하고 연청의 마음을 끌려고 애썼다.

연청은 머리를 푹 수그린 채 되는 대로 어물어물 대꾸를 해주었다. 몇 잔인지 술이 더 돌아가고 난 다음, 이사사는 입가에 간드러진 미소를 띠고 말했다.

"듣자니, 당신께서는 몸에 굉장한 문신을 하고 계시다는데 한 번 구경시켜 주실 수 없을까요?"

"대단치 않은 문신을 하고 있기는 하지만 어찌 감히 낭자 앞에서 옷을 벗고 알몸이 될 수 있겠소!"

그러나 이사사는 막무가내, 꼭 한 번 보여 달라고 졸라댔다. 연청은 어쩔 수 없이 웃통을 벗었다. 이사사는 그것을 보더니 기뻐서 어쩔 줄 모르며 첨첨옥수(尖尖玉手)로 연청의 살결을 어루만졌다. 연청은 당황하여 얼른 옷을 도로 입었다. 이사사는 자꾸만 연청에게 술잔을 권하면서 유혹하려고 했다. 연청은 이 여자에게 섣불리 걸렸다가는 헤

어나지 못하게 되리라 생각하고 한 가지 꾀를 내어 이렇게 물어 봤다.

"낭자는 올해 몇 살이시오?"

"스물일곱 살이 됐어요."

"소생의 나이 스물다섯, 그러고 보면 두 살이나 위이시오. 낭자가 소생을 이토록 좋아하신다면, 누님으로 모시고 싶소."

연청은 선뜻 몸을 일으켜 금산(金山)을 밀쳐 버리고 옥주(玉柱)를 쓰러뜨리듯이 팔배의 절을 정중하게 했다.

이 팔배의 절이야말로 이 여자의 앙큼스런 마음을 누를 수 있었고, 그리하여 대사를 성취시킬 수 있게 한 것이다. 만약에 다른 사람처럼 연청이 주색 속에 빠져 버렸다면 대사를 그르쳤을 것은 두말할 것도 없는 일이었다. 철석 같은 마음을 가진 쾌남아 연청이 여기서 똑똑히 증명된 것이다.

연청은 이가 어멈을 불러서 역시 정중하게 절을 하고 수양어머니로 모시겠다고 했다. 연청이 자리를 물러가려고 했더니 이사사가 말하였다.

"이대로 우리 집에 있어요. 여인숙으로 갈 것 없잖아."

"그렇게까지 생각해 주신다면 여인숙으로 가서 짐을 꾸려 가지고 다시 오겠소."

"너무 오래 기다리게 하지 말아요!"

"여인숙이 과히 멀지 않은 곳에 있으니까, 곧 다녀오리라."

연청은 일단 이사사와 작별하고 곧장 여인숙으로 돌아와서 여태까지의 경과를 대종에게 이야기했다. 대종이 좋아했다.

"그거 참 잘됐네! 하지만 자네의 심원의마(心猿意馬) 같은 마음을 억누를 수 있을지 그게 걱정일세!"

"대장부가 처세함에 있어서, 만약에 주색 때문에 자기 본분을 잊어버린다면 금수와 뭣이 다르겠소? 이 연청이 그 따위 마음이 있다면 만검(萬劍) 아래에서 죽어 버리겠소!"

대종이 웃으면서 또 말했다.

"자네나 나나 모두 같은 쾌남아로서 그런 맹세를 할 필요가 있겠나!"

"맹세라도 하지 않으면 형님이 의심하실 것 같아서!"

"자아, 빨리 가서 기회를 묘하게 노려 가지고 재빨리 일을 해치우고 오게. 너무 기다리게 하지 말구. 숙태위에게 가는 편지도 자네가 돌아온 다음에 전달하기로 하지."

연청은 이것저것 금주(金珠) 부스러기를 한 보따리 꾸려 가지고 다시 이사사의 집으로 가서 그 절반을 이가 어멈에게 주고, 절반을 집안사람들에게 골고루 나누어 주었다. 기뻐하지 않는 사람이 없었다. 즉각 객청(客廳) 옆에 방 한 칸을 치우고 연청을 머무르게 했으며 집안사람들은 모두 연청을 아저씨라고 부르기로 했다.

세상의 인연이란 것은 묘한 것이었다.

그날 밤, 황제는 자못 상쾌한 기분으로 이사사의 집에 나타나서 옆으로 가까이 앉아서 이야기하며 놀자고 했다.

어떻게든 연청이 황제와 대면할 수 있도록 해주겠다고 굳게 약속한 이사사는, 황제의 기분이 유난히 상쾌한 것을 보자 가까이 다가앉아서 이야기를 꺼냈다.

"천인(賤人)에게 조카가 하나 있사온데, 어렸을 적부터 외지로 유락(流落)해 다니다가 오늘 마침 돌아왔사온데, 성상께 배알하고 싶다 하오나 감히 임의로 할 수 없어 천인더러 성감(聖鑑)을 받자와 달라고 하옵니다."

"너의 아우라면 곧 데려오도록 해라. 과인을 만나기 뭣이 거리낄 것이 있겠느냐!"

이사사는 이때라 생각하고 즉각에 연청을 불러들여 황제와 대면케 했다. 황제는 연청이 의젓한 인물임을 보자 크게 기뻐했다. 이사사는 연청더러 통소를 불어서 황제의 주흥을 맞추어 드리라고 하였다. 또 얼마 있다가 원함을 뜯게 하고, 노래도 한 곡조 부르라고 했다.

연청은 상판(象板)을 빌려 손에 들고 황제께 재배하고 나서 이사사에게 말하기를,

"음운(音韻)이 틀리더라도 누님께서 잘 고쳐 주시오." 하고 목청을 뽑아서 <어가오(漁家傲)>라는 노래를 불렀다.

한 번 가산을 떠난 뒤 음신이 묘연하니, 백 가지 생각에 창자가 끊어지는 듯한 마음은 언제나 끝나리.

제비 오기도 전에 꽃은 또 시들고, 봄도 며칠 남지 않은 채 허리조차 가늘어졌네.

박정한 낭군은 어느 날에나 오려는지, 애당초에 서로 만나지 않았다면 좋았을 것을.

좋은 꿈을 이루어 볼까 하다가, 또다시 놀라 깨게 되니, 푸른 창에 새벽녘에 우는 꾀꼬리 소리 들릴 뿐.

一別家山音信杳
百種相思 腸斷何時了
燕子不來花又老
一春瘦的腰兒小 薄倖郎君何日到
想自當初莫要相逢好.
好夢欲成還又夢 線牕但覺鶯啼曉

연청이 노래를 다 부르고 나니, 황제는 그저 기뻐하면서 한 곡 더 부르라고 했다.

연청이 땅에 꿇어 엎드려 아뢰었다.

"소신이 지은 자수(字數)가 좀 모자라는 〈목란화(木蘭花)〉란 곡이 있사온데 천청(天聽)에 상달코자 하옵니다."

황제가 쾌히 승낙하여, 연청은 정중하게 절을 하고 나서 〈목란화〉라는 노래를 또 불렀다.

슬픈 호소를 들으라.
슬픈 호소를 들으라.
천한 몸이 흘러 떠돌아 다니니
뉘 알리요, 뉘 알리요.
천지를 망극케 한 죄악은
갈피를 잡기 어렵다 해도,
불 같은 구렁텅이 속에서 건져내 주는 이 있다면
간담에는 항시 충효만을 간직하고, 충효만을 간직하고
조정에 있어, 모름지기 큰 은인을 위하여 보답하리.
聽哀告 聽哀告. 賤軀流落 誰知道 誰知道
極天罔地 罪惡難分顚倒.

有人提出火坑中 肝膽常存忠孝 常存忠孝 有朝須把大恩人
報

연청이 노래를 부르고 나자, 황제가 깜짝 놀라며,
"무슨 까닭이 있기에 그런 노래를 지었느냐?"
고 물었다. 연청은 통곡하며 땅바닥에 엎드렸다. 황제는
점점 더 이상하게 여기고,
"흉중에 있는 일을 모두 말해라. 과인은 그대를 돌봐 줄
수 있을 것이니…."
"소신은 미천지죄(彌天之罪)를 저지른 몸이오라 감히
상주치 못하겠사옵니다."
"그대를 무죄로 사해 줄 것이니, 어서 말해 보라!"
"소신은 어렸을 적부터 강호를 표박(漂泊)하옵는 몸이
되어 산동 땅에 유락되었사옵니다. 장돌뱅이들을 따라서
양산박을 경과하게 되었사온데 붙잡혀 산으로 끌려간 채
3년을 지내고 이제야 겨우 몸을 뛰쳐나와 누이를 만나보
게 되었사오나 거리에 나갈 수도 없는 몸이옵니다. 만약에
아는 사람이 있어 공인에게 통보하게 되오면 뭣이라 변명
을 하오리까?"
이사사도 옆에서 한마디했다.
"동생의 마음속에는 이런 괴로움만이 가득 차 있사오니
폐하께서 선처해 주옵시기만 바라옵니다."
황제가 웃으면서 말하였다.
"그대는 이행수(李行首—이사사)의 아우인데 누가 감히
체포하겠느냐."
연청이 이사사에게 찡긋하고 눈짓을 하니, 이사사가 애

교를 부리며 입을 열었다.

"폐하께서 친히 사서(赦書) 한 통을 써주옵시어 동생의 죄를 면케 해주옵시면 그제야 마음을 놓겠사옵니다."

"어보(御寶)가 여기 없으니 어떻게 쓴단 말이냐?"

"폐하의 친서어필(親書御筆)은 옥보천부(玉寶天符)보다 낫사옵니다. 동생을 구출할 수 있는 호신부(護身符)가 되오면 천인도 성상을 가까이하온 보람으로 알겠사옵니다."

황제는 이사사가 졸라대는 바람에 어쩔 수 없이 종이와 붓을 가져오라 하여 다음과 같이 써주었다.

'신소옥부 진주(神霄玉府眞主), 선화우사(宣和羽士), 허정 도군황제(虛靖道君皇帝) 연청 본신(本身)을 특사하여 일체 무죄로 하니 제사(諸司)의 체포나 심문(拿問)을 불허함.'

연청은 고두재배(叩頭再拜)하고 그것을 받았으며, 이사사는 술잔을 올려 황제의 은혜에 깊이 감사했다.

황제가 연청에게 다시 물었다.

"그대는 양산박에 있었다면 그곳의 자세한 형편을 잘 알겠지?"

"송강의 무리들은 깃발에 체천행도(替天行道)라 써 가지고 있으며, 당(堂)에는 충의란 이름을 붙이고 있습니다. 주부를 침략 점령하려는 것도 아니고 선량한 백성들에게 해를 끼치려 하지도 않습니다. 단지 장관오리(贓官汚吏)와 참영지인(讒佞之人)을 죽이며 하루 바삐 특사령이 내리기만 바라고 있으며 국가를 위하여 힘쓰기를 원하고 있사옵니다."

황제가 또 물었다.

"과인은 전자에 두 차례나 조서를 내렸고 사람을 보내어 특사령을 전달케 하였는데, 어찌하여 항거하고 귀순 항복하지 않았는고?"

"첫번째 조서에는 무휼초유(撫恤招諭)의 말씀이 없사왔고 더구나 어주를 시골 탁주로 바꿔 버려서 사태가 돌변했던 것이옵니다. 두 번째 특사령이 내렸사올 적에는 고의로 조서의 구절을 떼어 읽어서 송강을 제거하려고 흉계를 꾸몄기 때문에 또 사태가 돌변하였사옵니다. 동추밀(童樞密)이 군사를 이끌고 왔었을 때에는 단지 두 번 싸움에 편갑(片甲)도 가지고 갈 수 없도록 쳐부쉈사옵니다. 고태위가 군마를 제독(提督)하고 또 천하의 민부(民夫)를 구사하여 전선(戰船)을 수조(修造)해 가지고 공격해 왔을 때에는 양산박에 화살 한 자루도 쏘지 못했사오며, 세 번 싸움에 꼼짝도 못하게 패해 버리고 군마의 3분의 1을 상실하였삽고, 자기 자신도 산 채로 잡혀서 산 위로 끌려 올라갔던 것이옵니다만 특사령을 위하여 힘쓰겠다는 약속으로 석방되어 돌아왔사옵니다. 그리하여 산 위에서 두 사람을 이곳으로 데리고 왔사오며, 그 대신 문참모를 저편의 인질로 남겨 두고 왔사옵니다."

황제가 그 말을 다 듣고 나더니 탄식하며 입을 열었다.

"과인이야 어찌 이 일을 알았으랴! 동관(童貫)이 경사로 돌아왔을 적에는 군사가 더위를 못 이겨 잠시 싸움을 쉬는 것이라 했고, 고구가 경사로 돌아왔을 적에는 신병으로 인해서 정진(征進)할 수 없으므로 잠시 싸움을 쉬는 것이라고 상주했을 뿐이었다."

이사사가 아뢴다.

"폐하께옵서는 성명(聖明)하시오나, 몸이 구중(九重)에 계시옵고, 간신배들이 현로(賢路)를 가로막고 있사오니 이를 어찌하오리까?"

천자는 한탄하여 마지않았고, 밤이 깊어지자 연청은 사서(敕書)를 받아 가지고 고두(叩頭)하고 잠자리로 돌아왔다. 황제와 이사사는 한 침대에서 동침했다.

그날 밤 오경 때쯤 내시황문(內侍黃門)이 와서 황제를 모셔갔다. 연청은 자리에서 일어나는 길로, 아침결에 볼 일이 있다는 핑계로 즉시 여인숙으로 돌아와서 여태까지의 경과를 대종에게 샅샅이 보고했다.

두 사람은 아침밥을 먹고 나자 금주(金珠)와 문참모의 편지를 가지고 숙태위를 찾아가서 전달했다. 숙태위는,

"문참모란 누군가 했더니, 젊었을 때 동창으로 지내던 문환장이었군!"

하면서 즉석에서 편지를 뜯어 봤다. 그 편지에는 자기가 고태위와 함께 양산박에 납치되었으나 의사 송공명의 인자한 마음씨로, 고태위는 낙화와 소양을 대동하고 돌아갔으며, 인질로 남아 있는 몸이 되었으니 시급히 천자께 상주하여 특사령이 내리도록 최선의 노력을 다해 달라는 내용이 적혀 있었다.

연청은 송강이 보낸 선물까지 숙태위에게 전하고 그 집을 물러나왔다. 숙태위는 부하에게 명령하여 금주보물(金珠寶物)을 수습해 들여가도록 하였다. 그에게 내심 결심하는 바가 있었다.

한편, 연청은 여인숙으로 돌아와서 대종과 상의했다.

"두 가지 일은 거뜬히 해치웠는데, 이제 고태위 집에 있는 낙화와 소양을 어떻게 구출해야 되겠소?"

"자네와 내가 여전히 산사람으로 변장하고 고태위의 부전(府前)에 가서 형편을 살펴보다가, 부리에서 누가 나오기만 하거든 금은으로 뇌물을 써서 기회를 노려 소식을 통해 놓으면 무슨 방법이 나올 걸세."

두 사람은 당장에 몸차림을 고치고 금은을 몸에 지니고 태평교(太平橋)로 달려갔다. 아문 앞에서 잠시 살피고 있자니까 부리에서 젊은 우후 한 사람이 휘적휘적 걸어 나왔다. 연청이 앞으로 다가서며 절을 하자 그 우후가 물었다.

"그대는 누군가?"

"간판님을 모시고 다사(茶肆)로 가서 여쭐 말씀이 있습니다."

두 사람은 다사의 조그마한 방으로 들어가서 대종과 대면하고 함께 차를 마셨다. 연청이 입을 열었다.

"간판님께 솔직히 말씀드리자면, 지난번에 태위께서 양산박으로부터 데리고 오신 두 사람 중에서 낙화라는 사람은 나의 이 형님과 친권(親眷)이 됩니다. 한 번 만나보고 싶어서 오신 길입니다. 그래서 간판님께 좀 부탁드려 볼까 합니다."

"두 분, 그런 말씀은 하지 마시오. 절당(節堂) 깊숙한 곳에서 벌어진 일을 누가 아는 체할 수 있겠소?"

대종은 곧 소맷자락 속으로부터 큼직한 은붙이 한 덩어리를 꺼내어 상 위에 놓면서 우후에게 말했다.

"낙화를 한 번 끌어내서 만나게만 해주십시오. 아문 밖으로 나갈 필요까지는 없습니다. 그러면 이 은붙이를 당신께 드리겠습니다."

그 사람은 재물을 보더니 금방 마음이 동했다.

"확실히 이 두 사람은 안에 있소. 태위께서 그들을 뒤에 있는 화원 안에 머무르게 하라고 분부하셨소. 내가 그들을 불러내 드릴 것이니 이야기가 끝난 다음에는 어김없이 은붙이를 나에게 주시오."

대종이 약속했다.

"그야 물론입죠!"

그 사람은 곧 몸을 일으키면서 분부하였다.

"두 분께서는 이 다방(茶坊)에서 나를 기다리시오."

그 사람은 급히 부로 달려갔고, 대종과 연청은 다방에서 기다리고 있었다. 반시간도 못 기다려서 그 젊은 우후가 허둥지둥 밖으로 나오더니 말했다.

"먼저 은붙이를 이리 주시오. 낙화는 벌써 옆방에 불러다 놓았으니…."

대종은 연청의 귀에 대고 여차여차 하라고 속삭였다.

그리고 은붙이를 곧 그 사나이에게 주었다.

그 우후는 은붙이를 받더니 곧 연청을 옆방으로 데리고 가서 낙화를 만나보게 해주었다.

그 우후가 또 분부했다.

"빨리 이야기들 하고 헤어지시오!"

연청은 곧 낙화에게 말했다.

"내가 대종과 같이 이곳에서 계책을 써서 두 사람을 뽑아내도록 하겠네."

낙화가 말했다.

"우리 두 사람은 뒤에 있는 화원 속에다 감춰 두었는데 담이 너무 높아서 몸을 뛰칠 도리가 없네. 꽃을 가꾸는 사다리까지 모조리 감춰 버렸으니 어떻게 담을 넘어 나올 수가 있겠나?"

연청이 물었다.

"담 가까이 나무도 서 있지 않은가?"

낙화가 대답했다.

"나무가 죽 늘어서 있는데 모두 굵직굵직한 버드나무일세."

연청이 말했다.

"오늘 밤이 되어서 어두워진 다음 기침소리를 암호로 하고, 밖에서 동아줄 두 줄을 담 안으로 던질 테니 그것을 제일 가까운 곳에 있는 버드나무에다 묶어 놓게. 그러면 우리 둘이 담 밖에서 한 줄씩 동아줄을 잡아당길 테니 두 사람은 그 동아줄에 끌려서 밖으로 나오게. 시간은 사경으로 작정할 테니 어김없이 해주기 바라네!"

그때 우후가 소리를 벌컥 질렀다.

"두 분은 무슨 이야기가 그리 많소? 빨리 헤어지시오!"

낙화는 곧 안으로 들어가서 암암리에 이런 사정을 소양에게도 알렸다.

연청도 시급히 돌아와서 대종에게 알리고 밤이 되기를 기다리기로 했다.

밤이 되자, 연청과 대종은 거리로 나와서 굵직한 동아줄을 두 줄 사서 몸에 지니고 우선 고태위의 집 뒤로 돌아들어가서 발을 붙이고 설 만한 곳을 물색했다.

고태위의 집 뒤로는 강물이 흐르고 있었고, 그 강변에

는 기슭에서 멀지 않은 곳에 빈 배 두 척이 매여 있었다.

두 사람은 곧 그 빈 배 속에 몸을 숨겼다.

경고(更鼓)가 사경을 알리는 소리가 들려왔다.

두 사람은 곧 강변으로 기어 올라와서 담 밖으로 달려 들어가 기침소리를 냈다.

담 안에서도 똑같은 기침소리로 대답을 했다. 이렇게 쌍방이 의사를 통하자, 연청이 동아줄 한 끝을 담 안으로 훌쩍 던졌다. 안에서 그 동아줄을 단단히 매었을 만한 때를 맞추어서 밖에서 동아줄 한편 끝을 힘껏 잡아당겼다.

우선 낙화가 담 위로 기어 올라왔고 뒤따라서 소양이 나타나며 둘이 똑같이 담 아래로 미끄러져 내려왔다.

동아줄을 담 안으로 마저 던져 버리고 여인숙으로 돌아와서 방에서 불을 피워 아침밥을 지어 먹었다.

숙박비를 치르고 네 사람은 성으로 달려가 성문이 열리기가 바쁘게 밖으로 나와서 양산박으로 소식을 전하러 달음질쳤다. 필경 숙태위는 어떻게 특사령의 성지를 주청할 것인지?

82 특사령에 응하다

梁 山 泊 分 金 大 買 市
宋 公 明 全 夥 受 招 安

이사사는 그날 밤에 연청이 자기 집으로 돌아오지 않자 내심 이상하다 생각하고 있었다.

한편, 고태위의 부중에서는 측근자가 이튿날 다반을 가지고 소양과 낙화에게 주려고 갔더니 방안에 두 사람의 그림자가 보이지 않았다. 당황하여 곧 도관에게 보고했다.

도관이 화원으로 나가 보니, 버드나무에 굵직한 동아줄이 두 줄로 매어져 있고 두 사람이 보이지 않으므로 도주한 것이 완연한지라 어쩔 수 없이 태위에게 보고했다. 고태위는 그 보고를 받자 아연실색, 근심걱정만이 더해서 부중에 처박혀 병을 핑계하고 통 밖으로 나오지 않았다.

이튿날, 오경에 도군황제는 조회 때문에 문덕전(文德殿)에 나타났다. 문무백관이 일제히 반(班)을 갈라 늘어선 가운데, 황제는 주렴을 걷어 올리라 명령하고 추밀사 동관을 출반하라고 좌우 근신(近臣)에게 지령을 내렸다. 황제가 동관에게 물었다.

"그대는 작년에 10만 대군을 거느리고 친히 특사와 토벌의 목적으로 양산박에 정진했었는데, 그 승패는 어찌된 것인고!"

동관이 꿇어앉아서 이렇게 상주했다.

 "소신이 작년에 대군을 거느리고 토벌을 나갔을 때에는 결코 힘쓰지 않은 탓이 아니옵니다. 더위가 혹독하고 병사들이 수토불복(水土不伏)으로 병자가 속출하와 10명이면 2,3명은 쓰러지는 형편이었으므로 우선 싸움을 중지하고 군사를 수습하여 본영으로 돌려보내 훈련시키기로 한 것이옵니다. 따라간 어림군(御林軍)도 도중에서 병자가 발생하여 다수를 상실하였사옵니다. 그후 두 번째 조서를 내리셨을 때에는 적군은 특사에 응하지 않았기 때문에 고구(高俅)가 선군(船軍)을 거느리고 토벌에 나셨사오나 역시 도중에서 병 때문에 되돌아왔사옵니다."

 황제는 대로하여 호통을 쳤다.

 "모두가 그대들 투현질능(妬賢嫉能)하는 간영지신(奸佞之臣)들이 과인을 속이려고 한 짓이다! 그대는 작년에 군마를 거느리고 양산박을 공격했을 때 단지 두 번 싸움에 꼴사납게 패퇴하여 왕사(王師)를 패전케 한 것은 무슨 까닭이냐? 또 고구란 놈도 주군의 막대한 전량과 군선을 상실하고 수많은 병사를 잃고, 제 자신도 적군에게 산 채로 잡혀서 산으로 끌려 간 것을 송강 일당이 죽이지 않고 돌려보낸 것이 아니었더냐? 듣는 바에 의하면 송강 일당은 주부를 침범하는 일도 없고, 선량한 백성을 약탈하는 일도 없고, 특사령이 내리기만 간절히 고대하고 있어 국가를 위하여 힘써 보려는 자들이라고 한다. 모든 일은 그대들 부재탐영지신(不才貪佞之臣)이 조정의 작록(爵祿)을 받고 있으면서도 국가 대사를 그르쳤기 때문이다. 그대는 추밀을 장관(掌管)하는 자로서 부끄러움을 모르느냐? 본래는 잡아서 심문에 회부할 것이로되 이번만은 용서해 주지만 두 번 다시 잘못을 저지를 때에는 용서가 없을 것이다."
  동관은 아무 말도 못하고 옆으로 물러섰다. 황제가 또
묻는다.
  "그대들 대신 가운데서, 양산박의 송강 일당을 초무(招
撫)하러 갈 만한 사람은 없느냐?"
  성선(聖宣)이 채 끝나기도 전에 전전태위(殿前太尉) 숙
원경(宿元景)이 반(班)에서 나와 꿇어앉으며 상주했다.
  "소신이 비록 부재의 몸이오나 한 번 가볼까 하옵니다."
  황제가 크게 기뻐하며,
  "과인이 어필로 단조(丹詔)를 친히 쓰겠다!"
  즉시 어안(御案)을 옮겨다 놓고 조지(詔紙)를 펼친 다
음 황제가 친히 조서를 작성했고, 좌우 근신(近臣)들이 어
보를 받들어 올리자 황제는 조서에 날인했다. 계속해서 고
장관(庫藏官)에게 명령하여 금패(金牌) 72면(面), 은패
(銀牌) 72면, 홍금(紅錦) 36필, 녹금(綠錦) 27필, 황봉
어주(黃封御酒) 1백8병을 가져오게 해서 숙태위에게 주
고, 따로 정종표리(正從表裏—正副옷감) 24필과 특사를
명시하는 어기(御旗) 한 폭을 마련해 주어서 날짜를 작정
하여 출발하도록 명령했다.
  숙태위는 황제와 작별하고 문덕전에서 물러났으며, 문
무백관이 모두 자리를 떴다. 동추밀은 부끄러워서 고개를
못 들고 자기 집으로 물러난 다음 병을 핑계하고 감히 조
정에 나오지 못했다. 고태위도 이런 사실을 알게 되자, 겁
을 집어먹고 역시 조정에 나오지 못했다.

  숙태위는 어주·금패·비단·옷감 등 짐을 꾸려 가지고

말을 타고 성 밖으로 나와서, 금자황기(金子黃旗)를 휘날리면서 남훈문(南薰門) 밖에서 문무백관의 전송을 받고 제주를 향해 길을 떠났다.

한편, 연청과 대종, 소양, 낙화는 급히 산채로 돌아와서 자세한 경위를 송공명 이하 여러 두령들에게 보고했다.

연청은 또 도군황제의 친필로 된 사서(赦書)를 꺼내어 여러 사람에게 보였다. 오용이 말했다.

"이번에는 반드시 희소식이 있을 것이오!"

송강은 명향(名香)에 불을 피우고 구천현녀(九天玄女)의 천서(天書)를 꺼내어 하늘에 기도를 올리고 점을 쳐 상상대길지조(上上大吉之兆)를 얻었다. 송강이 크게 기뻐하며 입을 열었다.

"이번에는 꼭 성공할 것이오!"

다시 대종과 연청을 파견해서 정세를 탐지하여 곧 보고하도록 하고, 그 보고 여하에 따라서 만반의 준비를 갖추기로 했다. 대종과 연청은 떠나간 지 수일 만에 되돌아와서 보고했다.

"조정에서 숙태위를 사신으로 내세워서 조칙을 맡기고, 다시 어주·금패·은패·비단옷감을 가지고 특사령을 전달하러 곧 도착될 것입니다."

송강은 너무나 기뻐서 즉시 충의당으로 올라가 명령을 내렸다. 양산박에서 제주까지 이르는 사이에 스물네 채의 산붕(山棚―高臺)을 설치하고 그 위에는 일제히 찬란한 색채의 비단과 조화(造花)로 장식하고, 그 밑으로는 온갖 풍악을 울릴 자리를 마련하고, 부근 주군 각지에서 악인(樂人)들을 총동원해서 조칙을 맞아들이게 하고, 산해진

미의 술안주와 음식도 준비하라고 분부했다.

한편에서, 숙태위 일행의 인마(人馬)가 제주에 도착하자 태수 장숙야(張叔夜)가 교외까지 나와 영접하고 성 안으로 안내하여 관역(館驛)에서 쉬도록 해주었다. 태수는 숙태위에게 인사를 끝나자, 접풍주(接風酒)를 권하면서 이렇게 말했다.

"조정에서 두 차례나 조칙이 내려서 특사령을 전달하려고 했으나, 적당한 인물이 없어서 국가 대사를 그르쳤던 것입니다. 이번에는 태위께서 친히 나오셨으니 반드시 국가를 위하여 큰 공을 세우리라고 믿습니다."

숙태위가 말했다.

"폐하께서는 이번에 양산박의 일당이 의리를 존중하고 주군을 침범하는 일이 없고 선량한 백성을 해치지 않으며 체천행도(替天行道)를 표방한다는 사실을 아옵시고 하관을 파견하시어 친필로 된 조서를 맡겨 주셨으며, 금패 36면과 은패 72면, 홍금 36필, 녹금 72필, 황봉어주 1백8병, 옷감 24필을 하사하시어 특사에 쓰도록 하라 하시었는데, 예물은 이것만으로 넉넉할지 모르겠소."

"양산박의 일당은 예물의 경중을 따지자는 게 아니고, 나라에 충의를 다하여 후세에 이름을 남기자는 것입니다. 만약에 태위님께서 좀더 일찍 오셨더라면 국가에서도 장병의 손실이 없이 전량을 헛되이 소모하지 않고 일이 벌써 끝났을 것입니다. 양산박의 의사들은 조정에 귀순만 한다면 반드시 나라를 위하여 큰 공적을 세울 것입니다."

"하관은 여기서 기다리고 있을 것이니, 수고스럽지만 태수가 친히 산채에 가서 알려 주시고, 영접할 준비를 갖추도록 말씀해 주시오!"

"소관이 꼭 가겠습니다."

장숙야는 즉각에 부하 10명을 거느리고 말을 달려 성 밖으로 나와서 양산박으로 향했다. 산 밑에 이르렀을 때 벌써 소두목이 내려와서 영접하고 산채로 연락을 취하러 갔다.

송강은 그 소식을 알자, 급히 산 아래로 내려와서 장태수를 영접하여 산 위로 안내하고 충의당에 들어 초대면의 인사를 교환했다.

장숙야가 먼저 입을 열었다.

"송의사, 축하합니다. 조정에서 특히 숙전전태위(宿殿前太尉)를 보내시어 단조(丹詔)와 어필친서(御筆親書)를 모시고 특사령을 전달케 하시며, 금패·옷감·어주·비단 등을 하사하시기로 되어서 이미 제주성 안에 도착되었습니다. 성지를 받드실 준비를 하시기 바랍니다."

송강이 크게 기뻐하며 손으로 이마를 짚고 대답했다.

"실로 우리들이 다시 살아나는 행복입니다."

송강은 장태수에게 술을 권하려고 애썼으나 그는 끝내 거절했고, 금은 예물을 주려고 해도 산채에 맡겨 두었다가 일후에 받겠다고 사양했다. 장태수야말로 청렴결백하여 자기 자신을 다스릴 줄 아는 사람이라 할 수 있었다.

송강은 군사 오용과 주무, 그리고 소양, 낙화 네 사람을 장태수에게 딸려 보내 제주로 가서 숙태위를 만나보도록 했다.

그 다음날, 대소 두목 전원이 산채에서 30리까지 나와 길바닥에 꿇어 엎드려서 맞아들이기로 작정했다.

오용 일행은 태수 장숙야를 따라서 급히 산 아래로 내려와 곧장 제주에 도착, 그 이튿날 관역에 가서 숙태위와 대면하고 그 앞에 꿇어앉았다.

숙태위는 그들더러 일어나서 자리에 앉으라고 권했지만 네 사람은 겸손한 태도로 끝까지 자리에 앉지 않았다.

태위가 성명을 물으니 오용이 대답했다.

"소생이 오용이옵고 다음에 있는 친구들이 주무, 소양, 낙화라고 합니다. 형님 송공명의 분부를 받고 특히 은상(恩相)을 영접하러 나왔습니다. 우리 형님과 여러 아우들은 내일 모레, 산채에서 30리 밖까지 나와 길에 엎드려 영접하기로 했습니다."

숙태위가 크게 기뻐하며 말하였다.

"가량(加亮—오용) 선생과 화주(華州)에서 작별한 후 벌써 몇 해가 지나갔는데 뜻밖에도 오늘 이렇게 만나뵙게 될 줄 뉘 알았겠습니까? 하관은 당신네들 여러 형제가 평소부터 충의의 마음을 품고 있었으나 간신배들에게 길이 막히고, 참영지도(讒佞之徒)가 권력을 휘두르기 때문에 하정(下情)이 상달되지 못했다는 것을 잘 알고 있습니다. 이번에 폐하께서는 이런 사실을 아옵시고 특히 하관에게 명령하시어, 어필친서의 조서와 금패, 은패, 홍금, 녹금. 비단, 옷감, 어주를 내려주시며 특사령을 전달케 하시었으니 여러분께서도 추호도 의심하실 것이 없이, 이 성의를 받아들여 주시기 바랍니다."

오용 일행은 재배하고 사의를 표시했다.

"산야광부(山野狂夫)인 저희들이 은상(恩相)께 수고를 끼쳐서 여기까지 왕림하시게 했고, 천은(天恩)을 입게 된

것은 모두 태위님의 공적입니다. 우리 여러 형제들이 각골
명심(刻骨銘心)하여도 보답하올 길이 없을까 합니다.”

장숙야는 한편으로 주연을 베풀고 네 사람을 대접했다.

사흘째 되던 날 아침에, 제주에서는 세 채의 향거(香車)
를 마련해 가지고, 어주는 따로 용봉합(龍鳳盒)에 넣어서
떠메고, 금패·은패·홍금·녹금은 또 따로 한군데로 몰
아서 떠메고, 어서단조(御書丹詔)는 용정(龍亭) 안에 잘
모시었다.

숙태위는 말을 따라 앞장서서 나가고, 태수 장숙야도
말을 타고 그 뒤를 쫓았다. 오용 일행 네 사람도 말을 타
고 맨 뒤로 따랐다. 대소 인원들이 모두 이들을 호위하고
행진을 시작했는데 선두의 말에는 어사소금황기(御賜銷金
黃旗)를 꽂고, 금고기번(金鼓旗幡)의 대오가 길을 헤치며
제주를 뒤로 하고 전진해 나갔다.

10리 길도 채 못 가서 벌써 일행을 영접하는 산붕(山
棚—고대)이 나타났다. 숙태위가 말 위에서 바라다보니,
그 위는 색채가 찬란한 비단과 조화로 장식되어 있으며,
밑에서는 갖은 풍악을 울리며 길바닥에 엎드려서 영접하
고 있었다.

앞으로 수십 리 더 가까이 나가니, 거기에도 비단으로
장식한 산붕(山棚)이 있고 멀리 향불에서 퍼져 올라오는
연기가 길을 메우고 있는데, 송강과 노준의가 앞에 꿇어
앉았고, 그 뒤로는 여러 두령들이 질서정연하게 꿇어앉아
서 조서를 영접하고 있었다.

숙태위가 입을 열었다.

“모두 일어나서 말을 타도록 하라!”

일행을 강물가 가까이 맞아들이니, 거기서는 양산박의 천여 척이나 되는 전선(戰船)이 일제히 물을 건너 놓아 금사탄으로 올라가도록 했다. 세 군데의 관문 아래 위에서는 고악 소리가 요란하게 울렸고, 군사들이 따르면서 의위(儀衛)가 끊일 새 없었고, 이채로운 향기가 사방에 서려 있었다.

곧장 충의당 앞에 이르러 말을 내리고 향거와 용정은 충의당 안에 받들어 모셨다. 거기에는 상이 세 개 있었는데, 모두 용봉(龍鳳)의 모양을 그린 황색비단이 덮여 있었다.

맨 가운데 상에 만세용패(萬歲龍牌)를 모셔 놓았고, 그 속에 다시 어서친필 조서를 모셨으며, 금패와 은패는 왼편 상 위에, 홍금·녹금은 오른편 상 위에 진열했고, 어주와 비단이 그 앞에 놓여졌다. 금로(金爐)에서는 명향(名香)의 연기가 퍼져났다.

송강과 노준의는 숙태위와 장태수를 당상으로 청하여 자리잡아 앉게 했다. 그 왼편으로는 소양과 낙화가 시립하고 오른쪽으로 배선, 연청이 시립했다. 송강과 노준의, 그 밖의 여러 두령들은 당전(堂前)에 꿇어앉아서 배선의 호령에 따라 절을 했고, 절이 끝나자 소양이 조서를 낭독하기 시작했다.

조서의 요지는, 송강과 노준의 등이 평소부터 충의의 마음을 품고 포학을 부리지 않았으며, 귀순할 의사를 품은 지 오래 되었으므로 비록 죄악을 범했다 할지라도 그 까닭이 있는 것이며, 그 충정을 살펴볼 때 동정할 만해서 송강 이하 전원을 무죄로 인정하고 특사령을 내리는 것이니, 황제의 의사에 배반함이 없이 빨리 귀순하면 반드시 중용(重用)하리라는 내용이었다.

소양의 조서 낭독이 끝나자, 송강과 여러 두령들은 일제히 만세를 부르고 재배의 절을 하여 성은에 감사를 표시했다. 숙태위는 온갖 예물을 내려놓고 배선에게 지시하여 명단의 차례대로 분배해 주게 했다.

그 다음, 숙태위는 어주의 뚜껑을 열고 금잔으로 한 잔을 떠 가지고 여러 두령들에게 이렇게 말했다.

"이 숙원경은 군명(君命)을 받들어 어주를 가지고 이곳에 왔소. 여러 두령들에게 드릴 것이지만, 혹시 의심하실 분이 있을 것 같아서, 이 원경이 먼저 한 잔을 마시고 나서, 여러분이 마음을 놓도록 하겠소."

두령들은 감사하여 마지않았다. 숙태위는 술 한 잔을 마시고 나더니 한 잔을 더 떠서 송강에게 권했다. 송강은 꿇어앉아서 그것을 마셨다. 노준의와 오용, 공손승의 차례로 1백8명의 두령들이 모조리 한 잔씩 마셨다.

송강은 태위를 맨 가운데 자리에 청해 앉히고 여러 두령들에게 감사하다는 절을 하도록 지시했다. 송강이 대표로 감사하다는 인사말을 하고, 숙태위가 특사령이 내리게 된 경위를 설명하자, 장태수는 아문의 일이 있다 하고 먼저 성 안으로 돌아갔다.

송강은 문참모를 불러서 숙태위에게 대면시켰고, 충의당은 기쁨에 넘쳐서 호화찬란하고 성대한 주연이 베풀어졌다. 2,3일 후 숙태위는 황제에게 복명(復命)할 것이 걱정되어서 시급히 돌아가야겠다고 했다. 어느 날 이른 아침, 송강은 금은주보를 가지고 역사(驛舍)로 숙태위를 찾아가서 작별의 술잔을 올렸다.

"태위께서 돌아가시어서 폐하께 상주하시어 만사를 선처해 주시기 바랍니다."

숙태위는 송강의 말에 쾌히 약속하고 일행을 거느리고 제주를 향하여 떠나갔다.

송강은 숙태위 일행을 전송하고 대채(大寨)로 돌아오자, 대소 두령 전원을 충의당에 소집하고 명령을 전달했다.

"왕륜이 산채를 개창한 다음 조천왕(晁天王)이 산에 올라 업을 세워서 흥왕(興旺)을 보게 되었고, 내가 강주에서 아우님들의 도움을 받아 이리 와서 산채의 주인이 된 지도 이미 수년을 경과하게 되었소. 이번에 조정으로부터 특사령을 받고 또다시 올바른 천일(天日)을 우러러보게 됐으니 조만간 경사로 올라가서 국가를 위하여 힘을 써야 할 것이오. 여러분은 부고(府庫)로부터 입수한 물건은 도로 돌려보내 공용(公用)에 쓰도록 하고, 그밖의 재물은 일체 균등하게 분배하도록 합시다. 우리들 1백8명은 위로 천성(天星)에 응하여 생사를 같이하게 된 자이니, 이번에 황제께서도 관대하신 은전을 베푸시어 대특사령을 내리신 것이므로 우리들은 한 사람도 빠짐없이 범한 죄과를 용서받게 된 것이오. 우리 1백8명은 며칠 안으로 경사로 올라가서 황제를 배알하고 홍은(洪恩)에 보답할 결심이지만, 병사들 가운데는 자진하여 가담한 사람도 있고 남을 따라서 산 위로 올라온 사람도 있고, 또 조정의 군관의 몸으로 싸움에 패하여 우리 편에 가담한 사람도 있고, 혹은 붙잡

혀 온 사람도 있는데, 이번에 우리가 특사령을 받고 조정
으로 떠나가는 마당에 있어서 병사 가운데서 함께 가기를
원하는 사람은 명부에 기입해서 동행토록 할 것이고, 가기
를 원치 않는 사람은 이 자리에서 성명을 밝히고 작별하
기로 합시다. 그런 사람들에게는 노자돈을 마련해 주어서
산을 내려가게 할 것이니, 각자 생리(生理)에 맡도록 살아
가기 바라오."

송강은 명령이 끝나자 배선과 소양을 시켜서 일일이 명
부에 기입케 했다. 전군의 병사들은 한참 동안 서로 상의
한 결과 작별하고 흩어져 가는 사람도 4,5천 명이나 되었
다.

송강은 그런 병사들에게 일일이 금품을 나누어 주어서
떠나 보내고 함께 따라가겠다는 병사들은 같이 데리고 가
서 조정에 보고하기로 했다. 이튿날 송강은 또 소양에게
명령하여 고시문(告示文)을 작성해 가지고 사방으로 사람
을 파견하여 부근의 주군(州郡), 향진(鄕鎭), 촌방(村坊)
에 붙여 열흘 동안 저자를 개방할 것이니 산으로 모이라
는 뜻을 널리 알리게 했다.

소양은 고시문을 사방에 붙이고 나자 창고 안에서 금주
보배, 채단능라(綵緞陵羅), 사견(紗絹) 등을 꺼내어 여러
두령과 사병들에게 분배해 주고, 따로 나라에 헌납할 물건
을 골라서 빼놓고 그 나머지는 모조리 산채에 싸놓고 열
흘 동안 저자를 개방하여 처분하기로 했다. 저자는 3월 3
일에 시작하여 3월 13일에 끝내기로 했고, 또 소와 양을
잡고 술을 빚어서 산채의 저자에 모여든 사람들에게 일일
이 대접하기로 했다.

　그날이 되자 사방에서 백성들이 자루를 들고 광주리를 메고 산채로 몰려들었다. 송강이 열 개 값이 나가는 것을 한 개 값만 받고 팔라고 명령했기 때문에 백성들은 기뻐서 어쩔 줄 모르며 절을 하고 내려갔다.

　이런 날이 열흘 동안 계속된 뒤 저자가 끝나자 전원에게 뒷수습을 하고 경사로 올라가서 황제께 배알할 준비를 하라는 명령이 내려졌다. 이때, 송강이 여러 사람의 가족을 각각 고향으로 돌려보내자고 주장하자 군사 오용이 말했다.

　"형님, 그것은 안 됩니다. 가족들은 당분간 산채에 그대로 머물러 있도록 해두고, 우리들이 먼저 황제폐하께 배알하고 난 다음에 고향으로 돌려보내도록 하십시다."

　"군사의 말이 지당하오."

　송강은 이렇게 말하고, 다시 명령을 내려서 두령들은 즉각에 떠날 준비를 하고 병사들을 수습하도록 했다. 이리하여 송강 일행은 즉각에 길을 떠나 제주에 도착하여 태수 장숙야에게 사례했다. 태수는 곧 연석을 마련, 의사들을 대접하고 전군 병사들을 위로해 줬다.

　송강 일행은 다시 장태수와 작별하고 제주성을 떠나 수많은 군사를 거느리고 곧장 동경으로 향했다. 먼저 대종과 연청을 경사 숙태위의 집으로 보내 연락을 취했다. 태위는 연락을 받자 즉시 입궐하여 황제에게 상주했다.

　"송강의 군사가 서울로 올라왔사옵니다."

　황제는 그 말을 듣자 크게 기뻐하고 즉각에 태위와 어가지휘사(御駕指揮使) 한 명을 사신으로 내세워서 정모절월(旌旄節鉞)을 지니고 성 밖으로 나가 영접하라는 명을 내렸다.

숙태위는 성지를 받들고 곧 교외로 나갔다. 송강 일행이 며칠 만에 경사 성 밖에 당도하니 어가지휘사가 절(節)을 손에 잡고 군마를 영접하고 있었다. 송강은 저편의 연락을 받자 두령들을 거느리고 앞으로 나서서 숙태위에게 인사를 드렸다. 인사가 끝나자 우선 군마를 신조문(新曹門) 밖에 주둔시켜 놓고 성지를 기다리기로 했다.

한편, 숙태위와 어가지휘사는 성 안으로 돌아가 황제께 복명했다.

"송강의 전 군마는 신조문 밖에 주둔하옵고 성지를 기다리고 있사옵니다."

황제가 말했다.

"평소에 듣건대 양산박의 송강 등 1백8명은 위로 천성(天星)에 응해 있고, 모두 영웅이요 용맹하다 하는데, 이제 귀순하여 경사에 도착하였으니 과인이 내일 백관을 거느리고 선덕루(宣德樓)에 올라, 송강 등 일행 1백8명을 전진(戰陣)에 임할 때와 똑같은 몸차림을 시키고 전군의 병사를 거느릴 것 없이 단지 4,5명의 보기(步騎)병만 거느리고 입성시키게 하여 동쪽에서 서쪽으로 행진시키고, 과인이 친히 그것을 열병한 다음 성 안의 군민들에게도 이 영웅호걸들이 국가의 양신(良臣)이 된다는 사실을 똑똑히 보여 주도록 하겠다. 그것이 끝난 다음 갑옷을 벗기고 무기를 해제하고 나서 일동에게 하사하는 금포(錦袍)로 바꾸어 입힌 다음 동화문(東華門)으로 입궐시키어 문덕전(文德殿)에서 만나보도록 하련다."

어가지휘사는 즉각에 송강의 숙영(宿營) 진지로 가서

이 뜻을 구술로 전달했다.

이튿날, 송강은 배선에게 명령을 내려서 체구가 건장한 6,7백 명의 병사를 뽑아내고, 선두에는 금고(金鼓) 기번(旗幡)을 내세우고 뒤에는 창도(鎗刀) 부월(斧鉞)을 끌고, 중앙에는 순천(順天) 호국(護國)이라고 쓴 두 폭의 붉은 깃발을 휘날리며, 병사들은 칼이나 활을 몸에 지니지 않고 대오를 짜가지고 동곽문으로부터 행진해 들어갔다. 동경의 백성들은 남녀노소 모조리 길바닥으로 뛰어나와 마치 신(神)의 행렬을 보는 듯이 구경했다.

이때, 황제는 선덕루에 문무백관을 거느리고 노대(露臺)에 나와 열병했다. 고악을 울리며 행진해 들어오는 양산박 호걸들의 모습은 과연 장관이었다.

도군 황제의 용안에는 미소가 떠올랐다. 내심 기쁨을 금치 못하고 백관에게 이렇게 말하였다.

"꿋꿋한 장정들이 모두 영웅이로다!"

곧 전두관(殿頭官)에게 분부하여 송강 일행에게 하사한 금포(錦袍)로 갈아입고 배알하라고 전달시켰다.

전두관의 전달을 받은 송강 일행은 동화문 밖에서 군의(軍衣)와 무기를 버리고 하사된 홍금(紅錦)·녹금(綠錦)의 포(袍)를 입고, 각각 금패·은패를 차고 황제 배알 때만 쓰는 두건을 쓰고 궁전에서 신는 조화(朝靴)를 신었다.

단지 그 가운데서 공손승은 홍금도포(紅錦道袍)를 입었고, 노지심은 승복을 입었으며, 무행자(武行者)는 짧은 승복을 입었는데 이것 역시 황제의 뜻에 거역하지 않겠다는 의도에서였다.

이리하여 송강과 노준의가 앞장을 서고 오용과 공손승

이 그 뒤를 따르며 일동을 거느리고 동화문으로부터 들어가기 시작했다.

그날, 조견(朝見)의 의식이 엄숙하게 준비되고 황제의 어좌(御座)가 마련되자, 신패(辰牌—아침 일곱시) 시각에 황제는 문덕전에 나타났다.

의례사(儀禮司)가 송강 일동을 인도하고 질서정연하게 열을 짓고 절을 하도록 지시했다.

송강 일행은 전두관의 지시에 따라 황제에게 문안을 드리는 절을 하고 만세를 불렀다.

황제는 크게 기뻐하여, 문덕전 위로 올라오라 명령하고 차례차례 자리를 잡게 했다. 그리고 주연을 베풀라는 명령을 내렸다. 명령에 따라서 광록사(光祿寺)에서는 주연을 마련할 준비를 시작했고, 각 부서마다 음식과 술과 가무, 음악을 준비하자, 황제는 친히 어좌(御座)에 나앉았다. 황제가 송강 일동에게 베풀어 준 주연은 해질 무렵에야 끝났다. 송강은 사례하고 궁중을 나와서 서화문(西華門) 밖에서 각각 말을 타고 영채로 돌아왔다. 그 이튿날도 성 안으로 들어가 예악사(禮樂司)의 인도를 받고 문덕전에 나가 성은(聖恩)에 배사(拜謝)했다. 황제는 심히 기뻐하며 근일 중으로 송강 일행 전원에게 관작을 내리라고 분부했다.

송강 일행은 사례하고 영채로 돌아왔는데, 한편에서 추밀원의 관리들은 상주문을 작성해서 황제에게 제출했다.

그 상주문의 요지는, 새로 투항한 사람들이 아직 아무런 공로도 세우기 전에 관작을 내린다는 것은 부당한 처사이며, 일후에 그들이 공훈을 세워 가는 것을 보아서 작을 내리도록 함이 순서일 것이고, 수만의 군마가 성 근처에서 영채를 마련하고 주둔하고 있다는 사실은 심히 옳지 못한 일이니, 황제는 송강의 군마를 오로(五路)로 나누어서 산동 하북에 주둔시키도록 함이 상책이라는 것이었다.

그 이튿날 황제가 어가지휘사를 통하여 이런 뜻을 송강 일행에게 전달했다. 그들은 생사를 같이한 몸이니 여하한 일이 있어도 서로 헤어질 수 없다 하며, 그것이 관철되지 않을 경우에는 도로 양산박으로 되돌아가겠다고 하였다. 지휘사는 이런 사태를 황제에게 솔직히 보고했다. 황제가 추밀원의 관리들을 불러서 선후책을 강구했다. 추밀사 동관은 이렇게 말했다.

"놈들은 본심을 고치지 못하고 있습니다. 놈들 1백8명을 모조리 죽여 버리고 부하의 병사들을 분산시켜 버리시면 국가의 우환을 근절시킬 상책인가 하옵니다."

이때, 병풍 뒤에서 대신 한 사람이 내달으며 호통을 쳤다.

"사방 변경에는 아직도 낭연(狼煙)이 가라앉지 않았는데, 중앙에서 또 화를 일으키려고 하느냐! 성조천하(聖朝天下)를 망치는 것은 모두 네 놈들 용악(庸惡)한 자들의 소행이다!"

이야말로 경천동지(驚天動地)할 만한 사람을 구출하자는 입국안방(立國安邦)의 말이었다. 병풍 뒤에서 호통을 친 대신은 과연 누구일까?

83 억울한 희생자

宋公明奉詔破大遼
陳橋驛滴淚斬小卒

어병풍(御屛風) 뒤에서 내달으며 호통을 친 사람은 전전도태위(殿前都太尉) 숙원경(宿元景)이었다.

그가 천자에게 계주한 요점은 다음과 같다.

① 양산박의 호걸들은 생명을 내걸고 각각 흩어지기를 거부할 것이며, 지모와 용맹을 갖춘 그들이 성 안에서 반동이라도 일으키면 그때에는 수습할 방법이 없으리라는 것.

② 방금 요국(遼國)이 10만 대군을 동원하여 산후(山後)의 여러 주를 침범하고 있어서, 각현에서 상주문을 올려 조정에 구원병을 청하고 있으나, 추밀사 동관을 위시하여 태사 채경(蔡景), 태위 고구(高俅)·양전(楊戩) 등이 상주문을 깔아 버리고 계주치 않았기 때문에 천자만이 국정에 눈이 어두워 있다는 것.

③ 송강 전원 중의 양장(良將)과 부하 장병들을 변경지대에 파견하여 요국의 적군을 격파케 하여 공을 세우게 하고 호걸들을 조정에서 중용함이 가장 현명지책이라는 것이었다.

천자는 숙태위의 계주하는 말을 듣고 크게 기뻐하며 추밀원의 여러 관원들을 모아 놓고 준엄하게 꾸짖은 다음,

즉각에 친필을 들어 조칙을 작성했다.

송강을 파요도선봉(破遼都先鋒)에, 노준의를 그 부선봉(副先鋒)에 임명하고, 그밖의 여러 장수들에게도 나중에 공로에 따라서 적당한 관작을 내리겠다는 뜻을 숙태위를 시켜서 송강에게 전달케 했다.

나라를 위해서 힘써 일하고, 공로를 세워서 충성된 신하가 되기를 평생 소원으로 삼고 있던 송강이 기뻐하지 않을 리 없었다. 즉각에 천자의 칙명에 복종할 의사를 표시하고, 양산박으로 돌아가 미진한 일들을 깨끗이 수습하기 위해서 열흘 동안 여유를 달라고 했다.

송강의 의사를 천자에게 전달하니, 천자도 쾌히 승낙하고, 다시 숙태위에게 금 1천 냥, 은 5천 냥, 채단(綵段) 5천 필을 주어서 송강 이하 여러 장수들에게 하사하도록 했다.

숙태위는 다시 송강을 찾아가서 그 하사품을 전달하고 간곡히 부탁했다.

"산채로 돌아가시면 빨리 다녀오시기 바랍니다. 돌아오시게 될 때에는 미리 사람을 보내셔서 연락해 주시고, 기일을 엄수하시기 바랍니다."

송강은 군사 오용과 공손승, 임충, 유당, 두천, 송만, 주귀, 송청, 원씨 삼형제와 함께 보(步)·기(騎)·수(水) 3군 병력 1만여 명을 거느리고 산채로 돌아가기로 작정하고, 그밖의 사람들은 그대로 경사에 주둔시켜 두기로 했다.

양산박으로 돌아가자 즉시 충의당으로 들어가서 명령을 내려, 각각의 가족에게 짐을 꾸리고 출발할 준비를 하라

했으며, 일면 돼지·양을 잡고, 향불을 피우고, 지전·지마(紙馬)를 태워서 조천왕에게 제사를 올린 다음, 그의 영패(靈牌)를 불살라 버렸다.

먼저 여러 사람의 가족을 각각 고향으로 돌려보내기로 작정하고 말과 수레를 태워서 출발케 한 다음, 자기 집 하인배를 시켜서 송태공과 가족을 데리고 운성현 송가촌으로 돌아가서 처음과 같이 선량한 백성이 되어 농사나 짓고 살도록 했다.

그 다음, 원씨 삼형제를 시켜서 쓸모 있는 배를 골라내게 하고, 나머지 쓸모없는 배들은 모조리 부근 주민들에게 나누어 주었다.

산채에 마련했던 모든 건축물들도 백성들에게 마음대로 헐어 가도록 하고, 세 군데 관문과 충의당까지 허물어 버렸다. 이렇게 깨끗이 뒷수습을 마친 다음, 병사들을 거느리고 다시 경사로 되돌아왔다.

송강은 마침내 채하(蔡河)를 거쳐 황하(黃河)로 나와서 북쪽으로 진격을 개시했다. 오호(五虎), 팔표(八彪)장군들을 앞장세우고 표기(驃騎)장군 열 사람은 후군을, 송강·노준의·공손승·오용은 중군을 통솔하고, 수군 두령 원씨 삼형제와 이준, 장횡, 장순은 동위·동맹·맹강·왕정륙과 그밖의 수부 두목을 거느리고 전선(戰船)을 타고 진격했다.

송강이 전군을 지휘하면서 진교역(陳橋驛) 가도까지 진출했을 때, 중서성(中書省)에서는 상관(廂官) 두 사람을 파견해서 천자가 하사한 술과 고기를 전군 장병에게 분배해 주게 되었다.

이 상관들은 뇌물을 먹으며 살아온 간악한 무리들이었다. 병사 한 사람에게 한 병씩 분배할 술을 반병으로 줄이고 고기도 한 근(16냥)에서 여섯 냥을 떼어먹고 분배해 주었다.

전군의 병사들에게 다 분배해 주고 후군의 차례가 됐을 대, 군교(軍校) 한 사람이 놈들의 속셈을 눈치채고, 상관에게 손가락질을 하면서 호통을 쳤다.

"모두 네 놈들 호리지도(好利之徒)들이 조정의 은상품을 좀먹은 것이다!"

상관도 약이 올라서 옥신각신하다가 마침내 싸움이 붙었다.

격분을 참지 못한 군교가 상관 한 사람의 얼굴에 칼질을 해서 마침내 거꾸러뜨리고 말았다. 다른 군교들이 덤벼들어서 말리려고 했을 때에는, 상관은 이미 절명하고 말았다.

후군 중의 조군(皁軍)의 책임자인 항충(項充)과 이곤(李袞)이 급히 송강에게 보고하자, 송강은 깜짝 놀라서 군사 오용과 선후책을 상의했다. 오용이 말했다.

"성원(省院)의 관리들은 우리들을 심히 좋아하지 않는데 또 이런 일을 저질렀으니, 이야말로 그들에게 좋은 기회를 주는 셈이 되었습니다. 우선 그 군교의 목을 베도록 호령하시고, 한편으로 중서성에 보고하여 진격을 중지하고 하회를 기다리는 수밖에 없습니다. 또 시급히 대종과 연청을 성 안으로 살며시 들여보내어 숙태위에게 자세한 내막을 보고하여서, 그에게 수고를 끼쳐서 중서성에서 모략을 쓰지 못하도록 미리 천자께 자초지종을 계주케 해야만 무사할 수 있겠습니다."

송강은 이렇게 계책이 서자, 친히 말을 달려서 진교역(陳橋驛)으로 갔다. 그 군교는 상관의 시체 옆에 우두커니 서 있었다. 송강은 우선 역정(驛亭)에서 술과 고기를 가져다가 전군의 병사들을 위로해 주고, 그 군교를 역정(驛亭) 안으로 불러들여 자세한 경위를 물어 봤다.

그 군교가 말했다.

"놈은 말끝마다 양산박의 반적(反賊)이라고 했으며 우리들을 살을 발라내어 죽여도 마땅치 않은 놈들이라고 매도했습니다. 일시, 격분을 못 이겨 그놈을 죽여 버렸으니 장군의 처분만 바랍니다!"

송강이 걱정했다.

"그는 조정의 명관이다. 나 자신도 건드리기를 꺼려하는 터인데 어째서 그자를 죽여서 우리들 여러 사람에게까지 누가 미치게 한단 말이냐! 나는 이제야 조칙을 받들고 대요(大遼)를 격파하려고 나선 판이요, 척촌지공(尺寸之功)도 세우지 못했는데 이런 일을 저질렀으니 어찌하면 좋단 말이냐?"

그 군교는 머리를 숙이고, 그저 죽여 달라고만 했다.

송강이 울면서 말을 계속했다.

"나는 양산박에 올라간 이래, 어떤 형제 하나도 죽여 본 일이 없었다. 오늘날은 관(官)에 든 몸이 되어 촌보(寸步)라도 내 마음대로 할 수 없게 됐다. 그대가 아직도 굳센 의기가 죽지 않았다는 것은 좋은 일이지만 옛날 같은 성미를 부려서는 안 되는 것이었다!"

그 군교가 울면서 호소했다.

"소인은 그저 죽음을 기다릴 따름입니다."

송강은 그 군교에게 술을 잔뜩 마시게 해서 취하도록 하라 명령하고 나무에 목을 매어 죽게 했다. 다시 그 목을 베게 했고, 상관의 시체는 관 속에 잘 거두어서 문서를 작성해 가지고 중서성에 경위를 보고했다.

이 사건의 자세한 경위가 숙태위를 통해 천자에게 계주되자, 휘종황제는 대로하여 중서성의 관리들을 책망하고, 즉각에 성지를 내려 송강에게 곧 출발하라 분부하고 죄를 저지른 군교의 목을 거리에 높이 매달아 백성들에게 보이도록 했다.

송강은 천자의 칙명대로 군교의 목을 진교역에 높이 매달고, 시종 눈물을 흘리며 그 시체를 매장한 다음 다시 말을 타고 북진을 계속했다.

하루 60리의 진군을 계속하여 요나라의 국경선에 도달했을 때, 송강은 군사 오용을 불러서 작전계획을 상의했다.

"지금 요나라 군사들은 사로(四路)로 갈라져서 침범해 오고 있는데, 우리 군사도 역시 몇 갈래로 갈라져서 공격하는 것이 어떻겠소? 혹은 먼저 성을 공격하는 것이 좋을지? 좋은 계책을 말해 주시오."

오용이 말했다.

"군사를 갈라서 공격한다면 땅은 넓고 사람은 적으니 서로 돌아가면서 진격하기가 어려울 것입니다. 그보다는 먼저 적군의 성을 몇 군데 공격해 보고 나서 다시 생각해 보기로 하시지요. 성에다가 맹공을 가하면 적군은 침범해 들어온 군사는 반드시 철수시킬 것입니다."

송강은 오용의 의견이 좋은 계책이라 생각하고 즉시 단경주를 불러서 분부했다.

"그대는 북쪽 변경지대의 지리를 잘 알고 있을 것이니, 앞장서서 군사를 거느리고 전진해 주기 바라오. 또 여기서 가장 가까운 주현은 어디쯤 되오?"

"바로 앞에 요나라의 요새지대인 단주(檀州)란 고을이 있습니다. 노수(潞水)라는 깊은 강물이 성벽을 둘러싸고 흐르고 있습니다. 이 노수란 강은 곧장 위하(渭河)로 통하고 있으니 전선으로 공격하는 게 좋을 것입니다. 시급히 수군의 두령들을 동원해서 배를 집결시킨 뒤 수륙양로로 진격하면 단주를 함락시킬 수 있을 것입니다."

송강은 즉시 대종을 내보내 수군의 두령 이준과 그밖의 여러 사람들을 독촉해서 밤낮을 가리지 않고 배를 몰아 노수에서 합류하도록 연락을 취했다.

한편, 단주성을 지키고 있는 요나라의 동선시랑(洞仙侍郞)이란 번관(番官)의 수하에는 아리기(阿里奇), 교아유강(咬兒惟康), 초명옥(楚明玉), 조명제(曹明濟) 등 네 사람의 맹장이 있는데, 모두 만부부당(萬夫不當)의 용맹을 지니고 있는 장수들이었다.

이들 네 장수는 송나라 조정에서 송강 일당을 내세워 진격을 개시했다는 소식을 듣자 즉시 상주문을 작성하여 국왕에게 알리고, 인근의 계주(薊州)와 패주(覇州), 탁주(涿州), 웅주(雄州)에 연락하여 구원병을 청하고, 동시에 병사를 징집하여 성 밖에서 적군을 맞아 싸우기로 작정하고 우선 아리기와 초명옥 두 장수에게 병사를 거느리고 출격하도록 했다.

한편에서는 관승이 전군의 선봉이 되어서 군사를 거느리고 단주 소속인 밀운현(密雲縣)으로 쳐들어갔다. 현관이 그 소문을 듣자 두 번장에게 비보(飛報)를 보내어 알렸다.

"송나라 조정의 군마는 기호(旗號)를 크게 펼치고 의기양양하오. 바로 양산박에서 최근에 특사령을 받은 송강 일당들이오!"

아리기가 그 보고를 받고 웃으면서 말하였다.

"그 따위 대단치도 않은 도둑놈의 무리들이라면 말할 나위도 없는 일이다."

즉각에 명령을 내려 번병(番兵)들을 집결시키고, 날이 밝으면 밀운현으로 내보내 송강의 군마와 대결하도록 만반의 준비를 갖추게 했다.

이튿날, 송강은 요나라 군사가 쳐들어온다는 보고를 받자 즉각에 명령을 내렸다.

"싸울 때에는 정세를 잘 살펴서 실수가 없도록 하라!"

여러 장수들은 명령을 받자, 즉각에 갑옷을 입고 말을 탔다. 송강과 노준의도 각각 무장을 든든히 하고 친히 진두에 나서서 군사를 지휘했다.

멀리 바라보니, 요나라 군사들은 천지를 뒤덮을 듯이 시커먼 조조기(早雕旗)를 휘날리며 노도처럼 밀려들었다.

양군은 일제히 궁노(弓弩)를 발사하며 서로 공격을 견제하고 있었다. 이때 적진에서 시커먼 깃발이 좌우 양쪽으로 갈라져서 휘날리더니, 그 한복판으로부터 한 사람의 번장이 경중경중 뛰며 빙글빙글 돌아가는 한 필의 말을 타고 달려나왔다.

그의 앞에서 휘날리는 번관(番官)의 기폭에는 '대요상장(大遼上將) 아리기(阿里奇)'라고 명시되어 있었다.

그것을 바라다본 송강이 여러 장수들에게 주의를 줬다.

"저 번장을 업신여겨서는 안 될 것이다!"

그 말이 떨어지기가 바쁘게 금창수 서녕이 뛰쳐나와 구겸창(鉤鎌鎗)을 비스듬히 꼬나잡고 말을 달려 진두에 버티고 섰다.

번장 아리기는 그것을 보자 큰 소리로 매도했다.

"송나라 조정도 인제는 망조가 들었다. 대단치도 못한 도둑놈들을 장수로 내세워서 대국을 침범하다니, 그러고도 죽어야 할 목숨인 줄 모르고 있느냐?"

서녕도 호통을 쳤다.

"나라를 욕되게 하는 어줍지 않는 소장 녀석아! 감히 어디다 대고 더러운 주둥아리를 함부로 놀리느냐?"

양군은 고함을 질렀다.

서녕과 아리기는 싸움터 한복판으로 내달려서 무기를 휘두르며 싸우기 시작했다. 두 장수가 대결하기 30여 합, 서녕은 번장을 감당해내기 어렵다고 판단되자 자기 진지를 향해 뺑소니쳤다.

화영이 얼른 활을 화살을 꽂아 가지고 겨누었다. 번장은 그대로 추격해 왔다. 장청이 경각을 지체치 않고 한 손으로 말안장을 누르고 또 한 손으로 비단주머니에서 조약돌을 집어내 가지고, 번장이 접근해 오기를 기다려서 그 얼굴을 정통으로 겨누고 날려 보냈다.

조약돌은 보기 좋게 아리기의 왼편 눈에 명중했다. 아리기는 말 위에서 거꾸러져 나뒹굴었다.

이편에서는 화영, 임충, 진명, 색초 네 장수가 일제히 달려들어서 먼저 준마를 빼앗고, 아리기를 산 채로 붙잡은 뒤 진지로 돌아왔다.

부장 초명옥은 아리기가 말에서 떨어지자 시급히 그를 구출하러 내달으려 했지만, 송강의 대군이 앞뒤에서 덤벼들어 밀운현을 포기하고 대패하여 단주로 도주했다.

송강은 그 정도로 해두고 더 추격지 않기로 하고 밀운현에 진을 치고 주둔했다.

번장 아리기는 한편 눈 귀퉁이가 찢어져서 눈을 뜨지 못하다가 아픔을 못 견디어 죽고 말았다.

송강은 번관의 시체를 화장하라 명령하고, 공적부에 장청의 공훈을 명백히 기록해 두었다.

또 아리기의 연환빈철개(連環鑌鐵鎧), 서슬이 시퍼런 이화창(梨花鎗), 보석을 박은 사만대〔獅蠻〕, 은빛 권화마(拳花馬)와 그밖의 화포궁전(靴袍弓箭)을 모조리 장청에게 주고, 그날은 밀운현에서 축하의 연석을 베풀고 여러 병사들과 함께 기분좋게 술을 마셨다.

이튿날, 송강은 승장(陞帳)하자 진군하라는 명령을 내렸다. 그리고 밀운현을 떠나 곧장 단주(檀州)로 향했다.

한편, 단주의 동선시랑(洞仙侍郞)은 장수 하나를 잃었다는 보고를 받자, 성문을 굳게 잠그고 나와 싸우려고 하지 않았다. 그런데 또 수군의 전선이 성 밑까지 쳐들어왔다는 보고를 받자 번장들을 거느리고 성벽 위에 올라 관망했다.

송강의 진중에서 맹장들이 깃발을 휘두르고 고함을 질러 위무(威武)를 뽐내며 쳐들어오는 광경이 바라다보였다.

동선시랑이 입을 열었다.

"저만한 기세라면 소장군 아리기가 지지 않을 수 없었겠다!"

부장 초명옥이 말했다.

"소장군은 놈들에게 진 것이 아닙니다. 저편 만병(蠻兵)이 먼저 패하여서 우리 소장군이 추격했더니, 저편에서 녹색 복장을 한 오랑캐 한 놈이 조약돌을 날려 보냈기 때문에 말에서 떨어진 것입니다. 저편 대오 속으로부터 네 놈의 오랑캐가 넉 자루의 창을 휘두르며 달려들어서 앞을 가로막아 우리 편에서는 어쩔 도리가 없이 지게 된 것뿐입니다."

동선시랑이 물었다.

"조약돌을 날려 보냈다는 오랑캐놈은 어떻게 생긴 놈이냐!"

측근자 가운데서 얼굴을 아는 자가 있어서 손가락으로 가리키면서 말했다.

"저기, 성 밑에 청포건을 쓰고 버티고 서 있는 자입니다. 지금은 우리 소장군의 갑옷을 입고, 우리 소장군의 말을 타고 있는 바로 저놈입니다."

동선시랑이 성 위에 흙으로 쌓아 올린 구멍 뚫린 담으로 올라가 내려다보고 있을 때, 장청은 벌써 그것을 재빨리 알아채고 말을 달려 가까이 나가서 또 한 개의 조약돌을 날려 보냈다.

"얼른 몸을 피하십시오!"

측근자들이 일제히 소리를 지르는 순간, 그 조약돌은 동선시랑의 귀밑을 스치고 꺼풀을 벗겨 놓고 말았다.

동선시랑이 간신히 아픔을 참으며 말했다.

"저 오랑캐놈은 과연 지독한 놈이구나!"

그는 성벽에서 내려오자 즉각에 상주문을 작성해서 요나라 국왕에게 보고하는 한편, 국경 각주에도 통고하여 수비를 견고히 하라고 했다.

한편, 병사를 거느리고 성 밑까지 쳐들어간 송강은 4,5일 동안이나 계속해서 공격했지만 격파할 수 없었다. 병사를 거느리고 밀운현으로 되돌아와서 성을 격파할 계책을 다시 협의했다.

이때 대종이 돌아와서 수군의 두령들이 모두 전선을 타고 노수에 집결했다는 사실을 보고했다.

송강은 즉각에 이준 이하 여러 두령들을 장중(帳中)으로 부른 뒤 협의하기로 했다. 이준 일행이 장전(帳前)에 나타나서 송강에게 인사를 마치자 송강은 이렇게 지시했다.

"이번 싸움은 양산박에 있을 때와 딴판이오. 먼저 수세심첨(水勢深淺)을 잘 탐지해 가지고 진병(進兵)하도록 하시오. 내가 보건대 노수란 강줄기는 수세가 심히 급하니 한 번 실수하면 구응(救應)하기 어려울 것 같소. 모든 점에 조심하고, 우리 편 힘만 과대평가하지 말고 선척(船隻)은 모두 덮개를 잘 씌워서 운량선(運糧船)처럼 보이도록 하고, 두령들은 각각 무기를 지니고 뱃속에 숨어 있으면서, 4,5명만이 나서서 배를 젓고, 저편 강기슭에서는 두 사람쯤 나타나서 배를 끌어올리도록 하시오. 성 밑 가까이에 가서는, 이편에서 병사가 출동할 때까지 배를 양편 강기슭에 매놓고 기다리시오. 성 안에서는 이런 사실을 알게 되면 반드시 수문을 열고 운량선을 빼앗으러 나올 것이니, 그때 숨어 있던 두령들이 뛰쳐나와서 적군의 수문을 점령해 버리면 반드시 성공할 것이오."

이준과 그밖의 여러 두령들은 명령을 받고 물러갔다.

얼마 안 되어서 탐수소교(探水小校)가 보고해 왔다.

"서북쪽에서 1대의 군마가 쳐들어옵니다. 일제히 조조기를 휘날리며 1만 명이나 되는 군사들이 곧장 단주를 향하여 쳐들어오는 것 같습니다."

오용이 말한다.

"그것은 요나라에서 내보낸 구원병이 틀림없을 것입니다. 우리 편에서는 우선 장수 몇 명을 보내어 막아내면서 놈들을 뿔뿔이 헤쳐 버리면 성 안에 있는 놈들은 간담이 써늘해질 것입니다."

송강은 즉각에 장청, 동평, 관승, 임충에게 명령을 내려, 각각 10여 명의 소두목과 5천의 군마를 거느리고 급히 공격을 가하도록 했다.

요나라 국왕은 양산박의 송강 일당의 호걸들이 병사를 거느리고 단주에 쇄도하여 성을 포위했다는 보고를 받자, 특별히 두 조카를 파견하여 구응을 담당케 했다. 그 한 사람은 야율국진(耶律國珍)이라 했고, 또 한 사람은 야율국보(耶律國寶)라고 했다. 둘이 다 같이 요나라의 상장(上將)으로서 만부부당의 용맹을 지닌 장수들이었다.

그들은 1만 명의 번병을 거느리고 단주 싸움을 거들러 나섰다. 그들 형제는 가까운 지점까지 달려나오자, 좌우 양편으로 진형(陣形)을 펼치고 동시에 말을 달려 진두에 나섰다. 두 번장은 똑같은 복장을 입고 있었으며 또한 둘이 다 창을 잘 쓰기로 유명한 장수들이었다.

송강 편에서도 그들을 맞아서 진을 펴고 먼저 쌍창장 동평이 말을 달려 진두에 나서서 호통을 쳤다.

"거기 나타난 것은 어디서 오는 번적(番賊)이냐?"

야율국진이 대로하여 호통을 쳤다.

"물구덩이에서 나온 강도놈들아! 감히 우리 대국을 침범하면서 도리어 무슨 돼먹지 않은 말버르장머리냐!"

동평은 더 말대꾸를 하지 않고, 말을 달려 창을 휘두르며 야율국진에게 덤벼들었다. 번가(番家)의 젊은 장군은 혈기방장한 터라 한 발자국도 물러설 까닭이 없이 강창(鋼鎗)을 휘두르며 응전했다.

두 필의 말들이 엇갈리고, 도합 석 자루의 창이 어지럽게 춤을 추었다. 전진(戰塵)과 살기가 가득 찬 싸움터 한복판에서 쌍창을 휘두르는 동평은 독특한 수법을 쓰고, 단창을 휘두르는 야율국진 또한 묘한 수법을 쓰며 50여 합을 싸웠으나 승부가 나지 않았다.

이때, 야율국보는 자기의 형이 오래 싸우다가 기운이 지칠 것을 걱정하여 중군에 있다가 징을 치도록 했다.

야율국진은 한창 싸우고 있는 판에 징소리가 울리자 시급히 몸을 뒤로 물리려고 했다. 그러나 동평은 두 자루의 창을 걸쳐 놓은 채 뽑으려고 하지 않았다. 야율국진은 당황해져서 창을 쓰는 솜씨가 둔해지지 않을 수 없었다.

이 찰나에 동평은 상대방의 녹침창(綠沉鎗)을 오른손으로 누르고, 왼손의 창을 번쩍 쳐들어 번장의 모가지를 정통으로 겨누고 푹 찔러 버렸다. 가련하게도 야율국진은 금관이 훌떡 벗겨지며 두 다리가 허공으로 떠서 말 위에서 거꾸러져 처박히고 말았다.

아우 야율국보는 형이 말에서 떨어지는 것을 보자, 즉각에 진지에서 뛰쳐나와 단기단창(單騎單鎗)으로 덤벼들어 형을 구출하려고 했다. 송강의 진지에서는 몰우전 장청이 야율국보가 내닫는 것을 보자, 그대로 둘 수 없어서 말 위에서 이화창(梨花鎗)을 한편에 걸치더니, 비단주머니 속에서 조약돌을 움켜잡아 가지고 말을 몰아 진두로 달려나섰다.

야율국보가 급히 달려드는 판에, 장청과 정면으로 맞닥뜨리게 되어서 그 거리가 불과 10장밖에 안 됐다. 번장은 장청이 그저 대결하려고 덤벼드는 줄만 알고 아무런 조심도 하지 않았다.

이런 찰나에 장청은,

"이것이나 받아라!"

하고 호통을 치면서 돌멩이를 화살같이 날려 보냈다. 돌멩이가 얼굴을 정통으로 후려갈기자 야율국보는 말 위에서 거꾸로 처박혀서 떨어지고 말았다. 관승과 임충이 경각을 지체치 않고 병사를 몰고 덤벼들었다. 이 일전에서 송강 편은 1만여 명의 요나라 병사를 무찔렀고, 번관 두 사람의 안마(鞍馬) 한 쌍과, 금패(金牌) 두 쪽, 보관(寶冠), 포갑(袍甲)을 얻었으며, 두 수급(首級)을 잘라 버렸다.

전마(戰馬) 1천여 필을 빼앗아서 밀운현으로 끌고 가서 송강에게 바쳤다. 송강은 크게 기뻐하며 전군을 위로해 주고, 동평·장청의 공로를 특별히 기록하여 단주를 함락시킨 다음에 조정에 상신하기로 했다.

송강은 오용과 상의하여 밤이 되어서 군첩(軍帖)을 작성해 가지고 임충과 관승을 시켜서 1대의 군마를 거느리고 서북쪽으로부터 단주를 공격케 하고, 호연작·동평도 1대의 군마를 거느리고 동북쪽으로부터 진격케 하고, 다시 노준의는 1대의 군마를 거느리고 서남쪽으로부터 공격을 가하게 했다.

끝으로 송강은,

"우리들 중군은 동남방으로부터 진격해 나갈 것이요. 포성을 신호로 삼고 일제히 행동을 개시하시오!"

했다. 밤이 깊어서 번병 하나가 동선시랑에게 보고했다.

"노수강에 6,7백 척의 운량선이 양쪽 기슭으로 몰려와 있고, 먼 곳으로부터 적병이 쳐들어오고 있습니다!"

동선시랑이 말했다.

"오랑캐놈들은 우리 편 수로에 어두워서 잘못 알고 운량선을 강기슭에 댄 것이고, 멀리서 쳐들어온다는 적병은 그 운량선을 찾으려고 온 것일 게다!"

즉각 세 사람의 번장, 초명옥·조명제·교아유강을 파견하기로 하고 그들을 불러 지시했다.

"저 송강 오랑캐놈들은 오늘 밤에도 다수의 병력을 몰고 쳐들어오는 모양이고, 또 따로 몇 척의 운량선이 우리 편 강기슭에 와 있으니 교아유강은 1천 병력을 거느리고 성 밖으로 진격을 하고, 초명옥과 조명제는 수문을 열고 배를 몰고 나가도록 하시오! 운량선의 3분의 2만 빼앗을 수 있다면 그대들의 큰 공로라 하겠소!"

한편, 송강의 진지에서는 이규·번서가 보병을 거느리고 그날 저녁때 성 밑에 가서 시끄럽게 굴었다. 동선시랑은 교아유강에게 명령하여 시급히 성 밖으로 쳐가라고 했다.

성문이 열리고 구름다리가 내려앉자 요나라 군사들이 성 밖으로 몰려나왔다. 그러나 이편에서는 이규, 번서, 포욱, 항충, 이곤 다섯 호걸이 1천 명의 보병을 거느리고 구름다리를 가로막았다. 번군은 쉽사리 성 밖으로 진격할 수 없게 되었다. 성 안에 있는 동선시랑은 급히 초명옥과 조명제에게 명령하여 수문을 열고 배를 빼앗으라고 했다.

송강 편의 수군에서는 만반의 준비를 갖추고 숨어 있다가, 적군이 수문을 열고 나서는 것을 보자 한 방의 포성을 신호로 양편 강기슭에 있던 전선들이 일제히 행동을 개시하여 번선으로 덤벼들었다.

번장 초명옥과 조명제는 전선의 포위를 받고 감당할 수가 없어 언덕으로 올라가 도주했다.

송강 편의 수군 여섯 두령은 경각을 지체치 않고 수문을 점령해 버렸다. 수문을 지키고 있던 번장들은 죽지 않으면 도주하는 두 가지 길밖에 없었다.

수문 근처에서 또 불길이 치밀어 올랐다. 능진이 차상포(車箱砲)를 쏜 것이다. 동선시랑은 포성을 듣자 대경실색했고, 이규·번서·포욱·항충·이곤은 수하의 병사를 거느리고 곧장 성 안으로 쳐들어갔다.

동선시랑과 교아유강은 성 안에 있다가 송강의 사로군

(四路軍)이 일제히 쳐들어오는 것을 알자, 어찌할 바를 모르고 말을 달려 북문으로 도주했다.

그러나 얼마 못 가 관승, 임충이 나타나면서 앞길을 가로막았다.

옴짝달싹도 할 수 없는 위기에 빠진 것이다. 필경, 동선 시랑은 어떻게 이 사지에서 몸을 뛰쳐날 수 있을 것인가?

84 화염충천

宋公明兵打薊州城
盧俊義大戰玉田縣

관승과 임충은 성을 점령하는 것이 목적이었으므로, 그 이상 추격하지 않고 성 안으로 진격해 들어갔다.

송강은 대군을 거느리고 단주에 입성했다. 명령을 내려서 백성들에게 추호라도 폐를 끼치지 못하게 하고, 전선을 모조리 성 안으로 끌어들이게 했다. 요나라에서 쓰던 관원 가운데 중국 성씨가 확실한 자는 그대로 쓰기로 하고, 성씨가 없는 자는 모두 성 밖으로 내보내어 사막지대로 돌려보냈다.

한편, 단주성을 함락시켰다는 상주문을 작성해서 조정으로 보냈고, 부고(府庫)의 재백금보(財帛金寶)도 경사로 올려 보내고, 숙태위를 시켜서 이런 자세한 경위를 조정에 보고케 했다.

천자의 용안에는 희색이 가득 찼다. 즉각 칙령을 내려 조안무사(趙安撫師)를 파견해서 어영군마(御營軍馬)만을 거느리고 현지에 나가서 감전(監戰)케 했다.

송강은 교외 먼곳에까지 나와서 조안무사의 일행을 영접했고, 단주부내(檀州府內)로 안내하여 쉬도록 했다. 이곳을 임시 행군수부(行軍帥府)로 작정, 여러 장수와 두목들로 하여금 조안무사를 참견케 했다.

조안무사는 위인이 관인후덕(寬仁厚德)하고 일을 처리함에 공정한 사람이어서, 천자가 하사한 금은과 비단을 송강에게 전달하고 하루바삐 충성을 다하여 큰 공을 세우고 조정으로 개선하도록 해주면 자기도 힘이 되어 주겠다고 간곡히 격려해 주었다.

송강이 하사품을 장병들에게 분배해 주고 요나라의 주군을 계속 정복하라는 명령을 내렸을 때 양웅이 품(稟)하였다.

"앞으로 계주(薊州)가 아주 가까운 곳에 있습니다. 그 고장은 요나라의 대군(大郡)으로서 고장(庫藏)지대이니, 이 한 군만 점령하면 다른 고장은 쉽사리 점령하게 될 줄로 생각합니다."

송강은 그 말을 듣고 즉각에 군사 오용을 불러서 선후책을 상의하기로 했다.

한편, 동선랑과 교아유강은 동쪽으로 도주하다가 패잔병을 거느리고 오는 초명옥, 조명제와 마주치게 되었다. 그들은 경각을 다투어서 계주성 안으로 들어가서 황제의 아우 되는 야율득중(耶律得重)에게 보고했다.

"송강의 군사는 기세가 대단할 뿐더러, 그 중에는 백발백중으로 돌팔매질을 하는 놈이 있어서 황질(皇姪) 두 분과 소장 아리기도 모두 그 돌멩이에 맞아 목숨을 빼앗겼습니다."

이때 또 유성탐마(流星探馬)의 보고가 날아들었다. 송강의 군사가 두 갈래로 갈라져서 한 갈래는 평욕현(平峪縣)으로, 또 한 갈래는 옥전현(玉田縣)으로 계주를 향해 쳐들어온다는 것이었다.

어제대왕(御弟大王)은 그 보고를 받자, 즉각에 동선시랑에게 분부했다. 군사를 거느리고 평욕현 어귀를 수비하고 싸우지는 말라는 것이었다. 자기 자신은 군사를 거느리고 옥전현으로 쳐들어오는 놈들을 우선 거꾸러뜨려 놓고 배후로부터 기습작전을 쓰면 평욕현의 송강의 군사는 독 안에 든 쥐가 되리라는 것이었다. 그와 동시에 패주(覇州), 유주(幽州)에도 연락을 취해서 양로(兩路) 군사의 원호를 받도록 수배하겠다는 것이었다.

계주란 고장은 본래가 요나라 국왕이 어제(御弟) 야율득중을 파견해서 지키고 있는 곳인데, 이 어제대왕(御弟大王)에게는 종운(宗雲), 종전(宗電), 종뢰(宗雷), 종림(宗霖) 4형제의 아들이 있었고, 이 네 장수는 총병대장(總兵大將) 보밀성(寶密聖), 부총병(副總兵) 천산용(天山勇) 등 10여 명의 장수들과 함께 계주를 수비하는 중심 세력이 되어 있었다.

이때, 벌써 송강은 평욕곡 서쪽까지 진격하여 진을 치고 있었으며, 한편 노준의는 선봉이 되어서 옥전현까지 군사를 진출시키고 있었다.

어제대왕 야율득중은 군사를 거느리고 옥전현에 도착하자 재빨리 군사를 분산시켜서 진을 쳤고, 한편 송강의 군중에서는 주무가 운제(雲梯)에 올라가 정찰을 해보고 내려와서 노선봉에게 보고했다.

"놈들이 펼치고 있는 진은 오호고산진(五虎靠山陣)이라는 것이며 대단할 게 없습니다."

주무는 장대(將臺)로 올라가서 좌우의 군사를 신호기로

이동시켜서 이 편에서도 진형을 정비했다. 노준의가 잘 알 수 없어 주무에게 물었다. 주무가 대답했다.

"이것은 곤화위붕진(鯤化爲鵬陣)이라는 것입니다."

"곤화위붕진이란 뭣을 말하는 것이오?"

"북해(北海)에 곤(鯤)이라는 물고기가 있습니다. 자라서 큰 붕새〔大鵬〕가 될 수 있습니다. 한 번 날면 9만 리를 갈 수 있다고 합니다. 이 진형은 멀리서 보나 가까운 곳에서 보나 소진(小陣)에 불과해 보이지만 저편에서 공격해 올 때에는 대진(大陣)으로 변합니다. 그래서 곤이 화해서 붕이 되는 진형이라고 하는 겁니다."

노준의는 감탄하여 마지않았다.

저편 적진에서 군고 소리가 요란스럽게 울리더니 문기(門旗)가 좌우로 걷히며 어제대왕이 몸소 말을 타고 네 아들을 양편으로 거느리고 진두에 나섰다.

네 젊은 장수들이 큰 소리로 호통을 쳤다.

"이 도둑놈들아! 어찌 감히 우리 변계(邊界)를 침범하느냐?"

노준의가 소리쳤다.

"양군은 서로 임적(臨敵)했으니, 어떤 영웅이든지 먼저 앞장서서 출전하라!"

말이 채 끝나기도 전에 이편에서 관승이 청룡언월도를 휘두르면서 말을 달려 진두에 나섰다. 저편에서는 번장 야율종운(耶律宗雲)이 칼을 휘두르며 말을 달려 대결하러 나섰다. 두 장수가 싸우기를 5합도 못 되어서 야율종림(耶律宗霖)이 말을 달려 싸움을 거들러 덤벼들었다.

이편에서는 호연작이 그 광경을 보자 쌍채찍을 휘두르

며 덤벼들었다. 야율종전(耶律宗電), 야율종뢰(耶律宗雷)도 칼을 휘두르며 덤벼들어서 네 쌍의 장수들이 한덩어리가 되어 일대 접전이 벌어졌다.

싸움이 한창인 판에 몰우전 장청이 슬며시 말을 달려서 진두로 나섰다. 그런데 단주의 패잔병 가운데 장청의 얼굴을 기억하는 자가 있어서 저것이 바로 돌팔매질을 잘하는 장청이라고 어제대왕에게 고해 바쳤다.

옆에 있던 천산용(天山勇)이 불쑥 나섰다.

"대왕님, 안심하시기 바랍니다. 저놈은 소장의 활로 한 방에 없애 버리겠습니다!"

이 천산용이란 장수는 칠말노(漆抹弩)를 잘 쏘기로 유명한데, 일점유(一點油)라고 하는 한 자 남짓한 철령전(鐵翎箭) 화살을 백발백중으로 적중시키는 명수였다.

그는 두 부장을 앞에다 내세우고 자기는 뒤에 숨어서 3기(騎)가 진두로 달려나왔다. 그 눈치를 재빨리 알아챈 장청은 경각을 지체치 않고 돌팔매질을 해서 조약돌을 날려 보냈으나 그 돌멩이는 선두에 나선 번관의 투구를 아슬아슬하게 스치고 허공으로 날았다.

이 틈을 타서 천산용은 부장의 말 뒤에 숨어서 활을 쏴 댔다. 그 화살은 장청의 턱밑에 명중했다. 장청은 말 위에서 굴러떨어지는 도리밖에 없었다. 동평, 사진, 해진, 해보가 결사적으로 달려들어서 장청의 모가지를 잔뜩 잡아매 가지고 추연, 추윤을 시켜서 수레에 싣고 단주로 보내 신의 안도전에게 치료를 받도록 했다.

수레를 떠나 보내자마자 진두에서 또 고함소리가 일어났다. 서북쪽으로부터 1대의 군마가 비호같이 진지로 달려든다는 보고가 들어왔다. 장청이 부상당하자 노준의도 풀이 죽었고, 동평·사진·해진·해보 네 장수도 각각 싸움에 패한 체하고 후퇴하기 시작했다.

번장 네 사람은 의기양양 추격해 왔고, 북쪽의 번군도 측면에서 공격을 가하기 시작했다. 노준의 편의 군사들은 뿔뿔이 흩어져서 좌왕우왕하고 노준의 자신도 단기단창으로 도주하기 시작했다.

노준의는 도주하는 도중에 네 번장들과 맞닥뜨리게 되어서 결사적으로 싸웠다. 일부러 싸움에 진 체하고 몸을 피했을 때 야율종림이 칼을 휘두르며 달려들었다. 노준의는 이때다 생각하고, 저편에서 손을 쓸 틈도 주지 않고 창으로 야율종림을 찔러서 말 위에서 떨어뜨리고 말았다.

나머지 세 번장들은 대경실색하여 말 머리를 돌려 뺑소니를 쳐버리고 말았다.

노준의는 말을 내려 칼을 뽑아들고 야율종림의 수급을 베어 말 머리에 매달고, 다시 몸을 날려 말 위에 올라 남쪽을 향하고 급히 달렸다.

얼마 못 가서 요나라 군사가 또 1천여 명이나 덤벼들었다. 노준의는 용감무쌍하게 혼자서 그것을 무찔러 버렸다.

또 몇 리 길을 가지 못해서 1대의 군마가 덤벼들었다. 그날 밤에는 달빛도 없었고, 어느 쪽 인마인지 판단하기가 어려웠다.

웅성웅성하는 음성을 들어 보니 그것은 송강 편 병사들 같았다. 노준의는 대담하게 소리를 질렀다.

"달려드는 군사는 누구냐!"

대답을 들어 보니 바로 호연작의 음성이었다.

노준의는 크게 기뻐하며 그들과 합류했다. 호연작이 말했다.

"요나라 군사들이 워낙 강하게 달려드는 바람에 우리 편 군사들을 돌볼 겨를도 없었소. 나는 적진을 격파하고 한도, 팽기와 함께 여기까지 달려왔지만 다른 장수들은 어찌 되었는지 알 수가 없소!"

노준의도 경위를 설명했다.

"나도 네 놈의 번장과 싸우다가 그 중 한 놈을 잡았지만 나머지 세 놈은 놓쳐 버렸소. 그 다음에 또 1천여 명이나 되는 적병이 달려들었지만 이 역시 무찔러 버리고 여기까지 온 것이오. 뜻밖에도 호장수를 만나서 다행이오!"

두 장수는 말 머리를 나란히 하고 남쪽으로 걸음을 옮겨 놓고 있었다.

10여 리 길도 못 가서 앞으로 또 1대의 인마가 길을 가로막았다.

호연작이 호통을 쳤다.

"어두운 밤중에 어떻게 싸움을 한다는 거냐? 날이 밝거든 결사적으로 싸워 보자!"

그랬더니 대진(對陣)에서 기쁘게 묻는 소리가 들려왔다.

"거기 오는 것은 호연작 장군이 아니시오!"

호연작은 그 음성을 듣고서야 그것이 바로 관승임을 알 수 있었다.

"노두령도 여기 함께 계시오!"

두령들은 말을 내려서 우선 풀밭에 앉았다. 노준의와

호연작이 각각 싸움의 경위를 말하니 관승도 경위를 설명했다.

"싸움이 여의치 않아서 서로 도와줄 틈도 없었소. 나는 선찬, 학사문, 단정규, 위정국 네 장수와 함께 5기(騎)가 살 길을 찾아서 도주했소. 그후에 우리 편 군사 1천여 명을 수습해 가지고 여기까지 왔으나, 날이나 밝거든 떠날 작정을 하고 있는 판에 형장들을 만나게 된 것이오."

일행은 군사를 합류시킨 뒤, 날이 밝기를 기다릴 틈도 없이 그대로 남쪽으로 되돌아서서 행진을 계속했다. 옥전현 가까이 갔을 때 동평, 서녕이 거느리는 군사와 만나게 되었다. 그들의 말을 들어 보니 후건·백승 두 사람은 송공명에게 연락을 취하려고 달려갔으며, 해진·해보·양림·석용의 소식은 알 길이 없다는 것이었다.

노준의는 옥전현 경계선까지 들어가서 장수와 병사를 점검해 봤다. 5천여 명이 간 곳이 없었다. 근심격정을 하고 있을 때 점심때쯤 되어서 연락이 왔는데, 해진·해보·양림·석용이 군사 2천여 명을 거느리고 돌아왔다는 것이었다.

노준의는 야율종림의 수급을 옥전현에 높이 매달아 전군의 병사와 주민들에게 보였다.

저녁때가 되어서 병사들이 쉬려고 하는데 척후병의 연락이 들어왔다.

"이루 헤아릴 수도 없게 많은 요나라 군사가 사방에서 현성을 포위하고 있습니다."

노준의는 대경실색하여 연청을 데리고 성벽 위에 올라가 바라보았다. 횃불이 10리나 되는 먼 곳까지 비치어 젊은 장군 하나가 진두에서 지휘를 하는 모습이 보였는데, 그는 바로 야율종운이었다. 연청이 말했다.

"어제는 장청이 놈들이 몰래 쏜 화살에 부상했으니 오늘은 그 보복을 해주어야겠다!"

연청은 대뜸 활을 쏘았다. 화살은 번장의 코 옆 쑥 들어간 곳에 명중했다. 야율종운은 말에서 떨어져서 정신을 잃고 말았다. 번군은 즉각에 5리쯤 후퇴했다.

노준의는 현성 안에서 여러 장수들과 상의했다.

"몰래 활을 쏴서 요나라 군사를 다소 후퇴시키기는 했지만 날이 밝으면 또다시 습격해 올 것이니 철통 같은 포위망을 어떻게 벗어나면 좋겠소?"

주무가 대답했다.

"송공명 형님께서 이런 정세를 아시기만 한다면 반드시 달려와서 구출해 주실 것입니다. 그때 안팎에서 호응하여 싸우면 반드시 포위망을 뚫고 나갈 수 있을 것입니다."

날이 밝기가 바쁘게 바라보니 요나라 군사는 사방에 빈틈없이 늘어서 있었다.

이때 동남쪽으로부터 흙먼지가 일어나더니 수만 명의 군사들이 쳐들어오는 것이 바라보였다. 여러 장수들은 일제히 남쪽에서 쳐들어오는 군사를 주시하고 있었다. 이때 주무가 기뻐서 소리쳤다.

"저것은 송공명 형님의 군사가 틀림없습니다. 요나라 군사가 남쪽을 향해서 이동하거든 우리는 전군을 총동원해서 그 배후를 습격하도록 합시다."

한편 대치하고 있던 요나라 군사는, 아침결부터 점심때까지 성을 포위하고 있느라 힘이 빠졌던 판이라 쳐들어오는 송강의 군사를 감당해낼 도리가 없어서 일제히 후퇴하기 시작했다.

주무가 말했다.

"지금 추격하지 않으면 더 좋은 기회는 없을 것이오."

노준의는 즉각에 명령을 내려서 현성의 사방 성문을 활짝 열어젖히고 전군을 거느리고 성 밖으로 진격을 개시했다. 요나라 군사는 대패하여 지리멸렬이 되어서 도주했다.

송강은 멀리까지 요나라 군사를 추격하다가 날이 완전히 밝자 금고를 울려서 군사를 수습해 가지고 옥전현으로 들어갔다. 노선봉은 군사를 하나로 합류시킨 뒤 계주를 공격할 여러 가지 작전을 상의했다.

시진, 이응, 이준, 장횡, 장순, 원씨 삼형제, 왕왜호, 일장청, 손신, 고대수, 장청, 손이랑, 배선, 소양, 낙화, 안도전, 황보단, 동위, 동맹, 왕정륙 등은 조추밀(趙樞密)과 함께 단주에 남아서 수비책임을 맡도록 하고, 송강이 좌군을 통솔하여 선봉으로 48명의 두령을 거느리고, 노준의가 선봉이 되어 우군을 통솔하고 37명의 두령을 거느리기로 했다.

양로로 갈라져 계주를 향하고 송선봉은 평욕현으로, 노준의는 옥전현으로 진격을 개시했다. 조안무사(趙安撫師)는 23명의 장사들과 함께 단주를 지키고 있기로 했다.

송강은 연일 싸움에 지친 병사들을 우선 휴식케 하고 있었는데, 이때 신의 안도전에게서 사람이 와서 연락해 주기를, 화살에 맞은 장청은 다행히 거죽만 상처를 입고 안에는 다친 곳이 없어서 쉽사리 완치될 것이라고 했다.

송강은 그 말을 듣고 적이 안심했다. 곧 노준의와 더불어 구체적인 제주 공략의 작전을 세웠다. 송강이 말했다.

"공손승은 본래 계주 태생이고, 양웅도 예전에 그곳에서 절급을 지낸 일이 있으며, 석수·시천도 오랫동안 그곳에 있던 사람들입니다. 그래서 나는 요나라 군사들을 무찔러 버렸을 때, 미리 석수와 시천을 패잔병으로 변장시켜서 놈들의 틈에 끼여서 계주성 안으로 들어가 있도록 했습니다. 계주성 안에 있는 보엄사(寶嚴寺) 대웅보전(大雄寶殿) 앞에는 한군데 보탑(寶塔)이 높이 솟아 있는데, 시천은 그 꼭대기에 숨어 있고, 석수가 매일 음식을 살며시 날라 먹이다가, 이편의 군사가 성 밖으로 맹렬히 쳐들어오는 것을 보기만 하면 그 보탑에다 불을 질러서 신호를 보내기로 했습니다. 그리고 석수도 또한 주(州)의 아문으로 달려가서 불을 지르겠다고 했습니다. 그들 두 사람이 떠난 지도 오래되었으니 우리도 이곳에서 준비가 끝나는 대로 즉시 진격을 개시하도록 합시다!"

이튿날, 송강은 군사를 거느리고 평욕현을 떠나, 노준의와 힘을 합쳐 일로 계주를 향해 진격을 개시했다.

한편, 어제대왕은 두 아들을 빼앗기자 격분을 참지 못하고 즉각에 대장 보밀성(寶密聖), 천산용(天山勇), 동선시랑(洞仙侍郎)들과 협의하여 물었다.

"탁주 패주에서 온 원군들은 뿔뿔이 흩어져 도주해 버렸는데, 송강의 군사는 옥전현에서 합류하여 멀지 않아 계주로 진격해 들어올 모양이니 어찌하면 좋겠소?"

대장 보밀성이 나섰다.

"놈들이 쳐들어온다면 소장이 나가서 대적하겠습니다.

놈들을 몇 명쯤 산 채로 잡지 않으면 결코 후퇴하지 않을 것입니다."

천산용은 자기가 활을 쏴서 돌팔매질의 명수 장청의 목을 쏘아 부상을 입혔다는 말을 했고, 동선시랑도 그 말을 듣자 장청만 없으면 다른 놈들은 대단할 것이 없다고 자신만만한 소리를 했다.

바로 이때, 송강의 군사가 계주를 향해 쇄도해 들어온다는 보고가 날아들었다.

어제대왕은 즉각에 전군의 병력을 집결시키고 보밀성, 천산용 두 장수에게 명령하여 대적하라고 했다. 성 밖 30리 지점에서 양군은 마주치게 되어 각각 진을 쳤다. 번장 보밀성은 삭(槊)을 비스듬히 꼬나 잡고 말을 달려 진두로 나섰다.

송강이 진두에서 그것을 보자 고함을 질렀다.

"장수의 목을 베고 깃발을 빼앗는 것이 제일 큰 공로다!"

표자두 임충이 진지에서 뛰쳐나가더니 번장 보밀성과 맹렬히 싸웠다. 30여 합이나 대결했지만 승부가 나지 않았다. 임충은 제일 큰 공로를 세우겠다는 결심으로 장팔사모(丈八蛇矛)를 휘두르며 점점 기세를 올려 벽력같이 호통을 치면서 상대방의 장창을 막아내고, 사모로 보밀성의 목덜미를 단숨에 쿡 찔러서 말 아래로 거꾸러뜨리고 말았다.

송강은 크게 기뻐했다. 양군의 병사들은 일제히 고함을 질렀다. 번장 천산용은 보밀성이 찔려 죽는 것을 보자, 창을 옆으로 누이고 뛰쳐나갔다. 송강의 진지에서는 서녕이 구겸창을 움켜잡고 돌진해 들어갔다. 두 장수가 싸우기 20여 합, 서녕의 창이 한 번 번쩍 하는 순간 천산용의 모가지가 하늘로 날아서 말 밑으로 떨어지고 말았다.

송강은 적군의 두 장수가 계속해서 거꾸러지는 것을 보자 크게 기뻐하여 총진격을 명령했고, 양군은 일대 혼전을 전개했다. 요나라 군사들은 대패하여 계주성 안으로 도주했다. 송강의 군사는 10여 리나 추격하다가 되돌아섰다.

송강은 이튿날 명령을 내려서 진지를 걷어치우고 계주를 향해 총공격을 개시하라고 했으며, 한편 어제대왕은 당황해서 어쩔 줄 모르고 있는 판에 송강의 군사들이 또 쳐들어온다는 보고를 받자 동선시랑에게 출전명령을 내렸다.

동선시랑은 교아유강, 초명옥, 조명제 등을 거느리고 1천 명의 군사를 동원하여 성 밑에 진을 쳤다.

송강의 군사도 성 근처에 와서 진을 치고, 색초가 제일 먼저 대부(大斧)를 휘두르며 내달아서, 덤버드는 교아유강과 20여 합을 싸운 결과 교아유강의 머리를 두 쪽으로 내어 거꾸러뜨리고 말았다.

동선시랑은 그것을 보자 즉각에 초명옥, 조명제에게 출전을 명령했다. 송강의 진지에서는 구문룡 사진이 칼을 휘두르며 번군의 두 장수에게 덤벼들었다.

사진은 초명옥을 한 칼로 목을 베어 거꾸러뜨리고, 당황하여 도주하는 조명제를 추격하여 역시 한 칼로 목을 베어 거꾸러뜨렸다.

사진이 계속하여 요나라 진지 깊숙이 무찌르고 들어가는 것을 보자, 송강은 채찍을 휘둘러서 호령하며 전 병력을 몰고 적교(弔橋) 근처까지 쳐들어갔다.

야율득중은 점점 수심에 싸여서 즉각에 성문을 굳게 잠그게 하고, 여러 장수들에게 성 위로 올라가서 단단히 지키라고 명령했다. 또 이런 정세를 국왕에게 보고하는 한편, 패주와 유주로 사람을 보내어 구원병을 청했다.

한편에서는 송강이 오용과 함께 대책을 강구했다.

"적군은 방비를 굉장히 든든히 하고 있는 모양인데 어찌하면 좋겠소?"

오용이 대답했다.

"성 안에는 이미 석수와 시천이 잠복해 있으니, 언제까지 우물쭈물하고 있을 수는 없습니다. 성벽 근처에 운제(雲梯)와 포가(砲架)를 구축케 하고, 또 능진을 시켜서 사방에 대포를 쏴대기로 하십시다. 맹렬히 공격하면 성은 반드시 격파할 수 있을 것입니다."

송강은 즉각에 명령을 내려서 밤을 새워 가며 사방에 맹공을 강행하도록 했다.

한편, 어제대왕은 송강의 군사가 사방에서 맹렬히 공격을 가하는 것을 알자 계주성 안의 백성들을 모조리 성벽 위로 올려서 방비케 하고 있었다.

이때, 성 안 보엄사에서는 석수가 여러 날을 기다려도 소식이 없어서 궁금해하고 있는데 시천이 나타나서 연락을 했다. 성 밖에서 송강의 군사가 맹렬히 공격을 가하고 있으니, 지금이 불을 지르기에 가장 좋은 기회라는 것이었다.

석수는 즉시 시천과 상의했다.

"우선 보탑에다 불을 지르고 그 다음에 불전을 태워 버리기로 합시다."

시천이 말했다.

"그러면 석형은 곧 주의 아문으로 가서 불을 질러 주시오. 남문에서 불길이 치밀어 오르면 성 밖에서는 그것을 보고 더 한층 맹렬히 공격을 가할 것이오."

시천은 처마를 날고 벽을 살살 기어다니며 담을 뛰어넘고 성벽을 훌훌 날아다니는 명수였다. 그는 먼저 보엄사의 보탑에 불을 질렀다. 이 보탑은 몹시 높아서 불길이 치밀어 오르면 성 밖, 성 안 어디서든지 환히 바라다보였다.

불길은 30리 밖 먼 곳에까지 비치었는데, 마치 불기둥이 뻗친 것 같았다.

그 다음에는 불전에다 불을 질렀다. 두 줄기의 불길 때문에 성 안은 가마솥 속같이 들끓기 시작했고 백성들은 갈팡질팡, 집집마다 어린아이와 늙은이가 울며불며 아우성을 치고 일대 소동이 일어났다.

석수는 계주 아문 정옥(庭屋) 위로 기어 올라가서 불을 질렀다.

얼마 안 되어서 산문(山門) 쪽에서도 불길이 올랐다. 시천이 보엄사에서 빠져 나와서 즉시로 불을 지른 것이었다.

어제대왕은 반시간도 못 되는 사이에 성 안 여기저기 네댓 군데나 불길이 치미는 것을 보자, 송강 편에서 미리 잡입한 자가 있었다는 사실을 알고, 즉각에 군사를 걷어들이고, 가족과 두 아들을 거느리고 짐짝을 수레에 싣고 북문을 열고 도주해 버렸다.

송강은 성 안으로 쳐들어갔다.

성 안팎에서는 고함소리가 하늘을 찌를 듯했고, 송강의 군사는 어느 틈엔지 남문을 점령했다. 동선시랑은 도저히 감당해낼 수가 없다고 체념하고 어제대왕의 뒤를 쫓아 북문으로 뺑소니를 쳐버렸다.

송강은 대군을 거느리고 계주에 입성하자 즉각에 명령을 내려서 사방의 불을 끄도록 했다. 날이 밝자, 방문을 내붙여서 계주 백성들을 안무(安撫)했다. 전군의 장병들을 모두 성 안으로 들여보내서 쉬도록 하고, 삼군(三軍)의 여러 장수들에게 상을 내려 위로해 주었다.

석수와 시천의 공로를 즉시 공적부에 기록하고, 문서를 작성하여 조안무사에게 보고했다.

'대군(大郡) 계주를 수중에 넣었사오니 이곳으로 오셔서 주둔해 주시기 바랍니다.'

조안무사에게서 답장이 왔다.

'나는 잠시 그대로 단주를 지키고 있을 것이니, 역시 송선봉께서 계주를 지켜 주시기 바라오. 현재 염서(炎署)가 대단한 계절이니 군사를 움직이지 말고 날씨가 서늘해지기를 기다려서 다시 상의하기로 하십시다.'

송강은 조안무사의 지시대로 노준의에게 처음과 같은 군장(軍將)들을 딸려서 그대로 옥전현에 주둔케 하고, 자기는 그 나머지 대군을 거느리고 계주를 지키면서 날씨가 서늘해지기를 기다려서 상부의 지시대로 다음 행동을 결정하기로 했다.

한편, 어제황제, 야율득중은 동선시랑과 함께 가족을 거느리고 유주로 도주하여, 거기서 연경(燕京)으로 직행하여 요나라 국왕을 배알했다.

야율득중은 동선시랑과 함께 어계(御階) 아래 꿇어 엎드려서 방성통곡했다.

"나의 애제(愛弟)여! 그다지 근심걱정할 것 없이 무슨 일이든 간에 우선 자세히 과인에게 알리라!"

야율득중이 아뢰었다.

"송조(宋朝)의 애송이 황제가 송강을 시켜서 군사를 거느리고 정토(征討)에 나섰사온데, 군마의 세력이 대단하여 막아내기 어려웠습니다. 소신의 두 아들녀석을 잃었고 단주의 대장 네 사람도 죽었습니다. 송군은 계속 석권해 들어와 계주마저 격파하려 하오니, 전전(殿前)에서 죽음을 바라는 도리밖에 없습니다."

"군사를 거느리고 왔다는 그놈은 도대체 누구냐?"

이때, 우승상 태사 저견(褚堅)이 나서서 아뢰었다.

"그들 송강 일당은 본래가 양산박, 수호채(水滸寨)의 도적 무리였습니다. 다만 양민을 살해하는 법이 없고, 하늘을 대신하여 도(道)를 행한다는 것이 그들의 신조입니다. 백성을 괴롭히고 착취하는 탐관오리들을 제거하기에 힘쓰고 있었습니다. 동관과 고구가 군사를 거느리고 소탕해 보겠다고 출전했지만, 그들은 다섯 차례나 되는 싸움에서 대패했을 뿐, 송강의 털끝 하나도 건드리지 못하고 돌아왔습니다. 그후, 애송이 황제는 세 차례나 특사령을 내려서 간신히 송강 일당을 귀순시키는 데 성공했습니다. 송강에게만 선봉사라는 직책을 맡겼을 뿐, 그밖의 부하들은 아직도 모두 무위무관(無位無官)의 몸으로 있습니다. 이번에 그들을 시켜서 우리와 싸우게 한 것인데, 그들은 모두 1백8

명으로 하늘 위에 있는 별들의 화신(化身)이라고 자처하
고 있으며, 도저히 경시할 수 없는 호걸들입니다!"
　"그렇다면 어찌하면 좋단 말인가?"
　국왕이 묻자, 구양시랑(歐陽侍郞)이 앞으로 나서면서
아뢰었다.
　"소신이 부재(不才)하오나 소계(小計)를 바쳐서 송병을
격퇴해 볼까 하옵니다!"
　구양시랑은 필경 무슨 의견을 상주(上奏)할 것인가?

85 요왕(遼王), 연경(燕京)에서 격분하다

宋 公 明 夜 度 益 津 關
吳 學 究 智 取 文 安 縣

　구양시랑이 요나라 국왕에게 계주하는 말은, 한 마디로
해서 송강 일당을 귀순시키자는 의견이었다.

　그는 송나라의 동자황제(童子皇帝)가 채경, 동관, 고구,
양전 등 적신(賊臣)들에게 권력을 농락당해서 현명한 인
재를 기용하지 않고, 돈 많은 자와 일가친척과 결탁하여
정사를 그르치고 있기 때문에 송강과 같은 호걸들이 조정
에 반기를 들지 않을 수 없게 됐다는 점을 역설하고, 국왕
이 그들에게 관작을 내리고 경구비마(輕裘肥馬—美衣良
馬)와 금백(金帛)을 내려서 귀순을 권해 볼 생각이 있다
면 자기가 기꺼이 사신이 되어서 송강 일당을 대요국(大
遼國)을 위하여 투항케 해보겠으니 명찰(明察)하기 바란
다고 간곡히 말했다.

　이 의견에 대해서는 맹렬히 반대하는 자가 있었다.

　그는 바로 올안광도통군(兀顔光都統軍)이라는 인물로서
나이 35,6세, 요나라에서 제일 가는 상장(上將)이며 18
반 무예를 골고루 잘하며, 병서(兵書)・전략(戰略)에 정
통하고 당당한 풍채와 늠름한 체구를 지닌 만부부당의 용
맹을 지닌 사나이였다.

　그는 바로 수하에는 28수(宿)의 장군과 11요(曜)의 대

장, 그리고 강병과 맹장이 얼마든지 있는데 송강과 같은 강도의 일당을 귀순시킨다는 것은 절대 반대라고 강력히 주장했다. 자신이 친히 군사를 거느리고 나가서 오랑캐놈들을 무찔러 버리고 말겠다는 것이었다.

그러나 요나라 국왕은 이런 맹렬한 반대도 물리치고, 마침내 단을 내려서 구양시랑의 의견을 좇기로 하고 즉각에 명령을 내렸다.

즉, 구양시랑을 사신으로 내세우고, 그에게 1백8필의 준마와 1백8필의 비단을 하사하고, 또 송강을 진국대장군(鎭國大將軍) 총령요병대원수(總領遼兵大元帥)에 임명한다는 칙서 한 통과 금일제(金一提)·은일칭(銀一秤)을 선물로 가지고 가서 송강에게 전달하고, 두목 일동의 성명을 상세히 적어 가지고 오면 그들에게 모두 벼슬자리를 주도록 하겠다는 용단을 내린 것이었다.

구양시랑이 계주에 도착했다는 정보가 날아들자, 송강은 즉각에 군사 오용과 대책을 상의했다. 오용이 말했다.

"요나라에서 우리들을 포섭하겠다면 우리는 계책으로서 그것을 받아들이는 것뿐입니다. 즉, 이 계주는 노선봉(盧先鋒)더러 지키고 있으라 하고, 한편 적지(敵地)인 패주를 점령해 버리면 요나라를 쳐부수기는 아주 쉬운 노릇입니다."

아전(衙前)에서 말을 내린 구양시랑은 곧장 송강을 찾아 들어가서 좌우 측근자를 물리쳐 달라고 한 다음, 단둘이서만 후당 깊숙한 곳에서 면담했다.

요나라 국왕이 송강의 덕망을 흠모하여 특히 일당 1백8명의 호걸들을 모두 포섭하겠다는 자세한 경위를 설명했다. 송강이 대답한다.

"그처럼 높은 관작과 후상(厚賞)을 보내 주신 데 대해서는 충심으로 감사하여 마지않습니다만, 지금 당장 그 호의를 그대로 받아들일 수는 없습니다. 우선, 이번에는 일단 그냥 돌아가 주시기 바랍니다. 목하, 날씨도 혹독하게 더운 계절이니, 일시 병사들을 쉬게 하면서 국왕께 이 두 군데 성을 빌려서 주둔해 있다가 선들바람이라도 불게 되면 그때 다시 상의하고 싶습니다."

구양시랑이 몇 번이나 간곡히 졸라 봤지만 송강은 끝내 말을 듣지 않고, 부하들의 의견이 일치된 다음에 서서히 회답을 하겠다고 딱 잘라 거절해 버렸다.

결국, 송강은 구양시랑에게 좋은 술과 안주로써 정중하게 대접한 다음 그를 성 밖에까지 친히 전송해 주었다.

구양시랑은 말 위에 올라 그대로 되돌아오는 수밖에 없었다.

구양시랑을 쫓아 보내고 나서 송강은 즉각에 군사 오용과 또 상의했다.

뜻밖에도 군사 오용은 무엇인지 골똘히 생각하면서 긴 한숨을 땅이 꺼지도록 내쉬고 있었다.

"군사는 어찌하여 한숨을 쉬고 계시오?"

송강이 묻자, 오용은 이렇게 대답했다.

"구양시랑의 말에도 일리가 있습니다. 송나라 조정의 천자께서는 지성지명(至聖至明)하신 분이기는 하지만, 채경·동관·고구·양전 등 네 놈의 간신들에게 권력을 농락당하고 계셔서 놈들의 말만 믿고 계시니, 후일에 우리들이 공을 세운다 해도 아마 받아들이지 않으실 것입니다. 세 번이나 특사령을 받은 우리 형님에게 단지 선봉(先鋒)이라는 공직만 내리시는 것을 봐도 알 수 있는 일입니다. 우리는 요나라에 붙는 것이 훨씬 좋겠다고 생각하지만, 그렇게 되면 형님의 충의심을 거역하는 소행이 될 터이니 난처해서 그럽니다!"

"군사, 그것은 큰 잘못이오. 송나라 조정을 버리고 요나라에 붙는다는 생각은 꿈에도 하지 말아 주시오. 나는 설사 송나라의 조정이 나를 배신한다 할지라도, 나로서는 송나라 조정에 배반할 의사는 추호도 없소! 우리는 끝까지 충성을 당하여 나라를 위해서 일하다가 죽는 것뿐이오!"

"형님께서 끝까지 충의를 고집하신다면 처음 계획대로 패주를 점령하기로 하십시다. 그러나 지금은 더위가 혹독하니 당분간 병사들을 쉬게 하는 것이 좋겠습니다."

이렇게 계책이 서자, 그대로 여러 장수들과 계주에 머물면서 더운 여름을 나기로 작정했다.

이튿날, 송강은 이 여름휴가를 이용해서 공손승의 스승인 나진인(羅眞人)을 찾아보기로 결심했다. 공손승 역시 오래전부터 늙은 어머니를 찾아뵙고 그리운 스승도 만나보고 싶던 참이라, 즉각에 명향(明香), 정과(淨果), 금주(金珠), 채단(彩段)을 마련해 가지고 송강과 함께 말을 달리기로 했다.

수행원은 화영·대종·여방·곽성·연순·마린 등 여섯 두령, 그밖에 보병 5천 명을 거느리고 구궁현(九宮縣) 이선산(二仙山)을 향하여 길을 떠났다.

여름 더위도 잊어버릴 만큼 서늘하기만 한 깊은 산속에

서 송강은 당대의 고사(高士)라는 나진인 앞에 무릎을 꿇
고 가지고 간 선물을 바쳤다. 나진인은 막무가내로 끝까지
금주, 채단 등 선물을 거절하고 받아들이지 않았다. 그리
고 송강에게 이렇게 말했다.

"장군의 충의심은 천지만큼이나 큰 것이오. 신명(神明)
께서 반드시 호우하실 것이오. 앞날에 봉후(封侯)케 될 것
이며, 사후에는 묘(廟)에 받드는 분이 되실 것이오. 그 점
은 아무런 걱정하실 것이 없으나, 장군은 일생이 박명하여
아름다움을 온전히 지키시지는 못할 것이오. 장군은 세상
을 떠날 때 반드시 정침(征寢)할 것이며 시체는 반드시 무
덤으로 돌아갈 것이오. 그러나 평생이 박명해서 좋은 일에
시끄러움이 많고 근심걱정 가운데 즐거움이 적을 것이니,
득의함이 절정에 달했을 때 퇴보하심이 좋을 것이오. 부귀
에 오래 미련을 품어서는 안 될 것이오."

나진인은 동자에게 종이와 붓을 가져오라 하여 여덟 구
의 법어(法語)를 적어서 송강에게 주었다.

충심이 있는 자 적고
의기가 있는 자 드물다.
유연에서 공을 마치니
밝은 달이 헛되이 비칠 뿐.
비로소 겨울날 땅거미를 만나
기러기 갈라져서 날아간다.
오나라 머리, 초나라 꼬리 되는 땅〔予章—江西省〕에서
관록이 다 같이 사라져 버리리.
忠心者少　義氣者稀

幽燕功畢　明月虛輝
始逢冬暮　鴻鴈分飛
吳頭楚尾　官祿同歸.

　송강은 아무리 읽어봐도 뜻을 알 수 없어 재배하고 질문했으나, 나진인은 후일 그때가 되면 자연히 알게 될 것이라고 대답할 뿐, 자세한 의미를 설명해 주지 않았다.
　송강은 여덟 구의 법어를 받아 품속에 소중히 간직하고, 나진인에게 인사를 한 뒤 관(觀) 안으로 쉬러 갔다. 도사들이 그를 방장(方丈)으로 안내해서 쉬도록 해주었다.

　이튿날 아침에 송강이 나진인에게 인사를 하러 갔더니, 공손승은 그 동안에 자기 집에 가서 어머님을 찾아뵙고 벌써 돌아와 있었다.
　나진인이 송강에게 또 일렀다.
　"공손승은 본래가 출가인이 되어서 이 산에서 나와 같이 지내며 속세를 떠나서 살아 왔으니, 이번에 장군을 딸려 보내고 싶지 않지만, 그것은 형제로서의 정의를 끊어 놓는 것 같아서 그대로 딸려 보내니, 장군께서 개선하고 서울로 돌아가시게 될 때에는 공손승은 나에게로 돌려보내 주시기 바라오. 그렇게 되면 첫째로 나도 도를 펼칠 수 있는 제자를 다시 찾게 되는 것이고, 둘째로 공손승의 노모께서도 안심하시고 여생을 보내실 수 있을 것이오."
　송강은 나진인의 부탁을 쾌히 승낙하고 작별의 인사를 했다. 나진인은 암자 밖까지 두 사람을 전송해 주었다.
　송강은 성 안으로 돌아와서 주아 앞에서 말을 내렸다.

흑선풍 이규가 그들을 영접하며 물었다.

"형님, 나진인께 다녀오신다면 어째서 나를 데리고 가지 않으셨소?"

대종이 선뜻 대답했다.

"나진인께서는 이형이 그분을 예전에 죽이려 했다고 매우 화를 내고 계십디다!"

이규가 받았다.

"그분 역시 나를 못살게 구셨으니까 피장파장이지!"

여러 사람이 웃음을 참지 못했다.

송강은 나진인에게서 받은 여덟 구의 법어를 꺼내 놓고, 오용을 시켜서 몇 번이나 되풀이해서 읽어보게 했지만 통 무슨 의미인지를 알 수 없었다.

다른 사람들도 여러 번 읽어봤지만 역시 뜻을 알 수 없었다.

공손승이 말했다.

"형님, 이것은 하늘의 기밀에 속하는 심오한 말씀으로서 외부에 누설해서는 안 될 것입니다. 소중히 간직해 두셔서 평생을 두고 쓸모 있게 하실 것이며, 이러쿵저러쿵 의심을 품으시지 마십시오. 우리 스승님의 법어는 세월이 흐르면 저절로 해득하게 되실 것입니다."

송강은 공손승 말대로 그 법어를 천서(天書)와 함께 소중히 간직해 두었다.

그후 계주에 병사들을 주둔시켜 두기 1개월 이상, 그동안에 군정에는 별반 변화가 없었다.

7월 중순께 단주에 있는 조추밀에게서 문서가 도착했다. 조정에서 칙령이 내려서 병사를 진격시켜 싸우도록 하라는 것이었다.

송강은 즉각에 군사 오용과 상의한 뒤 옥전현으로 가서 노준의를 만나보고 군사훈련, 무기정비, 인원배치 등을 결정해 놓고 다시 계주로 돌아와 군기(軍旗)에 제사 지내고 날짜를 택하여 출전하기로 작정했다.

이때 측근자로부터 보고가 날아들었다.

"요(遼)나라에서 사신이 왔습니다."

하는 것이었다.

송강이 나서서 영접하니 그는 바로 구양시랑이었다. 후당으로 안내하고 인사가 끝난 다음 송강이 물었다.

"시랑께서는 무슨 일로 또 오셨습니까?"

"좌우 측근자를 물러나게 해주십시오."

송강이 즉각에 병사들을 물러나게 하니, 그제야 구양시랑은 입을 열었다.

"우리 대요(大遼)의 국주(國主)께서는 공의 인덕을 앙모하시고, 만약에 장군께서 명백히 귀순하시어서 요나라를 도와주신다면 반드시 칙지에 의하여 후(侯)에 봉하시겠다 하십니다. 일찌감치 대의를 성취시키시어 우리 국주님의 걱정을 덜어 주시기 바랍니다."

송강이 대답했다.

"여기는 외인(外人)이 없으니 솔직하게 흉금을 털어놓고 말씀드리겠습니다. 사실은 지난번에 시랑께서 오셨을 적에, 여기 여러 군사들은 그 뜻을 모두 눈치챘습니다. 그 중에 절반은 귀순을 반대하고 있습니다. 만약에 송강이 국왕님을 알현하기 위해 유주로 떠나간다면 부선봉 노준의가 병사를 거느리고 추격해 올 것이 분명합니다. 만약에 성 밑에서 싸움이라도 벌어진다면 우리들 형제의 여태까지의 정리가 땅에 떨어지고 말 것입니다. 그래서 이번에 우선 이 송강이 부하를 거느리고 떠나가서 어떤 성이라도 상관없으니까, 거기 숨어 있도록 해주신다면, 설사 노준의가 병사를 거느리고 쫓아와서 송강의 거처를 찾아낸다 할지라도, 그와 정면으로 충돌할 것은 피할 수 있을 것입니다. 노준의가 절대로 제 말을 듣지 않는다면 그때에는 어쩔 수 없이 싸우기로 하는 것이 좋을 것 같습니다. 또 그가 제 거처를 찾아내지 못할 경우에는 그는 동경으로 보고하러 떠날 것이니, 그때에는 사정이 완전히 달라질 것이므로, 이 틈을 타서 국왕께 배알하고 요나라의 군사를 거느리고 나가서 그와 싸우기로 하면 만사가 순조로울 것 같습니다."

구양시랑은 송강의 말을 듣자, 내심 기뻐하면서 대뜸 이렇게 말하였다.

"우리 편에는 패주 바로 근처에 익진관(益津關)과 문안현(文安縣)이라는 두 군데 요로가 있습니다. 두 군데가 다 같이 험준한 고산(高山)이며 중간에 한 갈래 역로가 있을 뿐입니다. 이 두 군데 지점은 마치 패주의 대문 같은 지점이니 장군께서는 패주에 숨어 계시면 좋을 것 같습니다. 패주는 우리 요나라의 국구(國舅)님이신 강리안정(康里安定)이란 분이 지키고 계신 곳입니다. 장군은 그곳에 우리 국구님과 함께 계시면서 저편 정세를 살피고 계시면 제일 안전할 것 같습니다."

"그렇게 해주신다면 이 송강은 시급히 사람을 집으로 보내 노부님을 모셔다가 후고(後顧)의 걱정이 없도록 할 것이니, 시랑께서는 송강을 그곳까지 안내해 줄 사람을 비밀리에 파견해 주십시오. 결정이 된 이상에는 우리 편에서도 오늘 밤 중으로 만반의 준비를 하고 있겠습니다."

구양시랑은 기뻐서 어쩔 줄 모르며 송강과 작별하고 말을 달려 되돌아갔다.

그날 송강은 노준의, 오용, 주무를 계주로 불러서 지모(智謀)로써 계주를 점령할 계책을 상의하기로 했다. 만반 작전이 결정되자 노준의는 명령을 받고 돌아갔으며, 오용과 주무는 여러 장사에게 여차여차하게 계획을 추진시키도록 비밀리에 전달했다.

송강이 거느리고 갈 사람은 임충, 화영, 주동, 유당, 곽성, 공명, 공량, 목홍, 이규, 번서, 포욱, 항충, 이곤, 여방 등 도합 15명의 두령이며, 1만 명 이상의 병력을 동원하기로 하고 구양시랑이 나타나기만 기다리고 있었다.

이틀 동안을 기다리자, 과연 구양시랑이 말을 달려서 나타났다.

"오늘 밤에 곧 출발하기로 하겠으니 명령을 내려 주십시오!"

날이 어둑어둑해질 무렵, 송강 일행은 서쪽 성문을 열고 구양시랑의 뒤를 쫓아서 살며시 길을 떠났다.

20리쯤 나갔을 때, 돌연 송강이 말 위에서 소리를 질렀다.

"이거, 큰일났군! 군사 오학구와 함께 요나라에 귀순하기로 약속을 해놓고, 너무 급히 서두르는 바람에 그가 오기를 기다리지 못하고 그냥 떠났으니, 병사들을 천천히 행진시키면서 그를 불러와야 되겠다!"

이때, 밤은 이미 삼경.

앞으로 익진관의 요로(要路)가 가깝게 바라다보였다. 구양시랑이 큰 소리로 호통을 쳤다.

"문을 열어라!"

관문의 파수병들이 문을 열자 송강 일행은 쉽사리 패주에 도착하게 되었다. 구양시랑의 수하에 있는 금복시랑(金福侍郞)은 송강이 귀순해 왔다는 소식을 듣자, 두령 송선봉만을 성 안으로 안내하라고 명령했다.

구양시랑은 송강을 데리고 국구 강리안정을 만나봤다.

"소장은 국구님의 복음(福廕) 밑에서 진심으로 요나라 국왕님의 은혜에 보답하고자 하옵니다!"

송강이 이렇게 말하니, 국구는 크게 기뻐하며 즉각에 축하의 주연을 베풀어 주고 소와 말을 잡아서 전군의 병사들을 위로해 주었다.

또 성 안에 집를 한 채 마련해서 송강과 화영 일행을 거처하게 해주었다.

화영과 그밖의 여러 두령들이 국구와 번장들과 인사를 끝내고 숙소에 자리잡게 되자, 송강은 즉시 구양시랑에게 부탁해서 오용이 뒤쫓아 올 것이니 관문을 지키는 파수꾼에게 명령해서 무사히 통과시켜 달라고 했다.

구양시랑은 쾌히 승낙하고, 즉각에 명령을 내리어 사람을 파견하여 익진관, 문안현 두 군데 관문의 파수병에게 전달시켰다.

"수재(秀才) 모습을 한 성이 오(吳)요, 이름을 용(用)이라고 하는 사람이 나타나거든 곧 통과시키도록 하라!"

문안현에서는 구양시랑의 명령을 받자, 즉각에 사람을 익진관으로 파견하여 이런 사정을 상세하게 전달시켰다.

관문 위에서 바라보니, 하늘을 찌르도록 토연(土煙)을 휘몰아치며 관문을 향해 몰려드는 군사의 일대가 나타났다. 관문을 지키는 파수병들은 뇌목(擂木)과 포석(砲石)을 마련해 가지고 이에 방비하고 있었는데, 멀리 산 앞으로 대드는 1기(一騎)에는 수재 모습을 한 사나이가 타고 있으며, 그 뒤로는 행각승 행자가 한 사람씩 따르고, 또 그 뒤로는 10여 명의 사람들이 따르며 관문을 향하여 노도처럼 밀려들었다.

앞장선 말이 관문 앞까지 달려들더니 말 위에 탄 사람이 호통을 쳤다.

"나는 송강의 부하, 군사 오용이다! 우리 형님을 찾아오다가 송나라 병사에게 추격을 당하여 여기까지 쫓겨 왔으니 어서 문을 열고 길을 틔워 주기 바란다!"

관문의 파수병은 이 사람이 틀림없다 생각하고 곧 문을 열어 오학구를 안으로 들어오게 했다.

그랬더니 행각승과 행자도 문안으로 밀고 들어오려고 야단을 쳤다.

관문을 지키는 파수병이 가로막았더니 행자는 어느 틈엔지 몸을 날려 제멋대로 관문 안으로 들어섰다. 화상이 소리를 쳤다.

"우리 두 중들도 송나라 군사에게 쫓겨서 여기까지 오게 된 사람들이니 관문 안으로 들어가게 해주시오!"

그러나 파수병은 끝까지 관문 밖으로 몰아내려고 했다.

화상과 행자는 약이 바짝 올라서 큰 소리로 호통을 쳤

다.

"우리들은 중이 아니다! 사람을 죽이는 태세(太歲) 노지심, 무송이 바로 우리들이다!"

화상은 선장을 마구 휘두르며 닥치는대로 때려눕혔고 무송은 두 자루의 계도를 뽑아서 닥치는대로 찌르고 베고, 마치 오이나 배추를 베어 던지듯 했다.

뒤쫓아 대든 사람은 바로 해진, 해보, 이립, 이운, 양림, 석용, 시천, 단경주, 백승, 욱보사 등 일당으로서 재빨리 관문 안으로 달려 들어와서 입구를 점령해 버렸다.

관문을 지키는 파수병들은 도저히 그것을 막아낼 도리가 없었다.

일행은 일제히 문안현으로 들어와서 집결했다. 그리고 오용은 시급히 말을 달려서 패주성 밑으로 갔다.

성문을 지키는 번관이 성 안으로 보고하니, 송강은 구양시랑과 같이 성벽 근처까지 나와서 영접하고 즉시 국구 강리안정을 만나보게 해주었다.

오용이 말했다.

"소생이 불민하여 한 걸음 뒤떨어진 채 성문을 나서려고 했을 때, 뜻밖에도 노준의에게 발각되어 관문 앞까지 추격당하게 되었는데, 그 다음에는 어찌되었는지 알 길이 없습니다!"

이때, 유성탐마가 달려들며 보고하였다.

"송나라 병사들이 문안현을 점령하고, 패주까지 쳐들어오고 있습니다."

국구 강리안정은 즉각에 병사를 집결시켜서 성 밖으로 나가 송나라 군사를 격퇴시키겠다고 서둘렀다. 이때 송강이 말하였다.

"아직도 병사를 동원시킬 때가 아닙니다. 그들이 성 밑까지 쳐들어온다면, 이 송강이 좋은 말로써 설득시키겠습니다. 그래도 말을 듣지 않는다면 그때 싸우기로 해도 늦지는 않을 것입니다."

이때 탐마가 또 보고해 왔다.

"송나라 병사들이 성에서 얼마 멀지 않는 곳까지 쳐들어왔습니다!"

국구 강리안정은 송강과 함께 성벽에 올라가서 바라다봤다. 송나라 병사들이 질서정연하게 성 아래에 진을 치고 있었다.

노준의는 갑옷을 입고 투구를 쓰고 창을 비스듬히 잡고 말을 달리면서 장병들을 지휘하고 있는 폼이 위풍당당했다.

그는 문기 아래 말을 멈추고 큰 소리로 호통을 쳤다.

"조정을 배반한 송강이란 놈을 냉큼 이리 내보내라!"

송강이 성루 아래 여장(女墻)가에 서서 노준의를 가리키며 말하였다.

"아우님! 송나라 조정이란 모두 상벌이 분명치 못하고 간신들만이 요직을 차지하고 참망지배(讒佞之輩)들이 전권을 휘두르고 있소. 그래서 나는 요나라 국왕께 귀순한 것이오. 아우님도 나와 한마음 한뜻이 되어서 이편으로 넘어와서 나를 도와 요나라 국왕에게 충성을 다하여, 우리가 오랫동안 양산에서 함께 지낸 정의를 버리지 말도록 해주기 바라오!"

노준의가 큰소리로 호통을 쳤다.

"네 놈은 북경에서 충실히 가업을 지키고 있는 나를 꾀어서 산으로 끌고 갔다! 송나라 천자께서는 세 번씩이나 조서를 보내시어 우리들에게 특사령을 내리셨는데 도대체 무슨 못마땅한 점이 있다는 거냐? 어찌 감히 조정을 배반하는 거냐? 이 단견무능(短見無能)한 놈아! 빨리 나와서 따질 것은 따지고 승패를 결해 보자!"

송강은 대로하여 즉각에 성문을 열게 하고 임충, 화영, 주동, 목홍 네 장수를 시켜서 일제히 진격하여 노준의를 붙잡으라고 명령했다.

노준의는 네 장수가 내닫는 것을 보자, 병사들을 뒤로 젖혀 놓고 친히 창을 휘두르며 말을 달려나와 네 장수와 대결하면서 추호도 수그러지는 빛이 없었다.

임충 등 네 장수는 노준의와 대결하기를 20여 합, 말머리를 돌려 성 안으로 도망쳤다.

노준의가 창을 높이 쳐들고 한 번 호령을 하니 뒤따르던 대군이 노도처럼 일제히 밀려들었다. 임충과 화영은 조교(吊橋)에 버티고 서서 몸을 돌이켜 다시 반격을 가하다가 패하는 체하고 성 안으로 도주, 노준의의 군사를 무난히 성 안에까지 끌어들였다.

뒤따르던 전군은 천지가 진동하도록 고함소리를 질렀고, 성 안에 있던 송강 이하 여러 장수들은 태도를 돌변, 그들과 합세하여 성 안으로 쳐들어가며 닥치는대로 무찔렀다.

요나라 병사들은 꼼짝도 못하고 모두 항복했다. 국구 강리안정은 눈을 부릅뜨고 입을 딱 벌린 채 어찌할 바를 모르다가 그대로 다른 사랑들과 함께 붙잡혔다.

 송강이 군사를 거느리고 성 안으로 들어서니, 여러 장수들은 모두 주아에 모여 있다가 그와 대면했다. 송강은 명령을 내려서 우선 국구 강리안정, 구양시랑, 금복시랑, 섭청시랑 네 사람을 불러다가 자리에 앉히고 정중하게 대접하면서 말했다.

 "당신네들 요나라에서는 우리들의 형편을 전혀 몰랐고, 우리들을 잘못 본 것이오. 우리들 일당의 호걸들은 숲속에 모여서 도둑질이나 하는 자들이 아니오. 하나하나가 모두 열숙지신(列宿之臣)인데 어찌 주인을 배반하고 요나라에 투항하겠소! 당신네들의 패주를 점령하기 위해서 그 기회를 노리고 쳐들어온 것뿐이오. 우리는 이미 이렇게 목적을 달성했으니 국구님께서는 본국으로 돌아가시오. 결코 걱정하실 일은 없소. 당신의 목숨을 해치려는 생각은 추호도 없으니까. 수하의 여러 사람들과, 또 여러분의 가족들도 모두 본국으로 돌아가도록 해주시오. 패주성이 이미 우리 조정에 점령당한 이상, 이것을 다시 탈환하겠다는 생각은 꿈에라도 하지 마시오! 두 번 다시 싸움을 일으킨다면, 그 때는 정말 용서할 수 없소!"

 송강은 이렇게 선언한 다음, 성 안의 번관들을 모조리 국구 강리안정과 함께 유주로 돌려보냈다. 또 방문을 내붙여서 백성을 안정시키고, 부선봉 노준의를 시켜서 군사의 절반을 거느리고 계주로 돌아가 그곳을 지키고 있게 했다. 그리고 나머지 절반의 장병들은 송강과 함께 패주를 지키기로 했다.

 동시에 군서(軍書)를 작성해서 사람을 파견하여 패주를 함락시킨 사실을 조추밀에게 급히 보고했다. 조추밀은 크게 기뻐하여 즉각에 상주문을 작성하여 조정에 보고했다.

한편, 국구 강리안정은 시랑 세 사람과 함께 연경으로 돌아가 국왕을 배알했다.

송강이 가짜로 투항했었다는 자초지종 경위를 자세히 설명하고, 그런 까닭으로 오랑캐놈들에게 패주를 점령당하고 말았다고 보고했다.

요나라 국왕은 그 말을 듣자, 격분을 참지 못하고 구양시랑에게 호통을 쳤다.

"모두가 네 놈 노비영신(奴婢佞臣)의 탓이다! 왔다갔다하며 잔재주를 부리더니 결국 우리 패주의 긴요한 성지를 빼앗기고 말았다. 이 지경이 돼 가지고야 연경인들 어떻게 지킬 수 있겠느냐? 빨리 저놈을 끌어내어 목을 베게 하라!"

반부(班府) 가운데서 올안통군(兀顏統軍)이 뛰쳐나오면 계주했다.

"국왕께서는 너무 심려치 마시기 바랍니다. 노비(奴婢)에게 한 가지 생각이 있사오니 우선 구양시랑의 목을 베시는 것만은 참아 주십시오!"

요나라 국왕은 그 말을 받아들여서 구양시랑을 용서해 주었다. 올안통군이 말을 이었다.

"노비(奴婢)가 부하 28수 장군과 12요(曜)의 대장을 거느리고 출진하여 오랑캐놈들을 일격에 무찔러 버리고 말겠습니다."

말이 채 끝나기도 전에 반부 중에서 하통군(賀統軍)이 나서면서 계주하였다.

"낭주(郎主)께서는 근심하시지 마십시오! 노비에게 한

가지 생각이 있습니다. 닭을 잡는 데 우도(牛刀)를 휘두를
필요가 없다는 말과 같이 우리의 정통군(正統軍)을 동원
할 것까지 없습니다. 소생이 소계(小計)를 써서 오랑캐놈
들을 죽은 뒤에도 묻힐 곳이 없게 만들어 버리겠습니다."
　국왕은 크게 기뻐했다. 하통군은 입을 열고 혓바닥을
휘두르며 열심히 묘계(妙計)를 설명했다. 필경, 하통군의
묘계란 어떠한 것일까?

86 함정으로 몰아넣었으나

宋 公 明 大 戰 獨 塵 山
盧 俊 義 兵 陷 青 石 峪

하통군이란 자는 성이 하(賀), 이름은 중보(重寶)라고 했다. 요나라 올안통군 휘하에 부통군의 직에 있었는데 신장이 1장(丈), 만인을 무찌를 억센 힘을 지니고 있으며, 요술을 잘하고 삼첨양인도(三尖兩刃刀)의 능수였다. 유주를 수비하면서 제로군마(諸路軍馬)를 제독(提督)하고 있었다.

하중보가 국왕에게 계주하는 말은 이러했다.

"놈들은 우리의 대군을 세 군데나 점령해서 의기양양한 판이니, 반드시 유주를 공격해 올 것입니다. 그때 우리 편에서 군사를 동원하여 유도작전을 쓰면 놈들은 저희들의 기세만 믿고 쫓아올 것입니다. 이렇게 해서 산골짜기 함정으로 유인해 들이면 놈들은 옴짝달싹도 못하게 될 겁니다."

올안통군이 말했다.

"그런 계책은 순조롭게 진행되기 어려울 것이오. 어쨌든 대군을 동원하여 한 번 싸우게 될 것이지만, 우선 그렇게 해보는 것도 무방할 것 같소!"

이리하여 하통군은 국왕 앞을 물러나와서 갑옷, 투구로 몸을 단단히 차리고 칼을 차고 말 위에 올라 수행병졸 일행을 거느리고 유주성 안으로 돌아오자, 군사를 소집하여 3대(隊)로 나눈 다음, 1대는 유주를 지키고, 2대는 패주와 계주를 향하여 진격하기로 작정했다.

명령을 내리자마자, 즉각에 2대의 군사를 성 밖으로 진격시키고 자기의 두 아우에게 그 지휘의 책임을 맡겼다.

첫째 아우 하탁(賀拆)을 패주로, 둘째 아우 하운(賀雲)을 계주로 각각 쳐들어가게 했는데 절대로 적군에 승리하지 말고 싸움에 패한 체하고 유주땅으로 유인해 들이기만 하면 나중 일은 적당한 계책이 서 있다고 일러 보냈다.

한편, 패주를 지키고 있던 송강은 갑자기 다음과 같은 보고를 접했다.

"요나라 군사가 계주에 침입해 왔습니다. 만일의 위험사태가 발생할지 모르니 원군을 보내 주시기 바랍니다."

송강이 말했다.

"침범해 왔다면, 차제에 끝까지 싸워서 유주를 점령해 버리고 말자!"

얼마 안 되는 병력을 남겨서 패주를 방비하게 하고, 나머지 대군을 총동원하여 계주로 진출, 노준의의 군사와 합류해 가지고 날짜를 작정해서 출진하기로 했다.

한편, 번장 하탁은 군사를 거느리고 패주로 진격했을 때, 마침 송강의 군사와 도중에 맞닥뜨리게 되었다. 양군은 싸우기는 했으나 하탁은 얼마 안 가서 군사를 거느리고 도주했다. 그러나 송강은 추격하지 않았다.

한편, 번장 하운도 계주로 향하는 도중에 호연작과 맞닥뜨렸지만 싸우지 않고 군사를 뒤로 물렸다.

송강은 노준의를 만나서 함께 본진으로 돌아와서 유주

공략의 대책을 상의했다. 오용과 주무는 이렇게 말했다.

"유주에서 병력을 두 갈래로 갈라서 공격해 온다는 것은 유도작전을 쓰자는 게 분명합니다. 한동안 움직이지 말고 이대로 있는 것이 좋을 것 같습니다."

그러나 노준의는 의견을 달리했다.

"군사! 그렇지 않을 겁니다. 놈들은 여러 번 싸움에 패하여 이편을 유인할 계책을 세울 겨를도 없을 것입니다. 이번에 점령해 버리지 않으면 다음에는 어려울 것입니다. 이번 기회에 유주를 점령하지 않고 또 어느 때를 기다리고 있겠습니까!"

송강도 찬성했다.

"놈들은 세궁역진(勢窮力盡)하였으니 무슨 좋은 계책을 쓸 수 있겠소? 이번 기회야말로 쳐부수기 제일 좋은 때요."

마침내 오용과 주무의 의견을 듣지 않고 병사를 거느리고 유주로 진격하게 되어 패주·계주 두 지방의 군사를 대소 3대로 나눠 가지고 출발했다.

얼마 안 가서 전군(前軍)에서 보고가 들어왔다.

"요나라 군사가 앞길을 가로막고 있습니다."

송강이 선두에 나서서 바라다보니 언덕 저편에서 흑기(黑旗)를 휘날리며 1대의 군마가 진격해 오고 있었다. 송강은 즉각에 전군(前軍)의 병사들을 분산시켰다. 그러자 번군 번장은 군사를 네 갈래로 갈라 가지고 언덕 앞에 진을 쳤다.

송강과 노준의가 여러 장수들과 함께 바라보니, 마치 수천, 수백 만의 군사가 검정구름이 용솟음쳐 오르는 듯,

그 진두에는 한 사람의 번관이 삼첨양인도를 휘두르며 말을 멈추고 서 있었다. 그 앞에 꽂혀 있는 인군기(引軍旗)에는,
 '대요부통군 하중보(大遼副統軍賀重寶)'
라고 뚜렷하게 씌어 있었다.

 송강이 그 깃발을 바라다보며 부하장수들에게 명령했다.
 "요나라의 통군이라면, 반드시 상장(上將)일 것이다. 누구든지 출마해 보라!"
 말이 채 끝나기도 전에 관승이 청룡언월도를 휘두르면서 적토마를 달려 진지에서 뛰쳐 나가더니 대뜸 하통군에게 덤벼들었다. 두 장수가 싸우기를 20여 합. 하통군은 감당키 어려운 듯 닥쳐드는 칼을 피해 가며 자기 진지로 뺑소니쳤다. 관승은 말을 달려 추격했다. 하통군은 패잔병을 거느리고 언덕을 돌아서 도주했고, 송강은 즉각에 군사를 풀어서 추격했다. 4,50리쯤 갔을 때, 사방에서 군고 소리가 요란하게 울려 왔다.
 송강이 급히 군사를 뒤로 물리려고 했을 때, 언덕 왼편으로부터 재빨리 1대의 번군이 내달으며 앞길을 가로막았다. 송강이 당황하여 군사를 갈라서 그것을 막아내려고 했을 때, 오른편으로부터 또 1대의 요나라 군사가 달려나왔고, 정면에서 하통군도 병사를 되돌려 협공을 가했다. 송강의 군사들은 서로 돌볼 겨를도 없이 번군의 공격을 받아 두 갈래로 갈라지고 말았다.
 한편, 노준의는 병사를 거느리고 후방에서 싸우고 있는

동안에 전방의 군사가 보이지 않자, 당황하여 퇴로를 찾아
서 돌아서려고 했을 때, 돌연 측면으로부터 번군이 달려나
와서 격전이 시작되었다. 요나라 군사들이 하늘을 무찌를
듯이 고함을 지르며 사방에서 돌격해 왔다. 노준의의 군사
는 좌우로 포위를 당해서 꼼짝도 할 수 없게 되었다.

노준의는 여러 장수들과 협력하여 좌우 전후로 미친 듯
이 무찌르면서 퇴로를 찾으려고 애썼다. 여러 장수들이 용
기를 내어 사방으로 날뛰며 분투하고 있을 때, 별안간 음
운(陰雲)이 앞을 가로막고 흑무(黑霧)가 하늘을 뒤덮고
낮이 밤같이 변하고 동서남북을 분간키 어렵게 되었다.

노준의는 당황하여 시급히 1대의 군마를 거느리고 필사
적으로 어둠 속을 헤치고 나갔다. 앞에서 말방울 소리가
들려 군사를 거느리고 그 방향으로 쳐들어갔다. 산으로 올
라가는 어귀에 당도했다. 산속 깊숙한 곳에서 사람 소리와
말들의 울부짖는 소리가 들렸다. 군사를 거느리고 그 속으
로 무찌르고 들어갔더니 별안간 광풍이 맹렬히 일어나고,
돌과 모래가 휘날려서 눈앞을 바라다볼 수도 없게 됐다.

노준의는 그대로 점점 더 깊숙이 무찌르고 들어갔다.
밤이 이경이나 되어서 겨우 바람이 자고 구름이 걷히고
별이 반짝거리는 하늘이 보이기 시작했는데, 여러 사람들
이 사방을 휘둘러 보니 사방이 산으로 둘러싸여 있으며
좌우 양편은 깎아지른 듯한 절벽이었다.

산은 험준하여 올라갈 길도 없었다. 따라온 장병들을
살펴보니 서녕, 색초, 한도, 팽기, 진달, 양춘, 주통, 이
충, 추연, 추윤, 양림, 백승 등 대소 두령 12명과 병사가
5천 명이었다. 별빛을 따라서 돌아갈 길을 찾아봤지만, 사

방이 산으로 포위되어서 뚫고 나갈 도리가 없었다. 노준의 가 말했다.

"병사들은 하루 진종일 싸움을 계속하느라고 기진맥진 했으니 우선 여기서 하룻밤을 쉬기로 하고, 내일 다시 돌 아갈 길을 찾아보기로 하자!"

한편, 송강 편에서는 격렬한 싸움 속에서 별안간 흑운 이 사방에서 용솟음쳐 일어나고 돌과 모래가 휘날려서 병 사들은 서로 얼굴을 부딪고도 상대방이 누군지 분간해내 기 어렵게 되었다.

그런데 일행 가운데 공손승이 끼여 있었기 때문에 말 위에서 이 광경을 보자, 그것이 요술의 농간임을 간파하고 대뜸 법검(法劍)을 뽑아들고 말 위에 앉은 채로 술법을 쓰 고 주문을 외었다.

"에잇!"

하고 마지막 호령을 하면서 보검을 앞으로 뻗치니 즉각에 음운이 사방으로 흐트러지고 광풍이 딱 끊기며 요나라 군 사는 싸우지도 않고 물러나 버렸다.

송강은 병사들을 격려해 가며 포위망을 돌파하고, 어떤 산으로 후퇴하여 휘하의 군사를 맞아 가지고 우선 양말차 (糧秣車)를 죽 늘어 세워서 진지의 울타리를 삼았다. 대소 두령을 조사해 봤더니 노준의 등 13명과 5천여 명의 병사 들이 보이지 않았다.

날이 밝자, 송강은 즉시 호연작, 임충, 진명, 관승에게 각각 병사를 딸려서 진종일 이리저리 찾아보게 했으나 아 무런 소식도 없었다. 송강이 현녀과(玄女課─卜兆)를 꺼 내 놓고 분향하며 점을 쳐보았다.

"대상(大象)은 무방한데 유음지처(幽陰之處)에 빠져서 빨리 헤어날 수 없겠군!"

송강은 불안해서 견딜 수 없었다. 즉시 해보·해진에게 사냥꾼 차림을 하고 산속을 뒤져 보도록 했고, 시천·석용·단경주·조정 등을 시켜서 여기저기 소식을 탐지해 보도록 했다.

해진과 해보는 호랑이가죽으로 만든 웃옷을 입고 강차(鋼叉)를 들고 산속 깊숙이 들어갔다. 얼마 안 되어서 날이 저물었다. 아무리 깊이 들어가도 사방에 사람이 살고 있는 집이라곤 있는 것 같지 않았고, 험준한 산이 잇달아 있을 뿐이었다.

해진, 해보는 그래도 몇 고개의 산을 넘어갔다. 그날 밤에는 달빛이 희미했지만 멀리서 등잔불이 하나 깜박거리는 것이 바라다보였다. 형제 둘이서는 저기 등잔불이 깜박거리는 데는 사람이 살고 있는 집이 분명하니, 찾아가서 밥이라도 좀 얻어먹어야겠다고 생각했다.

그들은 등잔불이 깜박거리는 곳을 향해 걸어갔다. 1리 길도 못 가서 나무가 무성한 언덕을 등에 지고 세 채의 초가집이 서 있는데, 지붕과 허물어진 벽틈으로 등잔불 빛이 새어 나오고 있었다.

해진, 해보가 문짝을 밀쳐서 열었더니, 희미한 등잔불빛 속에서 60이 넘어 보이는 노파의 모습이 바라다보였다.

형제는 강차를 내려놓고 머리를 숙여 절을 했다. 그 노파가 물었다.

"아들녀석이 돌아온 줄 알았더니, 어디서 오신 손님들일까! 절은 하지 않아도 좋은데 대체 어디 사시는 사냥꾼들이시오? 어째서 이런 데를 오시게 되었소?"

"우리들은 산동 태생으로 예전에는 사냥꾼 노릇을 했었는데, 이 고장으로 장사를 하러 왔다가 뜻밖에도 싸움판에 휩쓸려 들게 되어서 본전을 털어 버리고 먹고 살아갈 수 없게 됐습니다. 그래서 형제 둘이서 산속으로 들어와서 짐승을 잡아먹으며 지내다가 길을 잃어버리게 됐습니다. 하룻밤만 쉬어서 가게 해주십사 하고 댁을 찾아온 길입니다!"

해진의 말이 끝나자 그 노파가 말했다.

"옛날부터 집이란 떠메고 다닐 수 없는 거라지 않소! 우리 집 두 아들 녀석도 사냥꾼이오. 얼마 안 있으면 돌아올 것이오. 이리 앉으시오. 저녁밥이나 마련해 드리리다."

해진과 해보는 또 한 번 절을 했다.

노파는 안으로 들어갔다. 형제 둘이서 문간에 앉아 있노라니 장정 둘이서 한 마리의 노루을 떠메고 들어오면서 소리쳤다.

"어머니, 어디 계시오?"

노파가 나오면서 대답했다.

"아, 인제 돌아오느냐? 노루는 내려놓고 우선 두 분 손님께 인사나 여쭈어라!"

해진, 해보는 얼른 절을 했다. 저편 두 장정도 절을 하면서,

"당신네들은 어디 사시는 분이며, 무슨 일로 여기 오셨소?"

하고 물었다.

해진, 해보는 노파에게 했던 이야기를 되풀이해서 들려

주었다. 그랬더니 두 장정이 말했다.

"우리들은 이 고장 태생으로, 내가 유이(劉二), 내 아우가 유삼(劉三)이라 하오. 아버지는 유일(劉一)이라고 했는데 운수불길하여 세상을 떠났소. 홀어머니를 모시고 사냥꾼으로 2,30년을 살아왔는데 이 근처는 길이 심히 얽히고설키고 해서 우리들도 모르는 곳이 얼마든지 있소. 당신네 두 분은 산동분이시라는데 어쩌다가 이런 데까지 살길을 찾아서 나섰단 말이오? 숨기실 것은 없소. 두 분은 사냥꾼 같지 않소!"

"이리 된 바에야 뭣을 숨기겠소. 솔직히 말씀드리리다."

해진과 해보는 땅바닥에 꿇어앉아서 실토를 했다.

"우리들이 산동에서 온 사냥꾼이라는 것은 거짓말이었소. 우리 형제는 해진, 해보라고 하며 양산박에서 송공명이라는 형님을 따라서 오랫동안 도둑질을 하고 있었는데, 이번에 특사령이 내려서 형님을 따라서 요나라를 쳐부수러 왔었소. 그런데 며칠 전에 하통군이 큰 싸움을 걸어, 우리 편 1대가 뿔뿔이 흐트러져 어디로 갔는지 서로 알길이 없어서 우리 형제를 내보내서 소식을 탐지해 오라는 판이오!"

저편 두 형제들은 껄껄대고 웃었다.

"두 분은 호걸이었단 말이지! 자아, 고만 일어나시오. 우리들이 길을 가르쳐 드릴 것이니. 어쨌든 이리 좀 편히 앉으시오. 노루 넓적다리나 삶고, 막걸리나 데워 가지고 두 분께 대접하리다."

한 시간도 못 되어서 고기가 물렀다. 유이와 유삼은 해진, 해보를 극진히 대접했다. 술을 마시면서 해진, 해보가 송공명의 훌륭한 점을 역설했더니 두 형제는 탄복하여 마지않으면서 다음과 같이 자세히 설명해 주었다.

"당신네들은 우리 이 북변(北邊)의 지리를 잘 모르시겠지만, 이 근처는 유주 관하에 속하는데 한 군데 청석욕(靑石峪)이란 곳이 있소. 한 갈랫길로만 들어갈 수 있소. 사면이 모두 깎아지른 것 같은 절벽과 높은 산뿐이오. 만약에 이 한 갈랫길로 휩쓸려 들어간다면 두 번 다시 나올 수가 없는 것이오. 아마 그곳에 빠져 버린 모양이오. 이 근처에는 거기만큼 널찍한 곳은 또 없소. 지금 송선봉께서 군사를 주둔시키고 계시다는 곳은 독록산(獨鹿山)이라 하오. 그 산 앞 평탄한 터에서는 싸움을 할 만하오. 산꼭대기에서 바라다본다면, 사면에서 몰려드는 군사를 알아낼 수 있소. 그 1대를 구출하려면 필사적으로 청석욕을 격파해야만 되는데, 청석욕 어귀에는 수많은 병사들이 가로막고 있을 것이오. 이 근처 산에는 잣나무가 많은데 그 중에서도 청석욕 어귀에 서 있는 두 그루 잣나무는 제일 오래된 고목으로 마치 우산 같은 모양을 하고 있어서 실로 가관이며, 사방 어디서 봐도 바라다볼 수 있소. 즉, 이 큼직한 잣나무 두 그루가 서 있는 곳이 청석욕 어귀라고 보면 틀림없소. 또 한 가지 조심해야 할 일은 하통군이 요술을 쓸 줄 안다는 사실이고, 송선봉이 그의 군사를 격파하려면 이 점을 결코 소홀히 여겨서는 안 될 것이오."

해진, 해보는 자세한 설명을 듣고 유씨 형제들에게 사례를 한 다음 시급히 진지로 돌아왔다. 송강이 성급히 물었다.

"무슨 명확한 사실을 탐지했소?"

해진, 해보는 유씨 형제에게 들은 이야기를 상세히 말해 주었다. 송강은 대경실색하면서 즉각에 군사 오용을 불러서 대책을 상의했다. 이야기를 하고 있을 때 소교(小校) 한 사람이 나타나며 보고하였다.

"단경주와 석용이 백승을 데리고 나타났습니다!"

송강이 말했다.

"백승은 노선봉과 함께 함정에 빠졌을 터인데, 그가 돌아왔다는 것은 반드시 무슨 사고가 발생한 까닭이리라!"

곧 장하(帳下)로 불러들여서 물었다. 단경주가 먼저 아뢰었다.

"내가 석용과 함께 산골짜기 냇가에서 바라다보고 있노라니, 산꼭대기에서 큼직한 담요꾸러미가 굴러떨어졌소. 그것은 산 아래까지 굴러왔는데 자세히 살펴보니 그 속에 백승이 둘둘 말려서 동아줄로 단단히 묶여 있었소."

백승이 또 아뢰었다.

"노두령과 우리들 열세 사람이 싸우고 있는 판인데, 갑작스레 천지가 캄캄해지고 햇빛조차 없어져서 동서남북을 분간할 수가 없게 되었소. 사람의 음성과 말이 울부짖는 소리가 들리어 노두령의 명령으로 무작정 무찌르고 들어갔더니, 이건 아주 기막힌 곳으로 휩쓸려 들어가고 말았소. 사면이 온통 산이고 도저히 빠져 나올 구멍이 없었소. 또 식량을 받아들일 길도 없으니 모든 사람이 극도의 곤경에 빠져 있소. 그래서 노두령은 나를 산꼭대기에서 굴러 떨어뜨려서 길을 찾아 연락을 취하라고 하신 것이오. 뜻밖에도 석용, 단경주 두 사람을 만나게 되어서 다행이었소.

형님, 시급히 구원병을 보내어 구출해 주시오. 우물쭈물하
다가는 여러 장사들의 목숨이 위태로울 것이오!"

송강은 그 말을 듣자, 밤을 새워 가며 군사를 집결시키
고 해진, 해보를 길잡이로 내세워서 큼직한 잣나무 두 그
루가 서 있는 계곡 어귀로 떠나 보내기로 했다. 보병, 기
병들과 협력해서 무슨 일이 있더라도 계곡 어귀를 돌파하
라고 명령했다.

군사들이 한참 진격해 들어갔을 때, 얼마 안 되어서 날
이 밝고 멀리 산 앞으로 두 그루의 큼직한 잣나무가 바라
다보였다. 해진, 해보는 즉각에 군사를 거느리고 산기슭까
지 쳐들어갔다.

계곡 어귀에 있던 하통군은 즉각에 군사를 동원시켰고,
하탁, 하운 형제는 앞을 다투어 덤벼들었다.

송강 편의 장병들도 계곡 어귀를 점령하려고 일제히 결
사적으로 대항했다.

임충이 말을 달려 앞장을 섰다. 하탁과 맞닥뜨려서 겨
우 2합을 싸웠을 때, 임충은 하탁의 배를 창으로 찔러서
말 밑으로 거꾸러뜨리고 말았다.

흑선풍 이규는 두 자루의 판부를 휘두르며 닥치는대로
요나라 병사를 찔러죽이고, 번서·포욱·항충·이곤 그리
고 수많은 만패(蠻牌)의 병사들을 거느리고 요나라 병사
의 대오 속으로 화살처럼 돌진해 들어갔다.

이규는 하운의 말을 움켜잡고 도끼를 휘둘러 말의 다리
를 찍어서 거꾸러뜨렸다. 하운이 말에서 떨어지자 이규는
두 자루의 판부를 휘둘러 말과 사람을 한꺼번에 찍어서
죽여 버리고 말았다. 요나라 군사들은 떼를 지어서 몰려들

었지만 번서, 포욱 2대의 군사들이 격퇴시켜 버렸다.

하통군은 두 아우가 죽어 넘어지는 꼴을 보자, 입으로 주문을 외면서 요술을 쓰기 시작했다. 괴상한 일이었다. 별안간 사나운 광풍이 휘몰아치고 순식간에 구름이 용솟음쳐 일어나더니 시커멓게 산을 뒤덮고 계곡 어귀까지 막아 버렸다. 그가 요술을 쓰고 있을 때, 송강의 편에는 공손승이 나타나서 말 위에서 보검을 뽑아들고 입으로 몇 마디 주문을 외더니

"에잇!"

하고 마지막 호통을 쳤다.

휘몰아치던 광풍이 먹장 같은 구름을 헤쳐 버리고 새빨간 햇빛이 나타났다. 보병, 기병의 여러 장수들은 미친 듯이 쳐들어가서 닥치는대로 요나라 병사들을 무찔러 버렸다. 하통군은 요술로도 당할 수 없게 되자, 칼을 휘두르며 말을 몰아서 진지에서 뛰쳐나가고 말았다. 송강의 군사는 무난히 청석욕 안으로 돌진해 들어갔으며, 그 이상 요나라 군사를 추격하지 않기로 했다.

노준의는 송강을 보자 눈물을 흘렸다.

"만약에 형님이 구출해 주시지 않으셨다면 우리들의 목숨은 이 산골짜기 속에서 없어졌을 것이오!"

송강은 노준의 이하 13명의 장수들을 우선 계주로 돌려보내고, 군사 오학구의 의견을 따라서 독록산을 뒤로 하고 유주를 향해 계속 쳐들어갔다.

두 아우를 잃어버린 하통군은 우울한 나날을 보내고 있었다. 하루는 요나라 병사들이 성벽 위에 올라가 바라보니, 동북쪽에서 홍기(紅旗)의 1군(群), 서북쪽에서 청기

(靑旗)의 1군이 몰려 들어오고 있었다. 보고를 받은 하통군이 당황해서 성벽 위에 올라가 자세히 살펴보니, 홍기·청기에 새겨져 있는 은빛 글자는 분명히 요나라 군사임에 틀림없었다. 즉, 홍기군을 거느린 장사는 요나라의 부마(駙馬—천자의 사위) 태진서경(太眞胥慶)으로 병력이 5천여 명. 청기군의 장사는 이금오(李金吾) 대장(大將)이라 일컫는 번관으로서 본명은 이집(李集)인데, 통칭 이금오라고 불리는 상장이었다. 그는 1만여 명의 병력으로 웅주(雄州)에 주둔하면서, 송나라 변경을 자주 침범했는데, 요나라 국왕이 성을 빼앗겼다는 소식을 듣자, 군사를 거느리고 싸움을 거들려고 나타난 것이었다.

하통군은 심히 기뻐하면서 양로(兩路) 군사에게 사람을 파견해서 명령을 전달케 했다.

"우선 성 안으로 들어오지 말고, 산 뒤로 돌아 들어와서 복병의 작전을 써서, 우리 군사가 성 밖으로 나갈 때까지 잠시 쉬었다가 송강의 군사가 쳐들어왔을 때, 좌우 양편에서 동시에 공격을 가하도록 하라."

하통군은 지령을 내리자 곧 적과 대결할 작정으로 유주 성 밖으로 나왔다.

한편, 송강 편의 여러 장수들은 이미 유주까지 쳐들어왔다. 이때 오용이 말했다.

"만약에 적군이 성문을 잠그고 나오지 않는다면 그것은 아무런 준비도 없다는 증거요. 군사를 거느리고 성 밖으로 나온다면 반드시 복병을 깔아 놓았을 것이오. 그러니까 우리 군사는 세 갈래로 갈라져서 진격해야 하오. 1대는 곧장 유주로 쳐들어가서 적군과 대결하고, 나머지 2대는 새

의 날개같이 좌우 양익을 지키면서, 복병이 나타났을 때에
그것을 막아내야 할 것이오.”

송강은 관승에게 선찬과 학사문을 딸려서 좌군(左軍)을
영솔케 하고, 각각 1만여 명의 병력을 거느리고 산 뒤 좁
은 길을 서서히 진격케 했다. 그리고 송강은 대군을 거느
리고 곧장 유주로 쳐들어갔다.

하통군의 군사와 송강의 군사는 마침내 맞닥뜨리게 되
었다. 임충이 말을 달려 하통군과 싸웠지만, 5합도 못 싸
우고 하통군은 군사를 두 갈래로 갈라서 유주로 들어가지
않고, 성을 밖으로 돌면서 뺑소니쳤다. 오용이 말 위에서
호통을 쳤다.

“추격하지 말라!”

왼편에서 대드는 태진서경은 관승이 막아내고, 오른편
에서 대드는 이금오는 호연작이 막아내면서 일대 접전이
벌어져서 시체가 벌판에 즐비하게 나뒹굴고, 피가 바다를
이룰 지경이었다.

하통군이 유주로 후퇴하려고 했을 때, 앞을 가로막으며
덤벼드는 두 장사가 있었다. 화영과 진명이었다. 하통군이
서문으로 도주하니 거기서는 동평이 덤벼들었다. 남문으
로 달아나려고 했더니 거기서는 주동이 덤벼들었다. 하통
군은 성 안으로 들어갈 것을 단념하고 북쪽으로 뺑소니를
쳤다. 그런데 앞에서 난데없이 황신이 대도를 휘두르면서
곧장 하통군에게 달려들었다.

하통군이 당황해서 어쩔 줄 모르는 판에, 황신이 하통
군의 말 모가지를 베어서 단칼에 던져 버렸다. 하통군이
말을 버리고 도주하고 있을 때, 이번에는 측면으로부터 양

웅, 석용, 두 두령이 뛰쳐나오더니 일제히 덤벼들어 하통군을 땅바닥에 굴리고 배밑에 깔아 버렸다. 이때 마침 송만이 창을 휘두르며 덤벼들자, 서로 공로를 다투게 될까 두려워해서, 여럿이서 그 자리에서 하통군을 찔러 죽이고 말았다.

태진서경도 형세가 불리함을 깨닫자, 홍기군을 거느리고 산 뒤로 도주하고 말았다. 이금오도 싸우고 있다가 홍기군의 자취가 없어지는 것을 보자 청기군을 거느리고 산 뒤로 도주하고 말았다.

송강은 삼로의 적군이 모두 퇴각해 버린 것을 보자, 대군을 거느리고 돌진을 계속한 결과 아무 난관도 없이 유주를 쉽사리 함락하였다. 유주성 안으로 들어가서 전군을 주둔시키고 방문을 내붙여서 백성을 안심케 하고 즉각에 사람을 단주로 파견하여 승리를 보고하고, 조추밀에게 병력을 이동하여 계주를 지키도록 해달라고 부탁했다.

또 수군의 두령과 전선을 유주로 보내어 이편 지휘하에 두어 달라고 요청했다,

그리고 부선봉 노준의는 역시 패주에 남아서 그곳을 단단히 지키도록 지령을 내렸다. 이리하여 송강은 마침내 도합 네 군데 대군(大郡)을 수중에 넣게 된 것이었다.

조추밀은 송강에게서 온 문서를 보자, 크게 기뻐하여 조정에 그 뜻을 상신하는 한편 계주·패주 두 지방으로 문서를 발송하여 자세한 사정을 연락하고, 또 수군 두령들에게 떠날 준비를 하라고 명령하여, 수륙양로로 진격할 만반의 준비를 갖추도록 했다.

한편 요나라 국왕은 옥좌에 올라 앉아서 문무번관, 좌

승상 유서패근(幽西孛瑾), 우승상 태사저견(太師褚堅) 통군대장 등을 거느리고 당정상의(當廷商議)를 하고 있었다.

"이제 송강이 국경을 침범하여 우리 사대군(四大郡)을 점령했고 멀지 않아 황성을 침범할 것이니 연경도 안전할 수 없게 됐소. 문무제관은 이 국난을 어떻게 처리하면 좋겠다고 생각하시오?"

도통군 올안광(兀顔光)이 계주하였다.

"낭주께서는 근심하시지 마십시오. 전자에 노비(奴婢)는 수차 군사를 거느리고 싸우러 나가려고 했사오나 그때마다 남들의 의견 때문에 가로막혀서 뜻을 이루지 못했기 때문에 마침내 적세(賊勢)를 키웠고, 이런 큰 화를 초래하게 됐습니다. 이제라도 성지로서 군대편성의 실권을 노비에게 맡겨 주옵시면 각지의 군사를 집결시켜서, 기필코 송강 일당을 몰아내고 성지를 되찾아 볼까 하옵니다!"

국왕은 크게 찬성하여 즉각에 군사의 전군을 올안통군에게 일임했다.

"금지옥엽의 몸인 황친 국척(皇親國賊)이든, 또 여하한 군마이든, 모두 경의 조견(朝遣)에 따르도록 할 것이니 한시바삐 군사를 일으켜 정진(征進)하시오!"

올안통군은 성지와 병부를 받자 즉각에 교장(敎場—練兵場)으로 내려가 각지의 군사를 동원하여 집결시키기로 했다. 명령을 전달하고 났을 때 올안통군의 맏아들 올안연수(兀顔延壽)가 연무정(演武亭)에 나타나서, 아버지가 대군을 집결하는 동안에 먼저 수명의 맹장을 거느리고 유주를 공격하겠으니 승낙해 달라고 했다.

올안통군은 아들의 의사에 크게 찬성하고 기병돌격대 5천 명과 정병 2만을 주어서 선봉을 맡기고 태진서경, 이금오 두 장수를 붙여 합류하여 먼저 출전케 했다. 필경, 올안 소장군은 어떻게 송강의 군사에 도전할 것인가?

87 요나라 장군 총동원

宋 公 明 大 戰 幽 州
呼 延 灼 力 擒 番 將

올안연수는 2만여 명의 병력을 거느리고, 부마 태진서
경과 이금오 두 장수와 합류하여 도합 3만 5천 명의 번군
을 통솔하면서 창·칼·활 등 온갖 무기를 완비한 뒤 대
오를 짜서 출발했다.

탐자(探子)가 재빨리 유주성 안으로 와서 송강에게 보
고했다.

송강은 즉각에 군사 오용을 불러서 상의했다.

"요나라 군사는 여러 번 패했기 때문에, 이번에는 반드
시 정병맹장(精兵猛將)을 뽑아 가지고 덤벼들 것이오. 무
슨 대책을 가지고 이에 임하면 되겠소!"

오용이 말한다.

"우선 성 밖으로 군사를 동원시켜서 진을 치고, 요나라
군사가 접근해 오거든 서서히 도전해 보기로 하시지요. 대
단치 않은 상대라면, 저편에서 스스로 물러나갈 것이 뻔합
니다."

송강은 오용의 의견대로 군사를 성 밖으로 동원시키고
성에서 10리 저편에 있는 방산(方山)이라는 평탄한 지점
에서 산을 등에 지고 강물을 옆으로 끼고 구궁팔괘진(九
宮八卦陣)을 쳤다.

때마침, 요나라 군사는 3대로 갈라져서 쳐들어왔다. 올안 소장군의 군사는 검정 깃발, 태진부마의 군사는 붉은 깃발, 이금오의 군사는 푸른 깃발을 각각 앞장세우고 있었다.

삼군이 일제히 진격해 오다가 바라보니 송강은 벌써 진을 치고 있었다. 올안연수는 일찍이 그의 부친의 수하에서 진법(陣法)을 배웠기 때문에 그 현묘한 점에 정통했다.

그는 즉각에 청기·홍기 2군을 좌우로 갈라서 진지를 구축하도록 하고, 자신은 중군에 있으면서 구름다리를 세워 놓고 그 위에 올라가서 송강의 진지를 정찰해 봤다.

그것이 바로 구궁팔괘진이라는 것을 당장에 간파하자, 구름다리에서 내려오면서 냉소하여 마지않았다.

좌우의 부장들이 물었다.

"장군, 무슨 까닭으로 그렇게 냉소하십니까?"

올안연수가 대답했다.

"구궁팔괘진 따위를 모르는 사람이 어디 있겠소! 저런 진형을 가지고 상대방을 속이려 들다니, 그게 될 말이겠소? 우리 편에서 도리어 놈들을 깜짝 놀라게 해주어야겠소!"

병사들에게 명령하여 즉각에 화고(畫鼓)를 세 번 울리게 하고 장대(將臺―지휘대)를 세운 다음, 그 위에 올라가서 두 폭의 신호기를 동시에 휘둘러서 진을 펼치도록 했다.

그리고 장대에서 내려오자 말을 타고 앞장 서 있는 장수에게 진열(陣列) 틈을 헤치게 해서 친히 진두에 나서 송강을 향해 호통을 쳤다.

"네 놈은 구궁팔괘진 따위를 쳐놓고 누구를 속여 보겠다는 수작이냐? 네 놈은 나의 진법을 알아볼 수 있겠느냐?"

송강은 번장이 진법으로써 다투려는 눈치를 채자, 군중에 구름다리를 세우게 했다. 송강·오용·주무가 그 구름다리에 올라가서 요나라 군사들의 진형을 살펴보니, 3대가 연결되어 서로 돌볼 수 있는 꼴이었다.

주무는 즉각에 그것을 간파하고 송강에게 말했다.

"저것은 태을삼재진(太乙三才陣)이라고 하는 것입니다."

송강은 오용과 주무를 장대 위에 남겨 두고 자기만 구름다리를 내려와서 말을 달려 진두로 나섰다. 채찍을 높이 쳐들고 요나라 장수에게 호통을 쳤다.

"네 놈의 '태을삼재진' 따위가 뭣이 대단하다는 거냐?"

올안 소장군이 말했다.

"흠! 나의 진형을 간파했다는 거냐! 그렇다면 진법을 또 바꾸어서 네 놈이 알아보지 못하도록 해주마!"

그는 즉각에 말 머리를 돌려서 중군으로 돌아가더니, 또다시 장대 위로 올라가 깃발을 휘둘러 진형을 바꾸어 버렸다.

오용과 주무는 장대 위에서 그것을 내려다보고 있다가, 올안 소장군이 하락사상진(河洛四象陣)으로 진형을 바꿨다는 것을 알아차리고, 구름다리를 내려와서 송강에게 알려 주었다.

올안 소장군은 두 번째 진두에 나타나서 극(戟)을 비스듬히 꼬나잡고 호통을 쳤다.

"이번에도 나의 진형을 간파할 수 있다는 거냐?"

송강이 소리를 쳤다.

"'하락사상진'으로 바꾸었구나!"

올안 소장군은 고개를 옆으로 흔들며 히죽 웃더니, 다시 진중으로 돌아가 장대에 올라서서 깃발을 좌우 양편으로 휘둘러 진형을 또 바꾸었다.

오용과 주무가 장대 위에서 그것을 내려다보다가, 주무가 말했다.

"순환팔괘진(循環八卦陣)으로 바꾸었구나!"

즉각에 병사를 송강에게 보내어 알려 주었다.

올안 소장군은 또 진두에 나타나서 큰 소리로 호통을 쳤다.

"이번에도 나의 진형을 알아볼 수 있다는 거냐?"

송강은 웃으면서 대답했다.

"'순환팔괘진'으로 바꾼 모양이구나! 뭐 대단할 것도 없잖으냐?"

올안 소장군은 그 말을 듣더니 내심 생각했다.

'나의 이 몇 가지 진법은 모두 비전(秘傳)의 것들인데, 어떻게 이놈이 모조리 간파할 수 있을까? 송군 가운데는 만만치 않은 인물이 있는 모양이다!'

올안 장군은 또다시 진중으로 돌아와서 발을 내려 장대로 올라가더니, 깃발을 좌우로 휘둘러 진형을 또 변경해 버렸다.

그것은 사방 어디에서 보나 뚫고 들어갈 구멍이 보이지 않으며, 그 안으로 8×8=64대(隊)의 군사를 몰아넣은 진형이었다.

주무가 또다시 구름다리 위에 올라가 그것을 내려다보

더니 오용에게 말하였다.

"저것은 무후(武侯─제갈공명)의 팔진도(八陣圖)라는 진형입니다. 앞도 뒤도 밖에서는 알아보지 못하게 한 것입니다!"

즉각에 병사를 보내서 송공명을 진중으로 불러다 장대에 올라가 그 진형을 내려다보게 하고, 또 다음과 같이 설명해 주었다.

"상대방은 절대로 만만치 않은 놈입니다. 요나라 군사의 이 몇 가지 진형은 모두가 비전의 것들입니다. 이 네 가지 진법은 모두 일파(一派)에서 전류(傳流)해 내려온 것입니다. 밖으로 흘러나간 법이 없는 것들입니다. 맨 처음의 '태을삼재'란 것이 '하락사상'으로 변했고, 그것이 다시 '순환팔괘'로 변했고, 그 팔괘가 또다시 8×8=64괘(卦)로 변하여 '팔진도'가 되었는데, 이것은 순환무비한 것이며 아주 절고(絶高)한 진법입니다!"

송강은 장대에서 내려와 말을 타고 곧장 진두로 달려 나갔다. 올안 소장군은 극을 뻗쳐 세우고 말을 진두에 멈추고 큰 소리로 호통을 쳤다.

"나의 진형을 알아봤다는 거냐?"

송강도 같이 호통을 쳤다.

"나이도 어리고 배운 것도 없는 우물 안 개구리 같은 놈이군! 그 정도의 진법을 알아 가지고 그것이 대단한 줄 알고 있느냐! 대가리만 감추는 팔진도법(八陣圖法) 따위를 가지고 누구를 속일 수 있다는 거냐? 우리 대송나라에서는 그 따위 것을 가지고는 어린아이도 속일 수 없다!"

올안 소장군이 대꾸했다.

"나의 진법을 간파한 것은 좋다 치고, 어디 네 놈이 기이한 진법을 써서 나를 속여 봐라!"

송강이 연방 호통을 친다.

"나의 '구궁팔괘진'은 천박한 듯하지만, 네 놈이 이것을 격파할 수 있겠느냐?"

올안 소장군이 호탕하게 웃어젖히며 말하였다.

"그 따위 변변치도 못한 진형이라면, 뭣이 어렵겠느냐? 네 놈은 군중에서 몰려 쏘는 화살〔冷箭〕이나 쓰지 말아라! 그러면 내 네 놈의 소진(小陣)을 쳐부술 터이니 구경이나 하고 있거라!"

올안 소장군은 즉각에 명령을 내려서 태진부마와 이금오에게 각각 군사 1천 명을 딸려 주고 분부하였다.

"내가 적진을 격파하거든 곧 싸움을 거들러 나오시오!"

명령이 내리자 요나라의 전군은 전고를 요란스럽게 울렸다.

송강도 명령을 내려서 군중에 세 번이나 전고를 울리게 했고, 문기를 헤치고 진지를 뚫고 들어갈 소장(小將)들을 돌입시키기로 했다.

올안연수는 본부 부하 20여 명의 아장(牙將)과 갑옷을 든든히 입은 1천여 명의 마군(馬軍)을 거느리고, 손을 꼽아 보았다. 그날의 일진이 화(火)에 속하는지라 정남이위(正南離位)로 들어가지 않고, 군마를 거느리고 바른편으로 돌아서 서방태위(西方兌位)로 백기를 휘두르며 진지 안으로 쳐들어갔다. 하지만 뒤따르는 군사들은 활쏘는 군사들에게 가로막혀 버리고 간신히 절반의 병력이 뚫고 들어갔을 뿐, 나머지는 자기네 진지로 되돌아가고 말았다.

올안 소장군은 적진 속으로 뚫고 들어가자 다짜고짜 중군으로 달려 들어갔는데, 자세히 살펴보니 사방이 안개가 낀 것처럼 뽀얗고 은장철벽(銀牆鐵壁)이 자기 자신을 포위하고 있었다.

올안연수는 그것을 보자 당황하여 얼굴빛이 새파랗게 질렸다.

"진지 안에 이런 성벽이 있을 까닭이 없는데?"

하고 망설이면서 측근자들에게 명령하여 처음 들어오던 길을 찾아서 되돌아 나가자고 했다.

그들은 다시 사방을 자세히 휘둘러 봤지만, 사방이 망망하게 뽀얗고 마치 은바다〔銀海〕에 빠진 듯할 뿐, 온통 물소리가 요란스럽게 들리며 길 같은 것은 찾아볼 도리가 없었다.

올안 소장군은 극도로 당황하여 군사를 거느리고 진지 남쪽문으로 쳐들어갔다. 거기서는 무수한 불덩어리와 새빨간 노을이 땅 위를 휘말고 있을 뿐, 군사의 그림자라고는 하나도 보이지 않았다.

소장군은 남쪽 문으로 빠져 나갈 수 없다고 단념하자, 이번에는 옆으로 빠져서 동쪽 문으로 쳐들어갔다. 그러나 거기에는 잎이 무성한 나무와 가지가 뻗친 잡목들이 나뒹굴어져 있고, 그 좌우 양편으로는 녹각(鹿角)에 가로막혀서 나갈 길이라곤 찾아볼 수 없었다.

다시 북쪽 문으로 돌아가 봤다.

거기도 역시 시커먼 기운이 하늘을 무찌르고 흑운(黑雲)이 눈을 덮을 뿐, 손을 뻗쳐 봐도 손바닥을 분간할 수 없이 마치 암흑의 지옥 같을 뿐이었다.

결국, 올안 소장군은 진지 안의 동서남북 네 문 중 어디로도 나올 수가 없게 되어서 내심 이상하게 생각하고 소리를 질렀다.

"이것은 송강이란 놈이 요술을 쓴 것이 분명하다. 어찌됐든 상관없다! 이리된 바에야 결사적으로 뛰쳐나가는 길뿐이다!"

여러 장수들은 명령을 받자, 일제히 고함을 지르며 뚫고 나갔다. 이때 옆에서 장수 한 사람이 뛰쳐나오더니 큰소리로 호통을 쳤다.

"철부지 소장녀석아! 어디로 달아난다는 거냐?"

올안 소장군은 즉각 덤벼들려고 했지만, 그럴 만한 겨를도 없이 채찍이 그의 얼굴 위로 선뜻 날아들었다. 소장군은 눈치도 빠르고 날쌘 사람이었다. 대뜸 방천극으로 그것을 막아내기는 했지만, 채찍이 내리치는 소리가 들리는가 하는 순간, 방천극 자루가 두 동강이 나서 부러지고 말았다.

당황하여 어쩔 줄 모르는 판에, 상대방 장수가 불쑥 달려들더니 원숭이팔 같은 긴 팔을 가볍게 뻗치고, 이리 허리처럼 허리를 꿈틀하더니 올안 소장군을 단숨에 덥석 움켜잡아 가지고 뒤따르는 병사들 앞에 버티고 서서 여러 장수들에게 호통을 쳤다.

"말에서 내려라!"

여러 장수들은 칠흑 같은 어둠 속에서 동서남북을 분간할 수도 없어서 꼼짝 못하고 말에서 내려서 투항하는 도리밖에 없었다.

올안 소장군을 붙잡은 것은 다른 사람이 아닌 바로 호

군대장 호연작이었다. 이때 공손승은 중군에 있으면서 술법을 쓰고 있었는데, 소장군을 붙잡았다는 보고를 받자 곧 술법을 중지했다.

그래서 진지 안은 처음과 같은 청천백일(靑天白日)이 되었다.

한편, 태진부마와 이금오 장군은 각각 병력 1천을 거느리고 즉각에 싸움을 거들러 나가려고 적진에서 보고가 날아들기만 고대하고 있었다.

그러나 도무지 아무런 소식이 없어서, 무작정 쳐들어갈 수도 없었다.

이때, 돌연 송강이 진두에 나타나면서 큰 소리로 호통을 쳤다.

"그대들 양군(兩軍)은 당장 항복하지 못하고 뭣을 우무쭈물하고 있느냐! 올안 소장군은 이미 우리 편에 붙잡힌 몸이 된 지 오래다!"

그리고 군도수(群刀手)들에게 명령하여 진두로 몰려나오게 했다. 이금오는 그 광경을 보자, 단기단창으로 곧장 달려나가서 올안연수를 구출해 보려고 했다.

그러나 선두에 서 있던 벽력화 진명이 낭아곤을 휘두르며 이금오에게 덤벼들었다.

두 필의 말이 엇갈리면서 서로 무기를 휘둘렀고, 양군에서는 똑같이 고함소리가 천지를 진동했다. 이금오는 벌써 내심 당황하여 손이 흔들리기 시작했는데, 이때 진명이 정통으로 일격을 가하자 투구와 함께 대갈통이 두 쪽으로 깨져서 말 위에서 굴러떨어지고 말았다.

태진부마는 이금오가 거꾸러지는 것을 보자, 군사를 거

느리고 뺑소니를 쳤다. 송강이 군사를 몰아 쳐들어가니 요
나라 군사들은 대패하여 도주해 버렸다.

　빼앗은 군마가 3천여 필, 기번(旗幡)·극검(戟劍)이 내
동댕이쳐져서 강과 계곡을 뒤덮을 지경이었다.

　송강은 군사를 거느리고 그 길로 연경(燕京)으로 진격
을 개시하여, 적군을 무찔러서 송나라 조정의 영토를 탈환
하려고 했다.

　한편, 요나라 군사의 패잔병들은 요나라로 도주하여 올
안통군을 보고 이렇게 보고했다.

　"소장군께서는 송군의 진지로 쳐들어가셨다가 적군에게
붙잡히셨으며, 나머지 아장들은 모두 항복하고 말았습니
다. 이금오 장군께서도 싸움터에서 곤봉에 맞아 전사하셨
고, 태진부마께서는 간신히 도주하셨으나 그 행방을 알 길
이 없습니다!"

　올안통군은 그 말을 듣자 대경실색했다.

　"아들놈은 어렸을 적부터 진법을 배워서 오묘한 경지까
지 터득하고 있었는데, 송강이란 놈은 도대체 어떠한 진형
으로 내 아들을 잡아갔단 말이냐!"

　좌우 측근자들이 또 아뢰었다.

　"'구궁팔괘'라는 진형인데 그다지 대단한 진법도 아니었
습니다. 우리 소장군께서는 네 가지의 진형을 펼치셨지만
모두 오랑캐놈들이 간파해 버렸습니다. 나중에는 적군에
서 우리 소장님께 '구궁팔괘진'이란 것을 알거든 어디 한
번 격파해 보라고 했습니다. 소장군께서 1천여 명의 마군
(馬軍)을 거느리시고 서쪽 문으로 쳐들어가셨으나 적군의

강궁경노(强弓硬弩)에 가로막혀서 군사의 절반은 쳐들어 가지 못했습니다. 어찌되어서 적군에게 붙잡히셨는지 자세한 경위는 알 수 없습니다!"

올안통군이 말을 이었다.

"'구궁팔괘진'쯤을 격파하지 못했을 리가 없다! 아마 적군은 도중에 진형을 바꾸었을 것이다!"

여러 군사들이 또 아뢰었다.

"저희들이 장대 위에서 바라보자 적군의 진지 안에서는 대오도 움직이는 법이 없었고 번기도 흔들리지 않았습니다. 얼마 안 되어서 흑운이 위로 뻗쳐서 진지를 휘말아 버리고 말았습니다!"

올안통운이 말했다.

"그렇다면 그것은 요술에 틀림없다! 우리 편에서 군사를 동원시키지 않는다면 놈들은 또 쳐들어올 것이다. 이기지 못한다면 나는 내 손으로 내 목을 베어 버리겠다. 누가 선봉이 되어서 군사를 통솔하고 나갈 사람은 없느냐? 나는 대대(大隊)를 인솔하고 곧 뒤쫓아 나갈 터이니까."

장전에 있던 두 장수가 급히 걸어나오며 입을 모았다.

"저희들 둘이서 전부(前部)를 맡기를 원합니다!"

그 한 사람은 번관 경요납연(瓊妖納延), 또 한 사람은 연경의 효장(驍將) 구진원(寇鎭遠)이었다.

올안통군이 크게 기뻐하며 말했다.

"그대들 둘이서는 만사에 조심하여 병력 1만을 거느리고 전부선봉(前部先鋒)이 되어서 산이 닥치면 길을 뚫고 강이 닥치면 다리를 놓으면서 진격해 주기 바라오. 나는 대군을 거느리고 곧 뒤쫓아가리다!"

　이리하여 경·구 두 장수는 즉각에 몸을 일으켜 선봉이 되어서 떠나갔다.

　한편 올안통군은 즉각에 본부 부하 십일요 대장(十一曜大將), 이십팔수 대장(二十八宿大將)을 점검하고 정비하여 전원이 출정하게 됐다.

　그 '십일요 대장'이란 다음과 같다.

　태양성　어제대왕(太陽星御弟大王)　야율득중(耶律得重)―병력 5천을 인솔한다.

　태음성　천수공주(太陰星天壽公主)　답리패(答里孛)―여병(女兵) 5천을 거느린다.

　나후성　황질(羅喉星皇姪)　야율득영(耶律得榮)―병력 3천을 인솔한다.

　계도성　황질(計都星皇姪)　야율득화(耶律得華)―병력 3천을 인솔한다.

　자기성　황질(紫炁星皇姪)　야율득충(耶律得忠)―병력 3천을 인솔한다.

　월패성　황질(月孛星皇姪)　야율득신(耶律得信)―병력 3천을 인솔한다.

　동방청제수성(東方靑帝水星)　대장 지아불랑(大將只兒拂郎)―병력 3천을 인솔한다.

　서방태백금성(西方太白金星)　대장 오리가안(大將烏利可安)―병력 3천을 인솔한다.

　남방형혹화성(南方熒惑火星)　대장 동선문영(大將洞仙文榮)―병력 3천을 인솔한다.

　북방현무수성(北方玄武水星)　대장 곡리출청(大將曲利出

淸)―병력 3천을 인솔한다.

　중앙진성토성(中央鎭星土星) 상장도통군 올안광(上將都統軍兀顔光)―각비명마(各飛兵馬)　수장　5천을　통솔하고 중단(中壇)을 진수(鎭守)한다.

　올안통군은 다시 부하 이십팔수 장군을 다음과 같이 점검했다.

　　각목교(角木蛟)　손충(孫忠)
　　항금룡(亢金龍)　장기(張起)
　　저토학(氐土貉)　유인(劉仁)
　　방일토(房日兎)　사무(謝武)
　　심월호(心月狐)　배직(裵直)
　　미화호(尾火虎)　고영흥(顧永興)
　　기수표(箕水豹)　가무(賈茂)
　　두수해(斗水解)　소대관(蘇大觀)
　　우금우(牛金牛)　설웅(薛雄)
　　여토복(女土蝠)　유득성(愈得成)
　　허일서(虛日鼠)　서위(徐威)
　　위월연(危月燕)　이익(李益)
　　실화저(室火猪)　조흥(祖興)
　　벽수유(壁水揄)　성주나해(成珠那海)
　　규목랑(奎木狼)　곽영창(郭永昌)
　　누금구(婁金狗)　아리희(阿里義)
　　위토치(胃土稚)　고표(高彪)
　　묘일계(昴日鷄)　순수고(順受高)

필월오(畢月烏) 국영태(國永泰)

자화후(觜火猴) 반이(潘異)

참수원(參水猿) 주표(周豹)

정수한(井水犴) 동리합(童里合)

귀금양(鬼金羊) 왕경(王景)

유토장(柳土獐) 뇌춘(雷春)

성일마(星日馬) 변군보(卞君保)

장월록(張月鹿) 이복(李復)

익화사(翼火蛇) 적성(狄聖)

진수인(軫水蚓) 반고아(班古兒)

올안통군이 대군을 일으켜 출정하고, 한편 선봉으로 나선 경·구 두 장수가 1만의 병력을 거느리고 앞장서 나가자 세작(細作)이 재빨리 송강에게 보고했다.

"이번 싸움은 어지간하겠습니다!"

송강은 그 말을 듣자 크게 기뻐하며 명령을 내려서 노준의의 부하장병들을 모조리 집결시키고, 단주와 계주에 전부터 있던 군사들도 모두 자기 지휘하에 들어오도록 했다.

또 조추밀에게 감전(監戰)을 나와 달라 청했고, 다시 수군의 두령들도 병사를 거느리고 육지로 올라와서 전원 패주에 집결하여 육로로 진격하라고 명령했다.

수군의 두령들은 조추밀을 뒤에서 호위하면서 총병력을 유주로 집결시켰다.

송강이 조추밀을 맞아 인사를 끝내자, 조추밀이 입을 열었다.

"장군께서 이처럼 애쓰시어 실로 나라의 주석(柱石)이라 하겠소! 그 이름 만세에 전하게 되리다. 하관은 조정에 돌아가면 천자님 앞에서 반드시 중보(重保)하시도록 계주하겠소!"

송강이 대답했다.

"무능한 소장을 그토록 생각해 주시니 황감할 따름입니다. 위로는 천자님의 홍복(洪福)의 힘으로, 아래로는 원수(元帥)님의 호위의 덕분으로 우연히 대단치 않은 공을 세우게 됐으나, 이는 한 사람의 힘으로 이루어진 것이 아닙니다. 이제 탐세인의 보고에 의하면 요나라 올안통군이 20만 대군을 일으켜 가지고 국가의 총력을 동원하여 쳐들어온다고 합니다. 흥망승패는 이 일전에서 결정날 것입니다. 특히 추상(樞相)께 청하고 싶은 것은, 15리쯤 떨어진 곳에 따로 영채를 세우시고, 이 송강이 견마지로(犬馬之勞)를 다하여 여러 형제들과 힘을 합쳐서 결전하는 광경을 보아 주십시오!"

조추밀이 말했다.

"장군이 좋도록 잘 싸워 주시오!"

이리하여 송강은 조추밀과 작별하고, 노준의와 함께 대군을 거느리고 유주 관하 영청현(永淸縣) 접경지대까지 진격하여 그곳에 영채를 마련하고, 여러 두령 장수를 소집하여 본진에서 군사의 대책을 협의했다.

송강이 말했다.

"이번에 올안통군이 친히 요나라 군사를 거느리고 국력을 총동원하여 쳐들어온다는 것은 실로 용이한 노릇이 아니니, 생사승패는 오로지 이번 싸움에 달렸소. 형제 여러

분! 전력을 다하여 대항할 것이며 결코 후회함이 없도록
합시다! 공로를 세우면 반드시 조정에서 알게 되고, 반드
시 여러 사람이 다 같이 은상을 받을 수 있을 것이오!"
　여러 사람들이 다 같이 일어서서 이구동성으로 말했다.
　"형장의 명령에 누가 감히 따르지 않겠소!"
　이때, 소교가 와서 보고하였다.
　"요나라의 사신이 전서(戰書)를 가지고 왔습니다!"
　송강은 장하(帳下)로 불러들여서 전서를 바치도록 했
다. 전서를 뜯어 보니 그것은 올안통군 휘하의 선봉사
경·구 두 장군이 보낸 도전장인데, 우선 선봉군을 가지고
내일 결전하자는 것이었다. 송강은 그 전서 끝에다 내일의
결전을 승낙한다는 뜻을 명백히 부기해서 사신에게 주어
적의 진지로 돌려보냈다.

　송군도 총동원이 되어서 진격을 개시했다. 4,5리로 못
가서 송군과 요군은 대치하게 되었다. 멀리 바라보니 조조
기(皁鵰旗) 뒤로 선봉의 기치가 뚜렷이 나타났다. 전고가
하늘을 무찌를 듯이 울려퍼지더니 문기가 좌우로 벌어지
며 경선봉(瓊先鋒)이 앞장을 서서 말을 달려나왔다.
　경요납연은 창을 비스듬히 잡고 말을 달려나오더니 진
두에 우뚝 섰다. 송강 편에서는 구문룡 사진이 칼을 휘두
르며 말을 달려나와서 경장군과 대결했다. 두 장수가 싸우
기를 32합. 사진은 실수를 하여 칼로 허공을 찌르자 말
머리를 돌려서 자기 진지로 달아났다. 경선봉이 그것을 추
격했다. 송강의 진지에서는 화영이 송강의 뒤에 서 있다가
경장군의 말이 달려들기를 기다려서 미리 준비해 가지고

있던 활을 쐈다. 화살은 경장군의 얼굴에 명중했다. 그대로 말 위에서 굴러떨어지는 경장군을 사진이 다시 돌아서서 일도로 찔러 죽여 버렸다.

구선봉은 경선봉이 거꾸러지는 광경을 보고 있다가 노기충천하여 창을 잡고 말을 달려 곧장 진두로 나와서 호통을 쳤다.

"적장아! 어찌 감히 우리 형님을 속임수로 죽이느냐?"

이편에서는 병울지 손립이 말을 달려 나가서 곧장 구선봉에게 덤벼들었다. 손립의 금창은 신출귀몰, 구선봉과 대결하기 20여 합에 구선봉은 말 머리를 돌려서 뺑소니를 치면서 진지를 어지럽게 할까 걱정하여 동북쪽으로 방향을 달리하여 달아났다. 손립은 공로를 세우고 싶은 마음으로 구선봉을 놓치지 않으려고 즉각 추격했다.

시야에서 멀어져 가는 구선봉의 등줄기를 겨누고 손립은 활을 쐈다. 구선봉은 활소리를 듣는 순간, 재빨리 몸을 비스듬히 뽑고 손을 뻗어 날아드는 화살을 덥석 잡았다.

손립은 그것을 보고 감탄하여 마지않았다. 구선봉은 냉소를 터뜨리며 그 화살을 입에다 물고, 이번에는 자기 경궁(硬弓)에 화살을 꽂아 가지고 손립의 가슴을 겨누고 쐈다.

손립은 재빨리 그 눈치를 채고 말 위에서 몸을 좌우 양편으로 흔들흔들하고 있다가, 화살이 가슴 앞으로 날아드는 순간, 몸을 뒤로 벌떡 젖혔다. 화살은 그 위를 훌쩍 날아 버렸다.

손립을 태운 말은 그대로 질주하고 있었다.

구선봉은 그 광경을 보고 손립에게 화살이 명중한 줄로

만 알고 있었지만, 손립은 발힘이 유난히 세어 말 위에서 몸만 뒤로 젖히고 그대로 버티고 있는 것이었다.

구선봉은 말 머리를 돌려서 손립을 붙잡으려고 달려왔다. 두 말이 접근하여 1장 거리밖에 떨어지지 않았을 때, 손립은 몸을 벌떡 말 위에서 일으키며 호통을 쳤다.

"이놈! 화살은 손으로 잡았지만, 창만은 잡지 못할 것이다!"

손립이 창으로 구선봉의 옆구리를 찌르는 순간, 구선봉은 그것을 피하려다가 벌컥 손립의 가슴 앞으로 쓰러졌다. 손립은 팔에 걸고 있던 호안강편(虎眼鋼鞭) 채찍을 높이 쳐들어 구선봉의 대갈통을 두 쪽 내고 말았다. 마침내 반평생을 두고 번관 노릇을 해온 구장군은 손립의 손에 생명을 빼앗기고, 그 시체가 말 앞에 털썩 나뒹굴어 떨어지고 말았다.

손립은 창을 질질 끌면서 유유히 진지로 돌아왔다. 송강도 전군을 총동원하여 적진으로 진격을 계속하면서 맹공을 가했다.

요나라 군사들은 두령을 잃자 동서남북으로 흐트러져서 도주해 버리고 말았다. 송강이 추격해 갔을 때, 전방에서 연주포(連珠砲) 소리가 요란하게 일어났다. 송강은 즉각에 수군 두령들에게 명령하여 1대의 군사를 시켜서 수문을 지키게 하고, 화영·진명·여방·곽성 등을 시켜서 산 위에 올라가 정찰하도록 했다.

번군의 인마가 노도처럼 몰려들었다.

대체, 밀려드는 번군의 군사는 어디에서 나타난 군사들일까?

88   청의동녀(青衣童女)

顔 統 軍 陣 列 混 天 像
宋 公 明 夢 授 玄 女 法

  송강은 높은 산에 올라 노도같이 밀려드는 요병들을 내려다보았다. 당황하여 말 머리를 돌려서 진지로 돌아와, 우선 영청현 산기슭까지 군사를 후퇴시켜서 진을 치고 즉각에 장중에서 노준의, 오용, 공손승과 상의했다.

  "오늘 싸움에서는 적군의 선봉장군 두 사람을 거꾸러뜨리기는 했으나, 높은 곳에 올라가 적군의 형세를 살펴보니, 천지를 뒤엎을 것만 같은 굉장한 기세로 몰려들고 있소. 내일은 반드시 이 번군의 대부대와 결전을 하게 되겠는데 우리의 적은 수효로 적군의 많은 수효를 이겨내기는 어려울 것 같소. 어찌하면 좋겠소?"

  오용이 말했다.

  "겁내실 것은 없습니다. 전군의 장병에게 명령을 내리시어 내일은 기번(旗旛)을 엄격히 정비하고, 궁노(弓弩)에 줄을 든든히 버티고, 도검(刀劍)의 칼집을 뽑아 던지고, 녹각(鹿角)을 깊이 꽂아 놓고 참호를 파서 진지를 사수하고, 구름다리와 포석(砲石)을 정비해 가지고 대기시키십시오. 그리고 '구궁팔괘진'을 펼쳐서 적군이 쳐들어오면 차례차례 순서대로 행동하는 것뿐입니다. 설사, 적군이 백만 대군이라 할지라도 결코 쉽사리 돌진해 들어오진 못할 것입니다!"

송강은 오용의 말대로 즉각에 명령을 내렸다. 전군의 장병은 명령대로 오경에 배불리 먹고 날이 밝을 무렵 진지를 떠나, 창평현(昌平縣) 경계지대까지 진출해서 진영을 정비하고 번군이 나타나기만을 기다리고 있었다.

얼마 안 되어서 먼곳으로부터 요군이 쳐들어오는 광경이 바라다보였다. 전방의 6대의 번군은 각대가 5백 명쯤 되고 왼편으로 3대, 오른편으로 3대가 배치되어 있는데, 서로 엇갈려서 빙글빙글 돌아가는 형세를 이루고 있었다.

이 6대의 유병(遊兵)은 초로(哨路) 혹은 압진(壓陣)이라고 일컫는 것이었다. 그 뒤에서는 대부대가 대지를 뒤덮고 몰려드는데, 전군(前軍)에는 모두 검정 깃발을 내세웠으며 군중에는 일곱 개의 기문(旗門)이 있는데, 그 기문마다 마병(馬兵) 1천 명과 대장 한 명이 배치되어 있었다. 또 일곱 문을 통솔하는 파총대장(把摠大將)이 한 사람 있는데 그는 바로 번장 곡리출청(曲利出淸)으로, 머리를 풀어젖히고 검정 갑옷을 입은 병사 3천 명을 거느리고 있었다.

좌군(左軍)은 모두 청룡기(靑龍旗)를 앞에 내세우고 있었다. 군중의 일곱 개 기문에는 역시 대장 한 사람씩이 배치되어 있고, 이 일곱 개 기문을 통솔하는 파총대장이 한 사람 있는데, 그는 바로 번장 지아불랑(只兒拂郞)이며 청번(靑旛)을 내세웠고 병사 3천을 거느리고 있는데, 청번 뒤를 따르는 졸병은 수를 헤아릴 수 없이 많았다.

우군(右軍)은 모두 백호기(白虎旗)를 내세우고 있었다. 역시 일곱 개의 기문에 군사 1천 명과 대장 한 명을 배치했으며, 그 파총대장으로는 번장 오리가안(烏利可安)이 병사 3천을 거느리고 있는데, 백호기 뒤를 따르는 졸병 역시 부지기수였다.

후군은 모두 새빨간 깃발을 내세우고 있으며, 역시 일곱 개의 기문마다 마병(馬兵) 1천 명과 대장 1명을 배치했고, 그 파총대장은 번장 동선문영(洞仙文榮)으로 군사 3천 명을 거느렸으며, 새빨간 깃발 뒤를 따르는 졸병의 수효는 이루 헤아릴 수 없었다.

진두의 왼편으로는 정병 5천 명으로 결성된 1대가 있는데, 그 대장은 요국의 어제대왕 야을득중.

진두의 오른편으로는 여병(女兵) 5천 명으로 결성된 1대가 있었는데, 그것을 통솔하는 여장군은 요국의 천수공주(天壽公主) 답리패(答里孛).

이 두 대의 중간에서 원진(圓陣)을 형성하고 있는 황기군(黃旗軍)에는 네 사람의 대장이 있어서 각각 3천 병력을 거느리고 사방으로 갈라져 있었다.

동남쪽의 대장은 요국의 황질(皇姪) 야을득영(耶律得榮).

서남쪽의 대장은 요국의 황질 야을득화(耶律得華).

동북쪽의 대장은 요국의 황질 야을득충(耶律得忠).

서북쪽의 대장은 요국의 황질 야을득신(耶律得信).

황기군의 진중에는 한 사람의 상장이 버티고 있는데, 허리에 칼을 차고 번군을 격려하며, 손에는 채찍을 들고 대군을 통솔지휘하고 있었다. 그 일단의 군사들은 금빛 같은 찬란한 광채를 발산하고 있으니, 그 상장이야말로 다른 사람이 아니라, 요국의 도통대원수 올안광(兀顏光)이었다.

　황기군의 뒤에 자리잡고 있는 중군에는 일곱 겹으로 검극(劍戟)·창도(鎗刀)를 둘러쌌고, 좌우로 황건역사(黃巾力士) 36명이 포위하고 있는 봉련용거(鳳輦龍車)가 있는데, 그 위에는 요국의 국왕이 타고 있으며, 좌승상(左丞相) 유서패근(幽西孛瑾)과 우승상(右丞相) 태사 저견(褚堅)까지 거느리고 있고, 어좌 양옆으로는 금동옥녀(金童玉女)들이 홀규(忽珪)를 받들고 서 있으며, 용거(龍車) 전후좌우에는 경호의 천병(天兵)들이 빽빽하게 포위하고 있었다.

　요국의 천군(天軍)은 이와 같이 천진(天陣)을 철통같이 쳐놓은 것이었다. 그것은 마치 계란과도 같은 형체요, 분(盆)을 뒤집어 엎은 것과도 같은 형체로, 깃발을 사방에 내세웠고, 창을 8방으로 늘어 세웠으며, 빙글빙글 자유자재로 순환하면서 그 진퇴가 질서정연하였다.

　송강은 마침내 군사력을 총동원하고 보병의 전원을 거느린 채 요군의 천혼진(天混陣) 안으로 돌격해 들어갔다. 그러나 돌연 사방에서 포성이 요란하게 일어나더니 동서 양군과 정면의 황기군(黃旗軍)이 몰려들었다.

　송강의 군사는 그것을 막아내지 못하고 몸을 뛰쳐 도주했지만 후말(後末)에서는 적군의 공격을 피하지 못하여 절반 이상의 병력을 상실했다. 대패하여 처음 진지로 도주했다. 시급히 병사를 점검해 보니 두천과 송만은 중상을 입었고, 흑선풍 이규가 간 곳이 없었다.

　이규는 싸우는 도중에 제 성미를 참지 못하고 무작정 적진 깊숙이 쳐들어갔다가 적군의 쇠갈퀴에 걸려서 붙잡히고 만 것이었다.

송강은 장중(帳中)에서 그 소식을 듣고 대단히 근심걱정을 하고, 우선 두천과 송만을 후방으로 보내서 안도전에게 치료를 받도록 하고, 부상한 말들은 황보단에게 끌고 가서 치료시키도록 명령했다.

송강은 또 오용과 상의하여, 올안통군의 아들 올안소군을 붙잡아 두었으니 그와 이규와 교환해서 이규의 목숨을 살려내기로 했다.

이때 마침, 소교 하나가 나타나서 말하였다.

"요나라 장군이 사신을 파견했습니다. 여쭙고 싶은 말씀이 있다고 합니다."

송강이 그 사신을 중군에 불러들여서 물어 보니, 그 역시 그의 원수의 명령을 받들고 왔는데, 오늘 산 채로 붙잡은 이규를 후히 대접해서 잘 보호하고 있으니 올안통군의 아들 올안 소장군과 교환함이 어떠냐고, 그것을 상의하러 왔다는 것이었다.

송강이 말하였다.

"그렇다면, 내일 내가 친히 소장군을 진두에 모시고 나가서 피차에 교환하기로 합시다!"

번관은 송강의 말대로 하겠다고 약속을 하고 말을 몰아 돌아갔다.

날이 밝자, 송강은 부하를 보내어 올안 소장군을 데려오게 하고, 한편 올안통군에게도 부하를 파견해서 그런 의사를 전달케 했다.

한편, 올안통군은 장중에 있었는데, 마침 소교가 나타나서 아뢰었다.

"송선봉에게서 사신이 왔는데 여쭙고 싶은 말씀이 있다

고 합니다."

통군은 송강의 사신을 장전으로 불러들여서 만나봤다. 사신은 올안통군에게 인사를 하고 말했다.

"우리 송선봉께서는 통군께 의사를 여쭈어 보고 오라고 하시었습니다. 이번에 소장군님을 송환해 드릴 것이오니, 우리 편 두령과 교환해 주십사고 하십니다. 또 목하 엄동 시절이어서 병사들의 고통이 심하니, 피차간에 싸움을 일단 중지하고 명춘이 되어서 다시 상의하자고 하시며, 피차간에 인마의 동상(凍傷)을 면하도록 했으면 어떠냐고 통군님의 의향을 타진해 오라 하셨습니다."

올안통군은 그 말을 듣더니 큰 소리로 호통을 쳤다.

"아비를 욕되게 하는 못생긴 자식이 네 놈들에게 납치되어 갔는데 살아 돌아온다손 치더라도 무슨 면목으로 나를 대하겠느냐! 교환할 필요는 없다. 그대로 붙잡아서 내 대신 그놈의 목을 베다오! 또 싸움을 중지하고 싶다면 송강더러 친히 와서 항복하라고 해라! 그렇다면 죽음만은 면하게 해주겠지만, 그렇지 않다면 나의 대병이 한 번 나가기만 하면 촌초(寸草)도 남겨 두지 않을 것이다."

이렇게 호통을 쳐서 사신을 쫓아 버렸다.

사신은 말을 달려 진지로 돌아와서 이런 경위를 송강에게 보고했다. 송강은 이규를 구출할 길이 없을 것 같아서 당황하기 이를 데 없었다.

즉각에 진지를 뛰쳐나와 올안 소장군을 데리고 곧장 전군(前軍)으로 달려가 상대방 진영을 향하여 호통을 쳤다.

"우리 편 두령을 석방해 주시오. 우리 편에서 소장군을 돌려보내 드릴 것이오! 싸움을 중지하기 싫다면 그것도 좋소! 대진하고 결전을 하기로 합시다!"

요군의 진지로부터 이규를 말에 태워 가지고 진두에 나타났다. 이편에서도 말 한 필을 끌어내서 올안 소장군을 태워서 저편 진지로 보내 주었다.

쌍방에서는 동시에 석방했고, 동시에 받아들였다.

그날은 쌍방이 똑같이 싸움을 하지 않았다.

이튿날 아침에도 송강은 오용의 의견을 따라서 요군의 혼천진(混天陣)을 격파해 보려고 무진 애를 썼으나, 무궁 무진한 변화를 가진 그 진형을 격파할 수 없었고, 다수의 병사를 상실한 채 진지로 돌아와서 진문을 단단히 잠그고 그대로 겨울을 지낼 작정을 했다.

한편, 조정에서는 어전팔십만금군(御前八十萬禁軍)의 창봉교두 정수정주단련사(正受鄭州團練師)로 있으며 문무 겸전한 왕문빈(王文斑)이란 사람을 사신으로 내세워 경사 (京師)의 병사 1만 명을 딸려서 송강에게 파견했다.

인부와 차량을 동원하여 의류 50만 점을 수송해 가지고 가서 송선봉의 군대에 전달하고 장병을 격려해 주라는 명령이었다. 왕문빈은 성지(聖旨)와 공문서를 받자, 2백 대의 수레에 어사의오(御賜衣襖)를 싣고 동경을 뒤로하고 일로 진교역(陳橋驛)으로 향했다.

며칠 후에 변경에 도착하여 조추밀을 만나게 되니 그는 크게 기뻐하며 주연을 베풀어 왕문빈을 대접하고, 또 군중에서는 수레를 끌고 온 인부들을 위로해 주었다. 그리고 왕문빈이 직접 송강의 군대에 가서 의류를 분배해 주도록 하고 부하를 송선봉에게 보내어 통고해 주었다.

송강은 중군 장중(帳中)에서 사색에 잠겨 있었다. 동경에서 왕문빈이 의류 50만 점을 가지고 병사를 격려해 주려고 왔다는 통지를 받자, 즉각에 부하를 내보내 영접케 하고 그가 말을 내리자 곧 장중(帳中)으로 안내해 들이고, 접풍주(接風酒)를 몇 잔인지 권하고 나서 올안통군의 혼천상(混天象) 진형 때문에 형세가 심히 불리한 처지에 놓여 있는 실정을 솔직히 설명해 주었다.

그러자 왕문빈이 말했다.

"'혼천진' 따위는 대단할 게 없소. 내 부재(不才)의 몸이지만 함께 진두에 나서서 정찰해 본 다음 무슨 좋은 계책을 말씀드리리다!"

송강은 크게 기뻐하고 우선 배선을 시켜서 의류를 장병들에게 분배해 주었다. 그날은 중군에서 주연을 베풀어 왕문빈을 정중히 대접하고, 전군의 병사도 위로해 주고 상을 주었다.

이튿날, 만반의 준비를 갖춘 뒤 전군이 총동원 출진했다. 왕문빈은 미리 마련해 가지고 온 갑옷과 투구로 몸을 든든히 무장하고 말을 달려 여러 장병과 함께 진두에 나섰다.

대진하고 있던 요군은 송군이 출전한 것을 보자 즉각에 중군으로 연락을 취했다. 금고가 일제히 울리고 고함소리가 요란하게 일어나더니, 6대의 마군(馬軍)이 초계(哨戒)를 목적으로 진두에 나타났다. 송강은 병사를 내보내어 그것을 격퇴시켜 버렸다.

왕문빈은 장대(將臺)에 올라가서 친히 정찰하고 있었는데, 얼마 안 되어서 구름다리를 내려오더니 입을 열었다.

"저 진형은 평범한 것이며 대단할 게 없소!"

그러나 사실인즉 왕문빈은 진형에 대하여 아무것도 모르는 사람이었는데 어물어물 속여 넘기자는 수작이었다. 이리하여 즉각에 금고를 울리고 전군에 명령하여 싸움을 시작하게 했다.

대진하고 있는 요군의 진지에서도 금고가 요란하게 일어났다.

송강은 말을 멈추고 큰소리로 호통을 쳤다.

"호붕구당(狐朋狗黨) 같은 놈들은 필요없다! 정말 나와서 도전할 놈은 없느냐?"

그 말이 채 끝나기도 전에 흑기대(黑旗隊) 넷째 기문으로부터 한 사람의 장수가 달려오더니 삼첨도(三尖刀)를 휘두르며 곧장 진두에 섰다. 그 뒤를 따르는 아장은 부지기수고 인군기에는 은빛 글씨로 '대장 곡리출청(大將曲利出淸)'이라고 씌어 있었다.

왕문빈은 자기 솜씨를 한 번 보일 만한 좋은 기회라 생각하고 창을 휘두르며 말을 달려 진두로 나서 그 번관에게 다짜고짜로 덤벼들었다. 왕문빈이 창을 휘두르며 덤벼들자 번장이 칼을 휘두르며 대적했다. 20여 합을 싸우다가 번장은 돌아서서 뺑소니쳤다. 왕문빈은 그것을 보자 말을 몰아 즉각에 추격했다. 사실인즉 번장은 싸움에 진 것이 아니고 일부러 틈을 보이고 왕문빈을 속여서 쫓아오게 한 것이었다.

번장은 왕문빈이 접근해 오는 것을 보자, 몸을 훌쩍 뒤집어서 왕문빈의 배후를 찔렀다. 왕문빈은 어깨에서 가슴팍까지 두 동강으로 잘라져서 말 밑에 거꾸러지고 말았다.

송강은 그것을 보자 즉각에 후퇴하라고 명령했지만, 요군이 노도처럼 밀려들어 이번에도 대패하고 당황스레 진지로 달아났다. 송강은 진지로 돌아오자, 왕문빈이 자원해서 결전을 하겠다고 진두에 나섰다가 전사하게 된 경위를 자세히 적어서 조추밀에게 보고하고, 그가 데리고 온 부하들을 동경으로 돌려보내기로 했다.

조추밀은 이런 사실을 알게 되자, 극도의 고민으로 우울한 시간을 보내고 있었지만, 이미 어찌할 도리가 없었다. 상주문을 작성하여 성원(省院)에 올리고, 왕문빈이 거느리고 온 종자들을 동경으로 돌려보냈다.

송강은 장중에 앉아서 골똘히 머리를 짜봤지만, 어찌해야 좋을지 묘한 계책이 생각나지 않았다. 어떻게 하면 요군을 격파할 수 있을 것인지? 자나깨나 그 생각 때문에 침식도 잊어버릴 지경이었다.

때마침 엄동설한 혹독하게 추운 밤이었다. 송강은 장방(帳房)의 문을 닫은 뒤 촛불을 켜놓고 앉아서 깊은 사색에 잠겨 있었다.

밤이 이경이나 지났을 때, 책상 앞에 앉아서 꾸벅꾸벅 졸고 있었다. 별안간, 채중(寨中)에 광풍이 일어나더니 소름이 끼치도록 냉기가 스며들었다. 송강이 몸을 일으켜 바라다 보니 청의(青衣)를 입은 동녀(童女) 하나가 앞으로 걸어 들어오며 절을 했다.

"동녀는 어디서 왔소?"

송강이 묻자 청의동녀는 이렇게 대답했다.

"소동(小童)은 낭랑(娘娘)의 법지(法旨)를 받들고 장군을 모시러 왔습니다. 함께 가주시기 바랍니다."

송강이 대뜸 물어봤다.

"낭랑께서는 지금 어디 계시오?"

동녀는 손가락으로 가리키면서

"여기서 멀지 않은 곳에 계십니다."

했다. 송강은 마침내 동녀의 뒤를 따라서 장방(帳房) 밖으로 나왔다. 살펴보니 상하가 온통 천광(天光)으로 일색인데, 금벽(金碧) 두 빛이 뒤섞여 있으며 향긋한 바람이 솔솔 불어오고 아지랑이가 자욱하게 끼어서 마치 춘삼월 같았다.

2,3리 길도 못 가서 울창한 숲이 바라보였다. 푸른 소나무와 잣나무가 무성해 있었다. 자주(紫柱)가 우뚝우뚝 솟아 있고, 양편은 모두 무림수죽(茂林修竹) 수양버들이 늘어져 있으며 복사꽃이 만발해 있었다. 돌다리 저편으로는 주홍(朱紅) 영성문(欞星門)이 한 군데 있었다. 동녀는 송강을 인도하고 그 문안으로 들어서서 왼편 낭하로 걸어갔다. 동쪽으로 있는 조그마한 방 앞으로 가더니 문을 열고 송강을 거기서 쉬고 있게 해주었다. 눈을 쳐들어 사방을 살펴보니, 사면의 창은 꼭 닫혀 있고 오색노을이 섬돌을 휘감고 있으며 하늘에서는 찬란한 꽃잎이 훨훨 날아서 떨어지고 향긋한 냄새가 사방에 감돌고 있었다.

동녀는 안으로 들어가더니 얼마 안 되어서 다시 나왔다.

"낭랑께서 모시고 들어오라고 하십니다. 성주(星主)님! 이쪽으로 오십시오!"

송강이 자리에서 일어서자, 밖으로부터 또 다른 선녀들이 들어왔다. 송강에게 절을 했다. 송강은 머리도 쳐들지 못하고 서 있었다. 두 선녀가 말하였다.

"장군님, 왜 이다지 겸손하십니까? 낭랑께서는 장군님을 뵙고 국가대사를 상의하고 싶으시다고 하십니다. 저희를 따라서 이쪽으로 오십시오."

송강은 선녀들이 말하는 대로 뒤를 따라갔다. 전상(殿上)에서는 금종(金鐘) 소리 울리고 옥경(玉磬) 소리도 은은히 들렸다. 청의동녀는 송강을 전상으로 안내했다. 두 선녀는 앞장을 서서 송강을 동쪽 층계로부터 올라가게 한 다음 주렴 앞으로 데리고 갔다. 그 다음, 청의동녀는 송강을 주렴 안으로 모셔 들이고 향궤(香机) 앞에 무릎을 꿇고 앉게 했다.

눈을 쳐들어 전상을 올려다보니, 상운(祥雲)이 애애하게 감돌고 보랏빛 안개가 자욱하게 끼여 있었다. 정면에 있는 구룡어좌(九龍御座)에 구천현녀(九天玄女) 낭랑의 모습이 바라다보였다.

머리에는 구룡비봉관(九龍飛鳳冠)을 썼고, 몸에는 칠보용봉(七寶龍鳳)의 비단옷을 입었으며, 허리에는 산하일월(山河日月)의 치마를 둘렀고, 발에는 운하진주(雲霞珍珠)의 신을 신었으며, 손에는 무하백옥(無瑕白玉)의 규(珪)를 들었고, 양편으로는 시녀 선녀들이 2~30명이나 늘어서 있었다.

현녀낭랑(玄女娘娘)이 송강에게 말하였다.

"내가 그대에게 천서를 주고 나서 벌써 수년이 경과했소. 그대는 무던히 충의를 지켰고 한시도 소홀한 일이 없었소. 이번에 송나라 천자는 그대에게 요나라를 격파하라고 명령했는데 싸움의 정세는 어떠하오?"

송강이 꿇어 엎드려서 배주(拜奏)했다.

"신은 낭랑님의 천서를 받자 온 이후, 한 번도 소홀히 하거나 남에게 누설한 일이 없었습니다. 이번에 천자님의 칙명을 받들고 요나라를 토벌하러 왔습니다만, 뜻밖에도 올안통군이 '혼천상'이라는 진형을 써서 재삼 패하고 말았습니다. 속수무책으로 위경에 빠져 있는 중입니다."

"그대는 '혼천상'이라는 진법을 모르시오?"

"신은 하사우인(下士愚人)으로서 그 진법을 알지 못합니다. 낭랑께서 가르쳐 주십시오!"

그러자 현녀낭랑은 이렇게 말하였다.

"이 진법은 양상(陽象)을 한 군데로 모은 것이기 때문에 공격만 해가지고는 격파할 수 없소. 상생상극(相生相剋)의 이치를 따라야 하오. 요군의 전군(前軍)인 흑기군은 그 중에 수성(水星)을 배치하여 천상계의 북방오기신성(北方五炁辰星)에 의거하여 이루어진 것이오. 그대의 송군에서는 대장 7명을 뽑아서 황기(黃旗)·황의(黃衣)·황마(黃馬)로 요군의 흑기(黑旗)의 칠문(七門)을 격파케 하고, 그 뒤를 쫓아서 황포(黃袍)를 입은 맹장 하나를 시켜서 곧장 수성(水星)을 습격하시오. 이것이 바로 토(土—黃袍)가 수(水—黑色)를 이길 수 있다는 것이오. 그리고 다시 백포군(白袍軍)의 장수 8명을 뽑아서 적군의 좌익의 청기진(靑旗陣)을 격파케 하시오. 이것이 바로 금(金—白色)이 목(목—靑色)을 이길 수 있다는 이치요. 또 홍포군(紅袍軍) 장수 8명을 뽑아서 우익의 백기진(白旗陣)을 격파케 하시오. 이것이 바로 화(火—紅色)가 금(金—白色)을 이긴다는 이치요. 또 청기대(靑旗隊)의 장수 8명을 뽑아서 곧장 중앙의 황기진(黃旗陣)의 주장(主將)을 습격하시오. 이것이 바로 목(木―靑色)이 토(土―黃色)를 이긴다는 이치요. 따로 2대의 군사를 뽑아서 1대로는 나후(羅睺―일월(日月)의 운행(運行)을 역행하는 별)의 모습으로 분장시켜 요군의 태양진(太陽陣)을 습격하고, 다른 1대로는 계도(計都―일월의 운행을 역행하는 별)의 모습으로 분장시켜 곧장 요군의 태음진(太陰陣)을 습격하는 것이오. 또 24대의 뇌거(雷車)를 만들어서 그 위에 화석과 화포를 싣고 곧장 요군의 중군으로 쳐들어가게 하고, 공손승에게 풍뇌정강(風雷正罡)의 정법(正法)을 쓰게 해서 요왕의 가전(駕前)까지 쳐들어가게 하시오. 이 계책대로 하면 완전히 승리를 거둘 수 있을 것이오. 그러나 낮에는 군사를 전진시켜서는 안 되오. 반드시 야음을 이용하여 진격할 것이며, 그대가 친히 병사를 거느리고 적군을 독전(督戰)하면 일격에 공로를 세울 수 있을 것이오. 내가 한 말을 가슴속에 잘 새겨 두시오. 이렇게 해서 나라를 지키고 백성을 편안케 하여 일후에 후회함이 없도록 하시오. 하늘나라와 하계는 너무나 멀리 떨어져 있으니 이만 작별합시다. 경루금궐(瓊樓金闕)에서 다시 만날 기회가 있을 것이오. 자아, 빨리 돌아가시오. 우물쭈물하고 있을 때가 아니오."

　말을 다 하고 나더니, 청의동녀를 시켜서 송강에게 차를 권했다. 송강이 차를 다 마시고 났더니, 곧 성주(星主)를 진지로 전송해 드리라고 동녀에게 명령했다.

　돌다리를 건너서 소나무가 무성한 길을 지났을 때, 청의동녀가 말하였다.

　"요군이 저기 있습니다. 꼭 격파해 주십시오!"

송강이 바라다보고 있을 때, 청의동녀가 손으로 송강을 밀쳐 버렸다. 깜짝 놀라 눈을 뜨니 송강은 장중에서 꿈을 꾸고 있었다.

조용히 귀를 기울이니 군중의 경고(更鼓)가 사경을 울리고 있었다.

군사 오용이 나타나자 송강은 물어 봤다.

"'혼천진'을 격파할 계책이 없겠소?"

"아직 이렇다 할 계책이 서지 못했습니다."

송강은 꿈속에서 현녀낭랑을 만났던 자초지종을 오용에게 자세히 이야기했다. 필경, 송강은 어떻게 적진을 격파할 것인가?

89 요국(遼國) 최후의 날

宋 公 明 破 陣 成 功
宿 太 尉 頒 恩 降 詔

꿈속에서 구천현녀(九天玄女)가 술법을 가르쳐 주자 송강은 일언일구도 잊어버리지 않고 기억해 가지고, 즉각에 군사 오용과 대책을 세우고, 조추밀에게도 그런 뜻을 보고했다.

그리고 영채 안에서 뇌거(雷車) 24대를 만들기로 했는데, 이것은 모두 화판(畵板—色板)·철엽(鐵葉—鐵板)을 두들겨 붙여서 만드는 것이며, 그 위에는 화포를 올려놓게 마련된 것이었다. 밤을 새워 가며 이것을 완성시키도록 지시하고, 한편 여러 장수들을 일당에 모아 놓고 공격의 사전타협을 한 다음, 다음과 같이 인원배치를 결정했다.

① 황포군—대장에는 쌍창장 동평. 좌우에서 적의 흑기군의 칠문(七門)을 격파한다. 부장에는 주동, 사진, 구붕, 등비, 연순, 마린, 목춘 등 7명.

② 백포군—대장에는 표자두 임충. 적의 청기군의 칠문을 좌우에서 격파한다. 부장에는 서녕, 목홍, 황신, 손립, 양춘, 진달, 양림 등 7명.

③ 홍포군—대장에는 벽력화 진명. 좌우에서 적의 백기군의 칠문을 격파한다. 부장에는 유당, 뇌횡, 단정규, 위정국, 주통, 공왕, 정득손 등 7명.

④ 흑포군—대장에는 쌍편 호연작. 좌우에서 적의 홍기군의 칠문을 격파한다. 부장에는 양지, 색초, 한도, 팽기, 공명, 추연, 추윤 등 7명.

⑤ 청포군—대장에는 대도 관승. 좌우에서 적의 중군 황기병을 격파한다. 부장에는 화영, 장청, 이응, 시진, 선찬, 학사문, 시은, 설영 등 8명.

⑥ 꽃무늬를 수놓을 전포(戰袍)를 입은 1대—요나라의 좌군, 태양진을 격파한다. 대장에는 노지심, 무송, 양웅, 석수, 초청, 탕륭, 채복 등 7명.

⑦ 백기은갑대(白旗銀甲隊)—요나라의 우군 태음진을 격파한다. 대장에는 호삼랑, 고대수, 손이랑, 왕영, 손신, 장청, 채경 등 7명.

⑧ 정예대—적의 중군으로 쳐들어가서 요왕을 붙잡는다. 대장에는 노준의, 연청, 여방, 곽성, 해진, 해보 등 6명.

⑨ 뇌거를 인솔하고 적의 중군으로 돌진하는 대장에는—이규, 번서, 포욱, 항충, 이곤 등 5명.

⑩ 그밖에 수군의 두령과 나머지 전원은 모두 진두에 나서서 공격을 거들고, 진두에는 종전과 같이 5방에 깃발을 세우고, 8면에 인원을 배치하고 구궁팔괘진을 펼친다.

한편에서, 올안통군은 며칠이 지나도록 송강의 군사가 도전해 오지 않자 압진군(壓陣軍)을 송강의 진지 전면까지 내보내어 정찰을 시키게 되었다.

만반의 준비를 갖추고 때가 오기만 기다리던 송강은 바로 그날 밤 일대 격전을 실행하기로 했다.

초경 때부터 맹활약을 한 장수는 호연작, 관승, 임충,

진명, 동평 등. 각각 전력을 다해서 적진에 맹공을 가했고, 공손승은 군중에 칼을 잡고 서서 술법을 썼다. 오뢰천심정법(五雷天心正法)을 써서 질풍신뢰(疾風迅雷)를 자유자재로 일으키게 됐다. 그날 밤에 갑자기 남풍이 맹렬하게 휘몰아쳤고, 나뭇가지가 꺾어져서 땅을 덮고 모래와 조약돌이 허공에서 춤을 추며 쏟아졌다.

이때, 24대의 뇌거를 일제히 붙여 가지고, 이곤·이달·번서·포욱·항충 등이 5백 명의 패수(牌手)와 정예를 거느리고 그 뇌거를 호위하면서 요군의 진지 깊숙이 격돌해 들어갔다.

또, 일장청·호삼랑은 병사를 거느리고 요군의 태음진에 돌진했고, 노지심은 병사를 거느리고 요군의 태양진에 돌진했으며, 노준의는 1대의 군사를 거느리고 뇌거의 뒤를 따르다가 곧장 요군의 중군으로 쳐들어갔다.

그날 밤, 뇌거는 불을 뿜고 번갯불이 공중을 뒤덮었으며 귀신이 통곡을 하는 듯, 일대 수라장이 연출되었다.

이 분란통에 올안통군은 당황하여 방천화극을 손에 잡고 관승과 결사적인 싸움을 전개했다. 그는 갑옷을 삼중으로 껴입었기 때문에 상당히 오랜 시간을 버틸 수 있었지만, 결국 관승의 청룡도에 요골과 머리를 맞고 말 위에서 나뒹굴어 떨어지고 말았다. 화영이 달려들어 그의 양마(良馬)를 바꿔 타버렸고, 장청이 쫓아와서 창으로 최후의 일격을 가해 버렸다. 이리하여 일세의 호걸 올안통군도 창 한 자루에 숨지고 말았다.

노지심은 무송과 그밖의 여섯 명의 두령을 거느리고 적의 태양진을 습격했는데, 야율득중은 무송의 계도를 맞고 말 위에서 거꾸로 박혀 나뒹굴었다. 무송은 다시 야율득중의 목을 일도로 베어 던져 버렸다.

요군의 천수공주는 여병(女兵)을 거느리고 태음진을 사수하고 있었지만, 일장청·고대수 등의 습격을 받아 견딜 수 없었다. 일장청은 칼을 던져 버리고 공주의 가슴팍을 움켜 잡았는데, 왕왜호가 달려들어서 공주를 산 채로 잡아 동아줄로 꽁꽁 묶어 버렸다.

한편, 노준의는 병사를 거느리고 적의 중군을 습격했는데, 해진·해보가 제일 먼저 적군의 원수기(元帥旗)를 찍어서 쓰러뜨려 버렸고, 번군의 장병을 닥치는대로 거꾸러뜨렸다. 어가를 호위하고 있던 대신과 아장들은 결사적으로 난가(鑾駕)를 몰고 북쪽으로 도주했다. 진중에 남아 있던 나후, 월패 두 황질은 칼에 찔려서 말 밑에 거꾸러져서 죽어 버렸고, 계도 황진은 말 위에서 산 채로 붙잡혔으며, 자기 황질은 행방불명이 되어 버렸다. 송강의 대군은 사경 때까지 맹공을 가하고 나서야 겨우 공격을 멈추었다. 요군은 20여 만의 군사를 상실하고 처참하게 패배하고 말았다.

날이 밝을 무렵에 송강은 금고를 울려서 군사를 진지로 철수시켰다. 적장을 산 채로 잡은 사람은 그 공로를 보고하라는 명령을 내렸더니, 일장청은 천수 공주를, 노준의는 계도 황질 야율득화를, 주동은 곡리출청을, 구붕·등비·마린은 소대관을, 양림·진달은 배직을, 단정규·위정국은 고표를, 한도·팽기는 뇌춘과 적성을 각각 끌어냈다. 그밖의 여러 장수들이 내놓은 적군의 수급은 부지기수였다. 송강은 포로가 된 여덟 명의 적장들을 조추밀의 중군으로 보내서 감금하게 하고, 탈취한 말은 여러 장수들의 승마로 제공했다.

한편, 요나라의 국왕은 목숨만 남아 가지고 연경으로 도주하자, 즉각에 명령은 내려서 사방 성문을 사수하고 밖으로 나가지 못하게 했다. 송강은 요왕이 연경으로 도주한 것을 알자, 즉시 진지를 철수하고 군사를 총동원시켜서 곧장 연경성 밑으로 쳐들어가서 철통같이 포위하고 조추밀에게 사람을 보내어 후방 진영까지 나와서 성을 공격하는 감전(監戰)을 해달라고 했다.

송강이 연경성을 포위하고 구름다리와 포석을 마련하고 공격의 준비를 갖추자, 요나라 국왕은 당황하여 여러 신하를 모아 놓고 협의했다.

여러 신하들이 아뢰었다.

"사태가 이 지경이 되었사오니, 송나라에 투항하는 도리밖에 없을까 합니다!"

요나라 국왕은 결국 대다수 신하들의 의견대로 즉각에 성벽 위에 항복의 깃발을 내걸고, 사신을 송나라 진영으로 보내 강화를 청하게 되었다.

해마다 소와 말과 진주·보석을 헌납하고, 두 번 다시 중국을 침범하지 않겠다는 것이 항복의 조건이었다.

송강은 사신을 데리고 후방 영채로 가서 조추밀을 만나 보게 해주고 투항의 경위를 설명했다.

조추밀은 그 말을 듣더니 이렇게 말했다.

"이는 국가의 대사이므로, 상부의 결재가 내리지 않으면 내 마음대로 결정하기 어려운 문제요. 그대들 요나라에서 진심으로 투항할 성의가 있다면, 그 일을 맡을 만한 적당

한 대신을 우리 동경으로 보내어 직접 천자님을 배알함이
좋을 것이오. 천자님께서 귀순하겠다는 상주문을 인정하
시고 사죄의 조칙을 내려 주신다면 그때 군사를 철수하고
싸움을 끝내기로 하겠소."

　요나라의 사신은 즉각에 성 안으로 들어와서 국왕에게
이런 경위를 품달했다. 국왕은 문무백관을 모아 놓고 상의
했다. 우승상 태사 저견의 의견이, 이 지경이 되어 가지고
는 항복하는 길밖에 없으므로 자기 자신이 송선봉의 진지
로 나가서 친히 만나보고 싸움을 즉각 중지하도록 교섭할
것이니, 한편 동경으로 사람을 파견해서 중국 조정에서 전
권을 잡고 있는 채경·동관·고구·양전 네 적신(賊臣)에
게 뇌물을 충분히 바쳐서 강화를 구하도록 하라는 것이었
다.
　국왕은 저견의 의견대로 하기로 결정했다.
　이튿날, 승상 저견은 성 밖으로 나와서 송선봉을 만나
봤다. 송선봉의 의견도 조추밀과 마찬가지였다. 저견에게
이렇게 말하였다.
　"그대가 친히 상주문을 가지고 서울로 올라가서 상부의
승낙을 받으시오. 우리들은 군사를 주둔시킨 채 싸움을 중
지하고 그대가 빨리 돌아오기만을 기다리고 있겠소. 지연
됨이 없이 속히 돌아오시오!"
　저견은 연경으로 돌아가서 국왕에게 이런 뜻을 보고하
고, 또다시 여러 대신들과 상의한 결과 요국의 군신들은
가지가지 보물과 진주를 수레에 가득 싣고 저견을 사신으
로 내세우고 번관 15명을 딸려서 송강의 진지로 갔다. 송

강은 인사가 끝나자 곧 조추밀을 만나게 해주고 여태까지의 경위를 자세히 설명했다.

조추밀은 저견을 정중히 대접하고, 송선봉과 상의한 결과 시진과 소양 두 사람을 파견하여 상주문과 행군공문(行軍公文)과 성원(省院)에 조회하는 여러 가지 문서를 가지고 승상 저견과 함께 동경으로 떠나게 했다.

며칠이 지난 뒤 시진과 소양은 경사에 도착하자 우선 성원을 찾아갔다. 당시의 성원관들은 모두가 이해관계에 눈이 어두운 자들인 줄 알기 때문에 우선 채경·동관·고구·양전 등 네 대신에게 뇌물을 두둑히 바치고, 그 아래 관리들에게도 일일이 예물을 주고 투항하러 왔다는 저견의 의사를 전해 달라고 청했다.

그 이튿날 이른 아침에 문무백관이 모인 조례의 장소에서, 추밀사 동관이 반에서 걸어나오며 아뢰었다.

"선봉사 송강은 요군을 격퇴하고 연경성을 포위, 이를 마저 격파하려고 했을 때, 요나라 국왕이 항복의 깃발을 내걸고 투항하기를 자원하고 저견 등 사신을 파견하여, 신하라 일컫고 귀순할 뜻을 표명하는 상주문을 가지고 와서 사죄하며 철병, 휴전의 강화를 구하고 있습니다. 해마다 공물을 헌납하고 두 번 다시 싸우지 않겠다고 맹세하고 있사오니, 성단(聖斷)을 내리시기 바랍니다."

천자가 물었다.

"화(和)를 맺고 싸움을 그만둔다는 점에서 경들은 어떻게 생각하는고?"

이때 태사 채경이 나서면서 계주하였다.

"소신들은 피차간에 심사숙고하온 결과, 자고 이래로 사

방의 번족을 완전히 멸망시킨 전례가 없었다는 점을 깊이
깨달았습니다. 그런 고로 소신들이 생각하옵기는, 요국을
그대로 두어서 북방의 방벽을 삼고 해마다 공물을 헌납케
한다 하오면, 국가를 위해서 심히 유익할까 하옵니다. 그
들의 투항과 사죄를 인정해 주시옵고 조칙을 내리시어 군
사들을 철수시키시고 경사의 수비에 당하게 하심이 선책
일까 하오나, 소신들의 의사로 결정될 일이 아니므로 오로
지 성단을 바라는 바입니다!"

천자는 그 의견대로 요나라 사자를 만나보겠다는 성지
를 내렸다. 전두관을 통해서 그 뜻이 전달되자, 저견 등
사신 일행에게 배알하라는 명령을 내렸고, 일행은 금전
(金殿) 섬돌 아래서 배무(拜舞)의 절을 하고 돈수(頓首)
하여 천자의 만세를 불렀다. 측근의 신하가 상주문을 내놓
으니, 천자는 어안 위에 그것을 펼쳐 놓았고, 선독(宣讀)
의 책임을 맡은 학사가 소리를 높여 낭독했다.

휘종황제가 표문(表文)의 어람(御覽)을 끝내자 섬돌 아
래 있던 신하들은 칭하(稱賀)했다. 천자가 어주를 가져오
라 하여 사신들을 대접하니, 저견 등 사신 일행은 공물인
금백을 꺼내어 어전에 내놓았다. 천자가 저견 등 사신 일
행에게 명하였다.

"그대들은 먼저 귀국하라! 추후에 사신을 보내어 조칙을
내릴 것이로다!"

저견 등 일행은 성은에 감사하고 퇴조하여 관역으로 돌
아왔다. 그날 조하(朝賀)의 의식이 끝나자, 저견은 여러
관리들에게 사람을 보내어 거듭 뇌물을 두둑이 바쳤다. 채

경이 말했다.

"승상은 안심하고 귀국하시오. 나중 일은 우리 네 사람이 책임지고 선처하리다!"

저견은 채태사에게 절하고 요나라로 돌아갔다. 이튿날 채태사는 여러 대신들을 거느리고 입조하여 조칙을 내려서 요나라에 회답해 달라고 계주했다. 천자는 즉각에 한림학사를 시켜서 조서를 기초하라 명령하고, 즉석에서 태위 숙원경을 사신으로 임명, 조서를 받들고 요나라에 가서 개독(開讀)하라는 책임을 맡겼으며, 따로 조추밀에게 칙령을 내려서 송강에게 군사를 철수하고 서울로 돌아오도록 지시했다.

이튿날, 성원의 여러 관리들은 숙태위의 저택으로 가서 기일을 택하여 전송할 것을 약속했다.

숙태위는 조칙을 받게 되자 교자·말·종자 등 만반의 준비를 급히 서둘러서, 천자에게 작별의 인사를 드리고, 성원의 여러 관리들과도 작별하고, 시진·소양과 함께 요나라를 향하여 길을 떠나게 됐다.

경도(京都)를 뒤로 하고 변경지대를 향하여 진교역으로 말을 몰았다. 마침 엄동의 계절이어서 설운(雪雲)이 무겁게 뒤덮였으며, 만리 길이 은빛에 싸여 있었다.

숙태위 일행은 바람을 피하고 쌓인 눈을 헤쳐 가며 힘든 길을 계속 행진하여, 간신히 변경의 땅에 도착했다. 시진과 소양은 우선 기마의 척후병을 조추밀에게 보내어 연락을 취했고, 따로 전선에 있는 송선봉에게도 보고케 했다.

송강은 초마(哨馬)의 비보를 받자 즉각에 술을 준비해

가지고 여러 두령들과 같이 50리나 먼곳까지 나와서 길 옆에 꿇어앉아서 영접했다. 숙태위를 맞이하여 인사를 마치자 접풍주를 권했다. 그러고 나서 영채로 안내하고 연석을 베풀어 정중하게 대접했다. 숙태위가 말했다.

"성원의 관리 채경, 동관, 고구, 양전 등은 모두 요나라의 뇌물을 받고 천자의 앞에서 극력 이번 사건을 보주(保奏)해 주었습니다. 그래서 투항·휴병(休兵)·종전(終戰)이 승낙되었고, 군사를 철수시켜 경사의 수비에 담당하라는 조칙이 내렸습니다."

송강이 그 말을 듣자, 탄식하며 말하였다.

"이 송강이 조정을 원망하는 것은 아니지만, 이렇게 되면 공훈(功勳)이 모두 허사가 되고 말았소!"

숙태위가 말했다.

"선봉께서는 아무 걱정도 하지 마시오! 이 원경이 조정에 돌아가면 반드시 천자께 중보(重保)하겠습니다."

조추밀도 끼어들었다.

"하관이 증인이 될 터인데 어찌 장군의 대공을 헛되이 하겠소?"

송강이 말했다.

"우리들 1백8명은 전력을 다해서 국가에 보답하자는 생각뿐이지 추호도 이심은 없습니다. 또 은상을 받을 생각은 하고 있지도 않습니다. 단지 우리 형제들이 언제까지고 노고를 같이 해나갈 수만 있다면 그만입니다. 추상(樞相)들께서 모든 일을 주장(主張)해 주시면 후덕을 잊지 않겠습니다!"

송강은 즉시 사신을 요나라에 보내어 조서를 배수할 준

비를 하라고 통고하기로 결정했다. 한편 10명의 대장을 뽑아서 숙태위를 호위하고 요나라로 가게 했다. 그 열 사람의 상장(上將)은 관승·임충·진명·호연작·화영·동평·이응·시진·여방·곽성으로, 보기병(步騎兵) 3천 명을 거느리고 전후에서 태위를 보호하며 대오를 짜가지고 성 안으로 들어갔다. 연경의 백성들은 수백년 동안 중국 군사들의 모습을 구경하지 못했기 때문에, 태위가 왔다는 소문을 듣자 기뻐서 어쩔 줄 모르며 가가호호 찬란하게 촛불과 등불을 밝혔다.

요왕은 친히 문무백관을 거느리고 남문 밖에 나와서 조서를 영접해 들여 금란전(金鑾殿)으로 간 다음 숙태위는 용정(龍亭) 왼편에 서고, 국왕과 백관은 전전(殿前)에 꿇어앉아서 조서를 개독하게 되었다.

요나라의 시랑이 조서의 개독을 끝내자, 국왕과 문무백관들은 재배하고 성은(聖恩)에 감사했다. 조서가 용안(龍案) 위로 옮겨지자 국왕은 숙태위와 대면하고 인사가 끝난 다음 후전(後殿)으로 안내하고, 산해진미를 대접하여 성대히 잔치를 베풀었다.

번관은 술을 권하고, 번장들은 술잔을 서로 주고받았다. 연석은 노래와 춤으로 꽉 찼고, 호가(胡笳) 소리 귀를 찌르며, 이국의 미희들이 융악(戎樂)을 연주하고, 갈고(羯鼓)·훈지(塤篪―橫吹笛) 소리 요란하며 호선(胡旋)의 춤이 물결처럼 출렁댔다.

주연이 끝나자 숙태위와 여러 장수들을 관역으로 보내어 쉬도록 했다.

이튿날, 국왕은 승상 저견에게 명령을 내려서 성 밖 영채로 가서 조추밀과 송선봉을 연경성 안에서 거행하는 연석에 초청해 오라고 했다.

송강은 군사 오용과 상의한 결과, 그 초대를 사퇴해 버렸고, 조추밀만이 따라가서 숙태위와 자리를 같이했다. 그날 요나라 국왕은 성대한 잔치를 베풀었다.

포도주가 은독에 가득 찼고, 황양(黃羊)의 미육(美肉)이 금접시에 산더미처럼 쌓였으며, 기화요초가 여기저기 찬란하게 장식되어 있었다.

주연이 끝나려고 할 무렵에 국왕은 커다란 금접시에 금은주보(金銀珠寶)를 가득 담아서 숙태위와 조추밀에게 바쳤다. 주연은 밤이 깊도록 계속되었다.

그 이튿날, 요나라 국왕은 문무군신을 모아놓고 번국의 고악을 연주하면서 태위와 추밀을 성 밖으로 전송하여 영채로 돌아가게 한 다음, 다시 승상 저견에게 명령하여 소·말·양·금은·비단 등 예물을 가지고 송강의 영채로 가서, 성대한 들놀이를 베풀어서 전군의 병사를 위로하고 선물을 후하게 분배해 주도록 했다.

송강은 명령을 내려서 천수공주 이하 납치해 온 요나라 사람들을 석방해서 본국으로 돌려보내고, 또 탈취한 단주·계주·패주·유주를 요나라에 돌려주었다. 한편으로는 숙태위를 경사로 돌려보내고, 여러 장수와 병사, 마부 등을 소집하여 인원편성을 끝낸 다음, 중군의 부대를 선발대로 내세워서 조추밀을 호위하면서 돌아가도록 했다.

한편, 송선봉은 영채 안에서 주연을 베풀어 수군(水軍)의 두령들도 위로해 주고, 배를 타고 먼저 동경으로 돌아가서 주둔하면서 조정의 지시를 받도록 했다.

또 사신을 성 안으로 보내어, 상의하고 싶은 바가 있으니 좌·우 두 승상을 내보내 달라고 했다. 요나라 국왕은 즉각에 우승상 유서패근과 좌승상 저견을 송선봉에게 보내어 중군에서 회견하라고 명령했다. 송강은 두 승상을 영접하여 영채 안에 안내하고 다음과 같이 말했다.

"우리 장병들은 성을 포위하고 승리가 목전에 있는 데까지 진격했었소. 본래가 그대들의 투항을 받아들이지 않고 성을 격파해서 싸움을 끝낼 생각이었지만, 우리 원수(元帥—조추밀)께서 그대들의 소원을 받아들이시어 그대들을 시켜서 조정에 상주하도록 승낙하신 것이오. 폐하께서도 그대들을 불쌍히 여기시어 측은지심으로 끝까지 토벌할 것을 중단시키셨고, 그대들의 투항과 사죄를 용납하신 것이오. 이제 왕사(王事)도 끝나서 우리들은 서울로 돌아가게 되었는데, 그대들은 이 송강이 승리를 거두지 못해서 그대로 돌아간다고는 생각지 마시고 또다시 싸움을 되풀이할 생각은 꿈에라도 하지 마시오. 해마다 바쳐야 할 공물을 추호라도 태만히 해서는 안 될 것이오. 나는 이제 군사를 철수하여 나라로 돌아가니 그대들은 근신, 자중하고 또다시 침략할 엉뚱한 생각은 하지 마시오. 천병이 두 번 다시 달려올 때에는 결코 용서가 없을 것이오!"

두 승상은 고두하며 사죄하고 돌아갔다. 송강은 1대의 군사를 편성하여 일장청 등 여군과 함께 먼저 떠나가게 했다. 뒤이어서 종군한 석공(石工)에게 명령하여 석재를 마련하여 비석을 만들고 이번 사적을 새겨서 넣도록 했다. 김대견이 그것을 다 새겨서 넣자, 영청현 동방 15리 모산

(茅山) 기슭에 세우게 했는데, 그 고적은 현재까지도 남아 있다고 한다.

송강은 군사를 5대로 갈라서 출발하기로 하고 기일을 택하여 떠나게 됐는데, 갑자기 노지심이 장중에 나타나서 송강에게 이런 말을 했다.

"나는 진관서(鎭關西)를 때려죽이고 대주 안문현까지 도주해 왔다가, 조원외님께서 오대산으로 보내서 지진장로님의 제자가 되어 삭발하고 화상이 되게 하신 것입니다. 술 때문에 선문을 어지럽게 하여서 우리 스승님께서는 나를 다시 동경의 상국사로 보내시어 지청선사에게 맡기시어 역승(役僧) 노릇이나 하게 하신 것입니다. 상국사에서는 채마밭을 맡아 보다가 임충을 도와준 일 때문에 도둑의 일당에 가담하게 되었는데, 다행히도 여러 형제들을 만나게 되어서 다행히 오랫동안 형님을 모시고 지내게 되었던 것입니다. 그후 오랜 세월이 흘러가는 동안에 늘 우리 스승님을 생각하면서 한 번도 찾아가 뵙고 인사라도 여쭐 기회가 없었습니다. 나는 언제나 우리 스승님께서 내가 살인방화의 기질을 타고났지만, 끝내는 정과진신(正果眞身)에 도달할 것이라고 하신 말씀을 저버리지 않고 있습니다. 이제 태평 무사한 세월이 닥쳐왔으니 4,5일 동안 휴가를 얻어서 오대산으로 스승님을 찾아뵙고 싶습니다."

송강은 쾌히 승낙했을 뿐만 아니라, 이번 기회에 자기도 활불(活佛)을 한 번 만나볼 결심을 했다. 여러 사람들이 따라가기를 원했지만 공손승만은 도교의 신봉자이기 때문에 거절했고, 송강은 군사 오용과 상의한 결과 김대견, 황보단, 소양, 낙화 네 사람을 남겨 두고 부선봉 노준의에게 군사를 통솔하고 먼저 떠나가도록 했다.

송강 자신은 1천여 명의 병사를 친히 거느리고 형제들을 데리고 노지심의 뒤를 따라서 지진장로를 찾아보려 오대산으로 올라가게 되었다.

필경, 송강과 노지심은 어떻게 참선을 할 것인지?

90 술집에 뛰어든 사나이

五臺山宋江參禪
雙林鎭燕靑遇故

　오대산의 지진장로(智眞長老)라는 사람은 고대 송나라 때의 당대(當代) 활불이었다. 과거, 미래지사를 모르는 것이 없었다. 수년 전부터 노지심이 요신 달명지인(了身達命之人)이라는 것을 알고 있었는데, 단지 속연(俗緣)이 미진하여 살생의 속죄를 해야겠기 때문에 그를 속세에서 한바탕 날뛰고 다니게 한 것뿐이었다. 그리고 노지심 본인도 언제나 마음속 깊숙한 곳에 도심(道心)을 간직하고 있었기 때문에 이번에 스승을 찾아가서 참선(參禪)하고 싶다는 마음을 먹게 된 것이다. 거기다가 송공명으로 말하면 본래가 선심(善心)을 지닌 사람이었기 때문에 노지심과 함께 지진장로를 찾아가게 된 것이다.
　송강과 여러 장수들은 몇 명의 수행병을 거느리고 노지심과 함께 오대산 산기슭까지 왔는데, 거기서 인마(人馬)를 주둔시키고 우선 사람을 산 위로 올려보내 연락을 취했다. 그리고 송강과 여러 형제들은 군복을 벗고, 평소에 입던 옷으로 갈아입고 걸어서 산으로 올라갔다.
　산문 밖에 도착했을 때, 사원 안으로부터 종소리·북소리가 울려 나오고 여러 승려들이 영접하러 나와서 송강과 지심에게 절을 했다. 승려들 가운데는 노지심을 아는 사람

들이 많았다. 수많은 두령들이 질서정연하게 송강을 따라
오는 것을 보자, 모든 사람들이 놀라운 눈초리로 바라보았
다. 당두수좌(堂頭首座—주지)가 나오더니 송강에게 말하
였다.

"장로께서는 좌선을 하고 계시기 때문에 영접하러 나오
시지 못합니다만 섭섭히 생각지 마시기 바랍니다."

한참 만에 시자 한 사람이 나와서 송강 일행 백여 명을
인솔하고 방장(方丈)으로 지진장로를 찾아갔다. 모든 사
람이 향불을 피우고 그 앞에서 절했다. 지진장로는 대뜸
노지심을 꾸짖었다.

"너는 일거(一去) 이래 수년이 경과됐으나 그 동안 살
인, 방화의 죄업을 고치지 못했구나?"

노지심은 묵묵히 말이 없었다. 송강이 앞으로 나서서
말했다.

"장로님의 청덕(淸德)을 오래전부터 듣자옵고도 속연
(俗緣)이 척박하와 존안을 배견하올 길이 없었습니다. 이
번에 조칙을 받들고 요나라를 토벌하러 이 고장에 왔다가
당두대화상(當頭大和尙)님을 배견하게 되었사오니 이는
평생의 만행인가 합니다. 아우 지심은 살인·방화를 범하
기는 했습니다만 충의심에서 나온 것이며, 선량한 백성을
해치지는 않았습니다. 그래서 이번에 저희들이 형제를 거
느리고 찾아뵈러 오게 된 것입니다."

지진장로가 말했다.

"근자에 여러 고승들이 이곳에 와서 세상사를 이야기할
때마다, 장군이 하늘을 대신하여 도를 행하며 충의의 뜻이
깊다는 이야기를 들었소. 나의 제자 지심도 장군을 따라서

있었으니 어찌 과오가 있었겠소."

송강은 연거푸 몇 번이나 절을 했다. 노지심은 금은, 채단의 보따리를 꺼내 스승에게 헌납했다. 지진장로가 말했다.

"너는 어디서 이런 것을 입수했느냐? 불의의 전재(錢財)는 결코 받아들일 수 없다!"

"수차 공로를 세워서 받은 물건을 간직해 두었던 것입니다. 제자에게는 소용이 없기 때문에 특히 가지고 와서 스승께 헌납하오니 공용에 써주시기 바랍니다."

지심이 이렇게 말하자 장로는 또 말을 이었다.

"이곳 사람들도 그것을 그대로 소모할 수는 없으니, 너를 위해서 일장(一藏)의 경서나 마련해 두어서 죄악을 소멸케 해주마!"

노지심은 경건히 절을 했고, 송강도 금은·채단을 꺼내어 지진장로에게 헌납했다. 장로가 끝까지 사양하여 송강은 절간의 화상들을 위해서 분배해 달라고 했다. 그날 밤은 오대산 절간에서 쉬었다.

그 이튿날, 오대산 법당에서는 종소리, 북소리가 요란스럽게 울려 퍼졌다. 지진장로는 승려들을 법당에 모아 놓고 강법참선(講法參禪)을 했다. 순식간에 승려들은 가사와 좌구(座具)를 갖추고 법당에 모여 자리에 앉았다. 송강, 노지심 그리고 여러 두령들은 양옆에 섰다. 신호의 경(磬) 소리가 울리자 두 채의 홍사등롱(紅絲燈籠)이 앞장을 서서 지진장로를 법좌에 올려 앉혔다. 장로는 법좌에 올라앉자, 곧 향을 피우고 축찬(祝讚)하였다.

"이 일주(一炷)의 향으로 황상(皇上)의 성수제천(聖壽

齊天)과 만민낙업(萬民樂業)을 엎드려 비나이다!"
　다시 한 자루의 향을 피우고,
　"제주(齋主)의 심신이 안락하고 수산연장(壽算延長)하기를 비나이다!"
하고 축찬하고 또 한 자루의 향을 피우고 축찬을 하였다.
　"국태민안하고 풍년, 평화, 삼교흥융(三敎興隆)하고 사방이 영정(寧靜)하기를 비나이다!"
　송강도 배례하고 시립했으며, 여러 장수들도 배례하고 설서(設誓)했다.
　"원컨대 우리 형제 동생동사(同生同死)하고 세세상봉(世世相逢)케 하여 주옵소서!"
　소향이 끝나자, 여러 승려들은 자리를 떠나 송강 일행을 운당(雲堂)으로 초대하여 식사자리에 앉게 했다. 잿밥을 다 먹고 나자 송강과 노지심은 장로를 따라서 방장으로 들어갔다. 얼마간 있다가 밤이 되어서 한담을 하게 되었을 때 송강이 장로에게 물어 봤다.
　"이번에 서울로 돌아가는 데 있어서 저희들 형제의 장래는 어떻게 되겠습니까? 명백히 지시해 주시기 바랍니다."
　장로는 종이와 붓을 가져오라 하여 네 귀의 게(偈――梵語)를 써주었다.

　바람을 맞아, 기러기 그림자 뒤집히고(當風鴈影翻)
　동쪽이 궐하여 둥글지 못하다(東闕不團圓)
　쌍안의 공로가 족하고(雙眼勞功足), 쌍림의 복수가 완전하다(雙林福壽全).

송강은 그것을 받아들고 아무리 들여다봐도 그 뜻을 알 수 없어서 지진장로에게 물어 봤지만, 그것은 선(禪)의 기미(機微)한 은어이기 때문에 스스로 터득할 때까지 소중히 간직해 두라는 대답뿐이었고, 지심을 옆으로 불러 앉히고, 그에게도 네 구의 게(偈)를 지어 주면서 일평생 소중히 간직해 두라고 했다.

여름이 되어 붙잡히고(逢夏而擒)
석달이 되어서 붙잡으며(遇臘而執)
물밀소리를 듣고 둥글어지며(聽潮而圓)
믿음을 보고 쓸쓸해진다(見信而寂).

노지심도 그것을 받아 가지고 몇 번이나 읽어봤지만 도무지 무슨 뜻인지 알 수가 없어서 소중히 간직하고 장로에게 절만 했다. 또 일박을 하고 나서 그 이튿날 송강, 노지심, 오용 등 여러 두령들은 절간을 떠나게 됐다. 지진장로와 승려들은 산문 밖까지 나와서 전송해 주었다.

송강은 오대산 아래로 내려오자 군사를 거느리고 급히 본대(本隊)의 뒤를 쫓았다. 여러 장수들이 군전(軍前)으로 다시 돌아오자, 노준의와 공손승 등은 송강 이하 여러 장수들을 영접했다. 송강은 즉시 오대산에 가서 참선한 경위를 노준의에게 설명해 주고 게(偈)를 꺼내어 노준의와 공순승에게 보여 주었지만, 아무도 그 뜻을 해득하는 사람은 없었다. 소양이 말했다.

"선의 기미한 법어이니 그렇게 쉽사리 해득할 수 없을 것입니다."

여러 사람들은 모두 이상한 생각을 금치 못할 뿐이었다.

송강은 시급히 군사를 출발시키라는 명령을 내렸다. 여러 장수들은 명령을 받자, 전군의 병사를 독촉하여 일로 동경으로 향했다. 도중에서 병사들은 어디서나 조금도 민폐를 끼치는 법이 없었다. 백성들은 남녀노소 구별없이 왕사(王師)를 구경하려고 몰려들었고, 송강과 여러 장수들의 영웅다운 모습을 보자 감탄하여 마지않으며 존경하지 않는 사람이 없었다.

송강 일행은 며칠 동안 진군을 계속해서 쌍림진(雙林鎭)이라는 고장에 도착했다. 마을 백성들과 부근의 농부들이 구경을 하려고 몰려들었다. 송강 일행은 질서정연히 대오를 짜고 두 사람씩 말 머리를 나란히 하고 행진했는데, 그 중에서 앞장서서 나가고 있던 두령 하나가 말에서 미끄러져 떨어지는가 하는 순간, 구경꾼들 틈을 헤치고 들어가서 어떤 장정 하나를 덥석 움켜잡으면서 소리를 질렀다.

"형님! 어째서 여기 와 계시오?"

두 사람은 서로 인사를 하더니 이야기를 시작했다. 송강의 말이 점점 가까이 다가들었다. 바라다보니 연청이 어떤 장정과 이야기를 주고받고 있었다. 연청은 두 손을 맞잡고 절을 하면서,

"허형(許兄)! 이분이 바로 송선봉이시오!"

했다. 송강이 그 장정을 자세히 살펴보니 풍채가 범속하고 점잖아 급히 말을 내려서 허리를 굽혀 절했다.

"실례입니다만 고사(高士)의 대명을 알고자 합니다."

"소생은 허관충(許貫忠)이라 합니다. 본래 대명부(大名

府)에서 일을 보다가 지금은 시골에서 살고 있습니다. 예전에는 이 연(燕)장군과 친하게 지냈는데 한 번 작별한 후 10여 년이나 서로 만나지 못했습니다. 장군의 휘하에 가담해 있다는 소문을 듣고 기뻐하던 중 이번에 장군께서 요나라를 격파하고 개선하신다는 말을 듣고 영웅적인 모습을 한 번 뵙고 싶어서 여기 나왔더니, 뜻밖에도 연장군까지 만나보게 됐습니다. 연장군을 저의 집으로 모시고 가서 이야기라도 해보고 싶습니다."

연청도 송강에게 청했다.

"이 허형과는 한 번 헤어진 후 정말 오랫동안 만나보지 못하다가, 뜻밖에도 여기서 만나게 됐습니다. 모처럼 청해주니 꼭 한 번 다녀오고 싶습니다. 형님은 일행과 함께 먼저 떠나 주시면 저는 이 허형집을 다녀서 곧 뒤쫓아가겠습니다."

송강은 그것을 쾌히 승낙해 주었다.

"되도록 빨리 돌아오게! 여러 사람들에게 근심을 끼쳐서는 안 될 것이니…. 또 서울로 올라가면 모두 같이 천자님을 배알해야 되니까."

"결코 형님의 명령에 어긋나는 짓은 하지 않겠습니다!"

송강은 말 위에 다시 올랐다. 이때, 앞서 가던 두령들은 꽤 먼 곳까지 나가 있었는데, 송강과 허관충이 이야기하는 것을 보자 그것이 끝나기만을 기다리고 있었다. 송강은 즉각 말을 채찍질해서 여러 장수와 함께 길을 떠났다.

한편, 연청은 수행군인 한 사람을 불러서 보따리를 꾸려 가지고 따로 마필을 마련케 하고, 자기 준마에는 허관충을 태워 가지고 앞에 바라다보이는 술집으로 들어가서 군장을 풀고 평소에 입던 의복으로 갈아입었다.

이리하여 둘이서는 각각 말을 타고, 병사는 보따리를 짊어지고 그들의 뒤를 따르면서 쌍림진을 뒤로 하고 서북쪽으로 뚫린 좁은 길을 걸어나갔다.

산의 고개를 무수히 넘어서 40리 길이나 걸어갔을 때, 깊숙한 산골짜기에 주위가 3,4리쯤 되는 평지가 있었고, 무성한 나무 속에 두서너 채 초가집이 서 있었다. 허관충은 집 한 채를 가리키면서,

"저것이 바로 이 아우가 거처하는 집입니다."

했다. 연청이 대나무 울타리 속을 기웃거려 보니, 머리가 볕에 까맣게 탄 촌동(村童) 하나가 무명 저고리를 입고 볕에 말리던 소나무가지며 장작개비를 거둬 들여 추녀 밑에 쌓고 있다가 발소리를 듣고, 깜짝 놀라 소리를 질렀다.

"이상한데, 이리로 난데없이 말을 달려 들어오다니…."

자세히 살펴보니 뒤에서 나타나는 말 위에는 바로 저의 주인이 타고 있었다, 당황해서 문밖으로 달려나와 두 손을 맞잡고 어리둥절할 뿐이었다.

알고 보면, 허관충이 말방울을 달지 말라고 했기 때문에 말이 가까이 다가들도록 촌동은 그것을 알아채지 못했던 것이다.

두 사람은 말을 내려서 대나무 울타리 안으로 들어섰다. 두 사람은 대청으로 들어갔다. 연청은 허관충의 노모에게 인사를 여쭈러 갔다. 인사가 끝난 다음, 허관충은 생선이며 닭고기며 안주를 푸짐하게 차려 놓고 연청에게 술잔을 권했다. 주거니 받거니 술을 몇 잔 마시자 연청은 산속의

아름다운 경치를 찬양하고 나서,

"예전에 대명부에 있었을 적에 우리는 막역한 친구였는데, 형장이 무거(武擧)에 응하고 나서는 만나볼 수도 없게 되어 이렇게 경치 좋은 곳을 찾아내셨으리라고는 꿈에도 생각지 못했소. 나야말로 이리저리 돌아다니기만 하고 하루도 마음 편히 지낼 날이 없소!"

했다. 허관충이 웃으면서 말하였다.

"송공명이란 분을 위시하여 그밖의 여러 장군들은 모두 세상에 드문 영웅들이오. 이번에는 또 오랑캐를 격파했으니 얼마나 훌륭한 일이겠소! 나는 인간세상을 등지고 산속에 처박혀서 형장들의 발뒤꿈치도 따를 수 없는 몸이오. 또 나는 시세(時勢)에 맞지 않는 점도 있고, 나쁜 놈들이 권력을 제멋대로 휘둘러서 조정을 욕되게 하고 있는 꼴을 보면 아무 일도 하고 싶은 생각이 없어서 이렇게 세상을 되는대로 살아가고 있지만, 때로는 이런 일들이 다소나마 걱정될 때도 없지 않소!"

허관충은 호탕하게 웃어젖히면서 술잔을 단숨에 죽 들이켜고 또 술을 따랐다. 연청이 은전 20냥을 꺼내어 관충에게 내밀면서 말하였다.

"변변치 못한 것이지만 나의 성의로 생각하고 받아 주시오."

관충은 막무가내, 그것을 받으려고 하지 않았다. 연청은 재삼 관충에게 권고했다.

"형장은 대단한 재략을 지니고 계신 분이니 나와 같이 서울로 올라가서, 기회를 보아서 입신양명하도록 하심이 좋을 것이오!"

관충이 탄식하며 말하였다.

"지금 세상은 간사한 놈들이 요직을 차지하고 앉아 어질고 유능한 사람을 질투하고, 귀신 같고 뱀 같은 놈들이 아관박대(我冠博帶)하고 있으며, 충성되고 선량하고 정직한 사람은 모두 모함을 받아 부자유한 몸이 되어 있으니, 이 아우의 생각은 재처럼 식어 버렸습니다."

연청도 머리를 끄덕끄덕하면서 한탄했다. 두 사람은 밤이 깊도록 이야기를 하다가 자리에 들었다.

이튿날 아침, 세수가 끝나자 아침상을 차려 내왔다. 식사가 끝난 다음, 허관충은 연청을 여기저기 산으로 안내하여 구경을 시키고 즐겁게 해주었다.

연청이 높은 곳에 올라가서 바라보니, 산악이 중첩하여 사방이 산으로 둘러싸여 있으며, 새소리가 들릴 뿐 인적이 드물고 산속의 집이라고는 아무리 세어 봐도 20호밖에 더 되어 보이지 않았다.

"여기는 도원보다도 더 좋소!"

연청은 이렇게 말하면서 산 경치를 실컷 구경했다. 날이 저물어서 또 일박했다.

이튿날, 연청은 관충에게 작별의 인사를 했다.

"송선봉이 걱정하고 계실 터이니, 그만 돌아가야겠소!"

관충은 문 밖까지 배웅하고 나와서,

"잠깐만…."

하고 연청을 불렀다. 얼마 안 되어서 촌동이 뚤뚤 만 것을 한 축(軸) 가지고 왔다. 관충이 그것을 받아 연청에게 주면서 말하였다.

"이것은 근자에 내가 그린 변변치 못한 그림이오. 서울로 돌아가서서 펼쳐 봐주시오. 일후에 쓸모가 있는 물건이 될지도 모를 일이오!"

연청은 감사하다 절하고 병사를 시켜서 보따리 속에 묶어 두게 했다. 두 사람은 차마 헤어지기 서운해서 또 1,2리쯤 같이 걸어갔다. 연청이 말했다.

"님을 천리길까지 전송해도 마침내는 헤어져야 한다고 했으니, 원로(遠勞)할 것 없이 후일에 다시 만나도록 하십시다!"

두 사람은 각각 안타까운 심정으로 작별했다. 연청은 돌아서서, 돌아가는 허관충의 뒷모습이 멀리 사라질 때까지 바라다보고 서 있다가 겨우 말 위에 올랐다. 그리고 병사에게도 말을 타라 분부하고 둘이서 다시 길을 떠났다.

며칠 만에 동경에 도착하니, 마침 송선봉은 군사를 진교역에 주둔시켜 놓고 성지가 내리기를 기다리고 있는 판이었다.

그런데 이보다 앞서서 숙태위와 조추밀이 거느린 중군은 먼저 성 안으로 들어가서, 송강 일행의 공로를 천자에게 보고하고 이렇게 계주했다.

"송선봉 일행의 장수들이 거느리는 군사들은 이미 관외(關外)에까지 개선해 들어와 있습니다."

조추밀이 나서서 송강 일행의 장수들이 변경에서 고생한 실정을 보고하자, 천자는 크게 기뻐하며 즉각에 성지를 내리고, 황문시랑(黃門侍郎)에게 명령하여 일동 무장을 갖추고 입성하여 배알하도록 송강에게 전달하라고 분부했다.

송강 일행은 본래의 무장 차림으로 동화문으로부터 입성하여 문덕전을 지나서 천자를 알현하고 성수만세(聖壽萬歲)를 불렀다. 폐하는 송강 이하 영웅들을 보자 크게 기뻐했다.

"과인은 경들이 정진(征進)함에 있어서, 변경지대에서 애쓴 노고를 잘 알고 있노라. 더구나 허다한 부상자를 내었으니 과인은 더욱 마음 아프게 생각하는 바로다."

송강이 재배하고 계주했다.

"성상(聖上)의 홍복(洪福)이 제천(齊天)하신 덕택으로, 신 등 중장(衆將) 중에 부상자가 있었다 하오나 모두 무사할 수 있었사옵고 변정(邊庭)이 영식(寧息)케 되었사오니, 이는 실로 폐하의 위덕(威德)의 소치로소이다. 신 등이야 무슨 공로가 있사오리까!"

또 재배하고 칭사(稱謝)했다.

천자는 성원관에게 관작을 수여할 절차를 마련하라 명령했다. 채경태사와 동관추밀이 상의하고 나서 계주하였다.

"송강 일행의 관작에 관하여는 소신 등이 상의하옵고 다시 주문(奏聞)하옵도록 하시기 바라옵니다."

천자는 그 의견을 받아들이고, 광록시(光祿寺)에 명령하여 성대한 주연을 베풀게 했다. 송강에게는 금포일령(錦袍一領)·금갑일부(金甲一副)·명마일두(名馬一頭)를 하사하고, 노준의 이하 여러 두령에게는 금백을 하사했는데, 모두 내부(內府)에서 받으라고 분부했다.

송강 이하 여러 장수들은 감사하다 절하고 함께 궁중을 물러나와, 서화문(西華門)에서 말을 타고 영채로 돌아와

쉬면서 성지가 내리기를 기다리고 있었다. 어느덧 수일이 지났는데도 채경과 동관은 관작 수여의 일을 상의하는 기색도 보이지 않고 날짜만 지연시키고 있었다.

송강은 영채에 한가히 앉아서 군사 오용과 고금의 흥망득실(興亡得失)에 관한 이야기를 하고 있었는데, 갑자기 대종과 석수가 평복을 입고 나타나더니 이렇게 말했다.

"우리들은 진중에서 할 일도 없이 심심하니 오늘은 석수 아우와 함께 밖에 나가 거닐기나 하려 합니다. 형장께 품지(稟知)하려고 왔습니다."

송강이 허락했다.

"빨리 다녀오시오. 돌아와서 술이나 한잔 같이 합시다."

대종과 석수는 진교역을 뒤로 하고 북쪽을 향하고 천천히 걸어갔다. 몇 군데 가방(街坊) 시정(市井)을 지났을 때, 홀연 길 옆에 큰 돌비가 서 있는 것을 발견했다.

그 돌비 위에는 '조자대(造字臺)'라는 석 자가 씌어 있었다. 비석 머리에는 또 몇 줄의 잔글씨도 씌어 있었는데 비바람에 희미해져서 잘 알아볼 수 없었다. 대종이 자세히 읽어보고 나서 하는 말이,

"이곳은 창힐(蒼頡—황제의 사관(史官)·문자의 창안자)이 글자를 만든 곳이군!"

했다. 석수가 웃으면서 말하였다.

"우리들하고는 상관없는 일이군!"

두 사람은 웃으면서 또 앞으로 걸어나갔다. 또 다른 곳에 다다랐다. 거기에는 넓은 공지가 있는데 온통 기왓장과 자갈이 깔려 있었다. 북쪽으로는 돌문이 서 있는데 그 위

에 가로질러 있는 석판에는 '박랑성(博浪城)'이라는 석 자
가 새겨져 있었다. 대종이 잠시 생각하더니,
  "알고 보니 여기는 한(漢)나라 유후(留侯―張良)가 진
시황을 격파한 곳이군!"
하면서 유후야말로 훌륭한 인물이었다고 칭찬하여 마지
않았다.
  석수가 말했다.
  "장량이 역사(力士) 창해공(滄海公)에게 시킨 1백20근
의 쇠망치가 진시황을 정통으로 맞히지 못한 것은 유감된
일이야!"
  두 사람은 감탄하면서 이야기를 주거니 받거니 또 북쪽
으로 영채에서 20리나 떨어진 지점까지 걸어갔다. 석수가
말했다.
  "우리 둘이서는 반나절 동안이나 시간을 보냈는데, 어디
가서 술이라도 한 잔씩 하고 영채로 돌아가기로 합시다."
  "저기 있는 게 술집 같은데!"
  대종이 이렇게 말하자, 두 사람은 술집으로 들어서서
들창 밑 밝은 자리를 택하고 앉았다.
  대종이 상을 치면서,
  "술을 가져오너라!"
하고 소리를 질렀다. 심부름꾼 녀석이 안주를 대여섯 접시
만 상 위에 갖다 놓으면서,
  "술은 얼마나 가져올까요?"
하고 물었다.
  석수가 대답했다.
  "우선 이각(二角)만 가져오게! 안주는 아무거라도 좋으

니 먹는 대로 자꾸 가져오게!"

심부름꾼 녀석은 즉시 술을 이각(二角) 주전자에 담고, 큼직한 접시에다 쇠고기, 양고기, 영계 따위를 한 접시씩 담아서 가져왔다.

두 사람이 서로 잔을 주거니 받거니 하며 이야기를 하고 있자니까, 어떤 장정 하나가 우산과 몽둥이를 손에 들고, 보따리를 등에 짊어지고, 흑삼(黑衫)을 걸치고, 허리에 전대를 차고 퇴붕(腿繃)·호슬(護膝) 차림으로 삼으로 마튼 신을 신고 숨이 턱에 닿아서 술집문 안으로 달려들었다. 그는 우산과 몽둥이와 보따리를 내려놓고 아무 데나 자리잡고 앉더니, 급히 술을 가져오라고 소리를 질렀다. 심부름꾼이 술 일각(一角)과 안주 서너 접시를 갖다 주었더니 그 장정은 호통을 쳤다.

"안주고 술이고 있는 대로 빨리빨리 내오너라1 나는 공사(公事) 때문에 급히 성 안으로 들어가야 할 사람이다!" 하면서 술을 물 마시듯 벌컥벌컥 들이켰다.

대종은 이상한 놈이다! 무슨 급한 일일까? 하고 의심스러워서 대뜸 물어 봤다.

"형장은 무슨 공사가 그리 급하시오?"

그 장정은 술을 들이켜고 안주를 입안으로 틀어넣으면서 지껄이기 시작했다. 필경 이 장정은 무슨 이야기를 했을 것인가?

91 변장공성(變裝攻城)

宋公明兵渡黃河
盧俊義賺城黑夜

공인 같은 몸차림을 하고 있는 그 장정이 대답했다.
"하북의 전호(田虎)란 놈이 반란을 일으킨 것을 아시겠
구려?"
"우리들도 소문을 들은 것 같기도 하오만…."
대종이 이렇게 대답하자 그 장정은 말을 이었다.
"전호란 놈이 주를 침범하고 현을 점령하고 있는데도 관
군은 꼼짝 못하고 속수무책이오. 이번에는 개주(蓋州)를
격파하고 멀지 않아서 위주(衛州)를 들이치려고 하여 성
안의 백성들은 불안해서 밤잠을 제대로 자지 못하고, 성
밖의 백성들은 뿔뿔이 흐트러져서 도망쳐 버렸소. 그래서
본부에서는 나를 파견하여 성원에 가서 급한 사태를 알리
는 공문을 전달하라고 하는 것이오."
그는 자리에서 일어서자 보따리를 짊어지고, 우산과 몽
둥이를 집어든 다음 황망히 술값을 셈해 주고 밖으로 나
가면서 탄식하여 마지않았다.
"정말 관가의 일이란 골치아픈 노릇이군! 우리 노소 가
족들은 모두 성 안에 있는데, 하느님이시여, 한시 바삐 구
원병을 보내 주소서!"
그리고 재빨리 걸어서 서울을 향해 떠나갔다.

대종과 석수는 이런 소식을 알게 되자, 역시 시급히 술값을 치러 주고 술집을 떠나 영중(營中)으로 돌아와서 송선봉에게 이 사실을 보고했다.

송강은 즉각에 오용과 상의했다.

"우리는 여기서 여러 장수가 하는 일 없이 세월을 보내고 있는 것도 쑥스러운 노릇이니, 차라리 폐하께 주문(奏聞)하여 군사를 일으켜 토벌이나 나가는 것이 어떻겠소?"

오용이 대답했다.

"그런 사건이라면 우선 숙태위에게 연락하도록 하십시다."

즉시 여러 장수들을 불러서 상의하자, 누구나 다 같이 크게 기뻐했다. 그 이튿날 송강은 공복을 입고 10여 기(騎)를 거느리고 성 안으로 들어가서 곧장 숙태위의 부전(府前)에서 말을 내렸다. 숙태위는 마침 부에 있었다. 곧 연락이 되어서 송강은 대청으로 들어가서 재배의 인사를 했다.

숙태위가 무슨 일로 왔느냐고 물으니 송강이 대답했다.

"듣자니, 하북의 전호란 놈이 반란을 일으켜서 주군을 점령하고 연호를 고치고 제멋대로 개주에 침입하여 멀지 않아서 위주를 들이칠 기세라고 합니다. 우리들은 오랫동안 한가한 날을 보내고 있었으니, 차제에 군사를 거느리고 토벌을 나가서 진충보국하고 싶으니, 원컨대 폐하께 주문케 해주시기 바랍니다."

숙태위가 그 말을 듣더니 크게 기뻐하였다.

"장군께서 그다지 나라를 위하여 충의를 다하신다면, 이 숙모(宿某)도 힘 자라는 데까지 보주(保奏)하겠습니다."

송강은 감사하다 절하고 말했다.

"이 송강은 누차 태위님의 후은(後恩)을 입고도 각골명심할 뿐 도무지 보답해 드리지 못해서 죄송하게 생각할 뿐입니다."

송강은 숙태위에게 술대접을 받고 날이 저물어서야 영채로 돌아가서 여러 두령에게 이런 사실을 알렸다.

숙태위는 이튿날 이른 아침에 입내(入內)하여 피향전(披香殿)에서 천자를 배알했다. 이때 성원관이 말했다.

"하북의 전호란 자가 반란을 일으켜, 5부 56현을 점령하고 개년건호(改年建號)하고 제멋대로 왕이라 일컫고 있습니다. 이번에 능주, 회주를 격파하고 인근 일대를 떨게 하고 있기 때문에 고급공문(告急公文)이 올라왔습니다."

천자는 대경실색하며 문무백관에게 물었다.

"경들 가운데 과인을 위해서 힘써 줄 사람은 없는가?"

이때 죽 늘어서 있는 여러 신하들 가운데서 숙태위가 앞으로 나서면서 꿇어 엎드려서 계주했다.

"전하는 바에 의하오면, 전호란 자는 파죽지세로 요원(燎原)을 불길같이 날뛰고 있다 하오니, 맹장웅병(猛將雄兵)이 아니고는 이를 소탕하기 어려울까 하옵니다. 전자에 요나라 군사를 격멸하고 승리를 거둔 송선봉이 성 밖에 군사를 주둔시키고 있사오니, 원컨대 폐하께옵서 조칙을 내리시어 그의 군대로 하여금 전호를 토벌케 하시오면 반드시 큰 공을 거두실 줄 아옵니다."

천자는 크게 기뻐하여 즉각에 성원관을 성 밖으로 보내 송강과 노준의를 불러오게 했다.

천자가 말했다.

"짐은 경 등의 영웅적인 충의를 잘 아노라. 이제 경들을 시켜서 하북을 토벌코자 하니 경 등은 노고를 헤아리지 말고 한시바삐 개가를 올리고 돌아오면 짐은 반드시 후히 발탁함이 있을 것이로다!"

이리하여 천자는 즉시로 조칙을 내려 송강을 평북정선봉(平北正先鋒)에 임명하고 노준의를 부선봉에 임명했다. 그리고 두 사람에게 어주, 금대, 금갑, 채단을 하사했으며 그밖의 정·부 장군들에게도 비단과 은량을 내렸으며, 토벌에 성공하여 공을 세웠을 때에는 관작을 내리겠다는 성지를 내렸다. 그리고 전군의 두목들에게도 은량을 하사하기로 하고 내부에서 그것을 받아 가지고 기일을 작정하여 출전하라고 분부했다.

송강과 노준의는 재배하고 성은에 감사했으며, 조정에서 물러나와 영채로 돌아와서 여러 장수들을 소집하고, 각각 말과 안장과 의갑(衣甲)을 준비하라고 명령했다. 그 이튿날, 송강은 은사의 물품들을 내부에서 타내 가지고 전군의 두목들에게 분배해 주었다.

이리하여 송강은 오용과 상의한 다음, 수군의 두령들에게 전선을 마련하여 먼저 출발해서 변하(汴河)로부터 황하(黃河)로 들어가서 원무현(原武縣)의 경계선까지 나가, 대군이 도착하는 대로 이를 맞이하여 황하를 건너게 하라고 명령했다. 그리고 수륙(水陸) 양로의 선마(船馬)들은 대오를 나란히 하여 진격하도록 만반의 준비를 시켰다.

하북의 전호란 자는 위승주(威勝州) 심원현(心源縣)의 사냥꾼이었는데, 뚝심이 세고 무예에도 능통하여 노상 젊은 망나니패들과 몰려다니던 놈이었다. 그 고장이 산으로 둘러싸여 있어서 여러 놈들이 몰려 있기 좋게 되어 있는 데다가, 장마와 가뭄이 연거푸 계속되어서 백성들이 궁핍에 빠지고 인심이 혼란한 틈을 노려서, 전호란 놈은 망명배(亡命輩)들을 규집(糾集)하여 요언을 날조하고 어리석은 백성들을 선동, 현혹케 하고, 처음에는 재물을 약탈하는 데 그쳤으나 나중에는 주를 점령하여, 결국 관군도 놈들의 날카로운 기세에 감히 대항하지 못하게 된 것이었다.

어째서 일개 사냥꾼이 이렇게 창궐할 수 있었느냐 하면, 그 당시의 문관들은 돈에 눈이 어두웠고 무관들은 몸을 사리고 죽음을 두려워했기 때문에, 주나 현을 방위하는 관군이란 것이 있기는 했지만 모두가 늙은이가 아니면 소년들로 이루어진 명칭뿐인 군사들이었다. 한 사람이 두서너 사람 몫의 급료를 타먹기도 하고, 혹은 돈 많고 세력 있는 집 하인배를 열몇 냥쯤 돈을 주어서 대신 군인으로 내보내 놓고 그 급료는 뒤꽁무니에서 받아먹기도 하고, 점검이나 훈련을 하게 되면 사람을 사서 대신 내보내기도 하고, 윗사람 아랫사람이 서로 속여먹기 일쑤여서, 나라에서 돈을 아무리 뿌려도 실제적인 효과라고는 하나도 없는 판이었다.

이 지경이 되고 보니, 그들이 싸움에 정신이 있을 리 없고, 몇 명의 군관이 병사를 거느리고 전호란 놈을 토벌하러 나간다 해도, 공격은 가하지 못하고 적군의 후방을 비실비실 돌아다니며 허세나 부리는 게 고작이었다. 더 심한 놈은 선량한 백성을 죽여 싸움을 한 체 공로를 세우려 드니, 백성들은 도리어 적군에 가담할지언정 관군을 미워하고 도주할 판이었다. 이런 정세 아래서 5주 56현이 적군에게 점령당한 것은 당연한 일이기도 했다.

그 5주란 것은, 위승(威勝—沁州), 분양(汾陽—汾州), 소덕(昭德—潞安), 진녕(晋寧—平陽), 개주(蓋州—澤州)요, 이 5주가 관할하는 현이 56현이다. 전호는 분양에 궁전을 세우고 문무관원, 내정(內政)의 재상 등을 제멋대로 두고 자칭 진왕(晋王)이라 일컬었다. 용맹한 장수와 험준한 산천을 믿고, 두 갈래로 침략의 마수를 뻗치기 시작한 것이다.

한편, 송강은 날을 택하여 출전하기로 작정, 군사를 다음과 같이 3대로 갈라서 진격하기로 하고 오호(五虎), 팔표기(八驃騎) 장군들에게 선봉을 명령했다.

① 오호장—관승, 임충, 진명, 호연작, 동평.

② 팔표기—화영, 서녕, 양지, 색초, 장청, 사진, 목홍.

③ 소표장—황신, 손립, 선찬, 학사문, 한도, 팽기, 단정규, 위정국, 구붕, 등비, 연순, 마린, 진달, 양춘, 양림, 주통 등 16명

그리고 송강, 노준의, 오용과 그밖의 장좌(將佐)들과 마보(馬步) 두령들이 중군을 통령(統領)하기로 했다.

송강의 군사들이 원무현(原武縣) 경계지대까지 쳐들어갔을 때, 전부(前部)에서 초보(哨報)가 날아들었다. 수군의 두령들이 거느리는 전선이 이미 강가에서 건너갈 준비를 마치고 대기하고 있다는 것이었다.

송강의 대군은 쉽사리 황하 북쪽 기슭으로 건너설 수 있었다. 송강은 이준 일행을 시켜서 전선을 거느리고 위주 위하(衛河)로 진출하여 대기하고 있도록 하고, 선봉 군사

들은 위주까지 가서 일단 행진을 멈추도록 지시했다. 송선봉이 위주에 도착하여 그곳 관리들에게 실정을 알아 보았더니, 전호가 거느리는 적군(賊軍)은 절대로 멸시할 수 없는 강력한 군사들이며, 택주에는 전호 수하의 가짜 추밀 유문충(鈕文忠)이란 자가 지키고 있으며, 그의 부하 장상(張翔)·왕길(王吉)에게 병사 1만 명을 주어서 관하의 휘현을 공격케 하고, 또 심안(沈安)·진승(秦升)이란 자에게 병사 1만 명을 주어서 회주 관하의 무섭(武涉)을 공격케 하고 있다는 것이었다.

송강은 영채로 돌아와서 오용과 상의했다. 오용이 말했다.

"능천(陵川)은 개주의 요로이므로 능천을 먼저 치는 것이 좋을 것입니다. 그렇게 하면 두 현의 포위망도 저절로 풀릴 수 있습니다."

이때, 노준의가 말하였다.

"이 아우는 부재의 몸이지만, 병사를 거느리고 능천을 공격하고 싶습니다."

송강은 크게 기뻐하여 노준의에게 기병 1만 명과 보병 1백 명을 맡겨 주었다.

그 이튿날, 노준의는 병사를 거느리고 진격을 개시했으며, 송강은 오용과 지형이 험악한 이 지대에서 어떻게 용병(用兵)을 할 것인지, 그 점을 상의하고 있었다.

이때, 연청이 장전으로 나서면서 하는 말이 있었다.

"군사님! 지형에 관해서는 아무 걱정도 마십시오! 산천 형세(形勢)는 여기 이렇게 환하게 나타나 있습니다!"

그리고 둘둘 만 것 한 축을 꺼내서 상 위에 놓았다. 그것은 바로 삼진(三晋—山西, 河南, 河北) 지방의 산천, 지형을 세밀히 그린 그림이었다. 어디다 진을 치고, 어디다 복병을 시키면 좋다는 요점까지 상세히 적혀 있었다. 오용과 송강이 깜짝 놀라며 이 그림을 어디서 입수했느냐고 물었더니 연청이 대답했다.

"저번에 요나라를 격파하고 쌍림진까지 왔을 때, 허관충이란 사람을 만났는데, 그가 자기 집으로 데리고 가서 이 그림을 주었습니다. 그는 박학다재한 사람인데도 벼슬자리에 나가기 싫어하고 산속에 파묻혀서 세월을 보내고 있었습니다."

연청이 허관충에 관한 상세한 이야기를 송강에게 하니, 송강과 오용은 감탄하여 마지않았다.

"실로 훌륭한 마음씨를 가진 사람이로군!"

한편, 노준의는 군사를 거느리고 우선 황신과 손립에게 병사 3천을 거느리고 능주성 동쪽 5리 지점에 매복해 있게 하고, 사진과 양지에게도 똑같이 병사 3천 명을 주어서 능천의 성 서쪽 5리 지점에 매복해 있으라고 명령했다.

"오늘 밤, 오고(五鼓)가 울리거든, 말방울 소리를 죽이고 조용조용히 출발하시오. 우리는 내일 진격을 개시할 것이니까, 만약에 적군이 아무 준비도 없어서 우리 편이 쉽사리 성을 점령하게 되면, 남문에 깃발이 휘날리는 것을 확인하고 두령들은 일제히 병사를 거느리고 입성하시오. 적군에게 준비가 있을 때에는 포를 쏘아서 신호를 보낼 것이니, 양로(兩路)에서 일제히 싸움을 거들러 달려들도록 하시오."

노준의는 이튿날 새벽 오경 때, 곧장 능주성 밑까지 진격하여 군사를 3대로 갈라서 북을 울리며 도전했다.

성을 지키고 있던 파수병은 당황하여 수장 동징(董澄)과 부장 심기(沈驥)·경공(耿恭)에게 급보를 날렸다. 이 동징이란 자는 유문충 수하의 선봉장으로서 신장이 9척, 뚝심이 세어서 30근이나 되는 발풍도(潑風刀)를 잘 쓰는 놈이었다. 놈은 급보에 접하자 시급히 영채를 나와서 병사를 소집하고, 성 밖에서 적과 대결할 작정을 했다.

이때, 경공(耿恭)이 충고하였다.

"송강 일당은 대단한 영웅들이니 결코 얕잡아 봐서는 안 됩니다. 성을 든든히 지키면서 사람을 개주로 보내 구원병을 청하여, 안팎에서 협공을 해야만 승리할 수 있을 것입니다!"

그러나 동징은 그 충고를 끝까지 받아들이지 않고, 갑옷을 입고 칼을 휘두르며 심기와 함께 군사를 거느리고 성 밖으로 나가 대적하기로 했다. 그들 2,3천 명의 병사들이 성문을 활짝 열어젖히고 적교를 건너 섰을 때, 송강의 진지에서는 활을 쏘아서 그것을 가로막았다. 동징은 말을 멈추고 칼을 휘두르며 호통을 쳤다.

"수박(水泊)의 초구(草寇)놈들아! 목숨을 내던지려고 여기까지 왔단 말이냐?"

주동이 말을 달려나가며 대꾸했다.

"천병께서 도착하신 것이다! 냉큼 말을 내려 우리들의 도부(刀斧)를 더럽히지 않도록 해라!"

양군은 고함소리를 우렁차게 질렀다. 주동과 동징은 싸

움터 한복판으로 말을 달려나가 10여 합이나 대결했다. 주동이 말 머리를 돌려서 동쪽으로 도주하자 동징은 그 뒤를 추격했다. 동쪽 대열로부터 화영이 창을 휘두르며 달려나와서 동징과 싸우기를 30여 합. 그러나 승부가 나지 않자, 적교 근처에서 그 광경을 보고 있던 심기가 동징이 승리하기 어렵다고 간파하고, 점강창(點鋼鎗)을 휘두르며 말을 달려 덤벼들었다. 화영은 두 놈이 협공하려는 눈치를 알아채자, 말 머리를 돌려서 동쪽으로 달아났다. 동징과 심기는 놓치지 않으려고 그 뒤를 추격했다. 화영이 또다시 말 머리를 돌려서 두 놈과 대적했다.

경공이 성벽 위에서 군고를 울려서 싸움을 중지시키려고 했을 때, 송강 편에서 1대의 군마가 달려나왔다. 이규, 노지심, 포욱, 항충 등 10여 명의 두령이 적교를 향하여 쏜살같이 몰려들었다. 경공은 당황하여 성문을 닫으라고 호령했다. 이때 벌써 노지심과 이규는 성 안으로 달려 들어갔다. 노지심은 선장을 휘두르고 이규는 판부를 휘두르며 5,6명을 거꾸러뜨렸고, 포욱이 노도처럼 밀려 들어와서 성문을 빼앗으면서 적병을 무수히 찔러 죽여 버렸다.

경공은 형세가 불리하자, 황망히 성벽에서 뛰어내려 북쪽으로 도주하려고 했다. 그러나 보병들에게 쫓기다가 산 채로 붙잡히고 말았다.

동징과 심기는 화영과 싸우고 있는 판에, 적교 근처에서 고함소리가 일어나는 것을 듣고, 시급히 말 머리를 돌려 그곳으로 달려갔다. 화영은 놈들을 추격하지 않고 동징의 잔등이를 겨누고 화살을 쐈다. 마침내 동징은 화살을 맞고 두 다리를 허공으로 뻗친 채 말에서 거꾸로 박혀 떨어지고 말았다.

노준의가 병사를 몰고 덮쳐 들었다. 심기는 동평의 창에 찔려서 목숨을 끊었다. 능천의 군사들은 태반이 죽었고, 목숨이 붙은 자들도 뿔뿔이 흩어져서 도주했다.

여러 장수들은 군사를 거느리고 일제히 입성했다. 흑선풍 이규는 그때까지도 정신없이 적병을 무찌르고 있었는데, 노준의가 간신히 달래어 손을 멈추게 했다.

노준의는 급히 병사들에게 명령하여 남쪽 문에 깃발을 올리라고 했다. 양로의 복병들에게 알린 다음, 병사를 나누어서 성문을 각각 지키도록 했다. 얼마 안 되어서 황신, 손립, 사진, 양지가 거느리는 양로의 복병들이 일제히 도착하였다.

화영은 동징의 수급을 바치고 동평은 심기의 수급을 바쳤다. 포욱과 그밖의 몇 사람은 경공과 그 부하 몇 사람을 산 채로 잡아 가지고 끌고 왔다. 노선봉은 경공의 손을 잡고 빈객의 예의를 깍듯이 차려서 대면했다.

경공은 고두하면서 말하였다.

"황송하게도 목숨을 살려 주셨사오니 수하의 일개 병졸로서 용납해 주시기 바랍니다."

노준의는 크게 기뻐하여 납치되어 온 몇 명의 두목들에게도 술을 대접하고 백성들을 안심시키고 크게 주연을 베풀어 장병들을 위로해 주었다.

노준의가 경공에게 개주성 안의 병력에 관해서 묻자 경공이 대답했다.

"개주에는 유추밀이 대군을 거느리고 수비하고 있으며,

그 서쪽으로 양성(陽城)과 심평(沁平)이 있습니다. 고평현(高平縣)으로 말하면 이곳에서 불과 60리 떨어진 곳에 있으며, 성지는 한왕산(韓王山) 기슭에 있고 수장 장례(張禮)와 조능(趙能)이 2만의 병력을 거느리고 있습니다."

노선봉은 그 말을 듣자 경공에게 술잔을 내밀면서,

"장군! 이 잔을 들어 주시오! 오늘밤 장군이 꼭 공을 세워 주시기를 바라오. 결코 사양치 마시기 바라오!"

했다. 경공은 쾌히 승낙했다.

노준의는 크게 기뻐하여 투항한 6,7명의 두목들을 불러서 술과 음식을 대접하고 은전도 후하게 주었다. 이번에 공로를 세우면 일후에 중상(重賞)을 내리겠다고 약속했다.

노준의는 주연이 끝나자, 이규·포욱 등 일곱 명의 보병 두령과 백여 명의 보병들에게 능천 병사같이 변장을 하라 명령하고, 사진과 양지에게 5백 명의 기병을 딸려서 말방울 소리를 내지 말고 경공의 군사를 멀찌감치 떨어져서 뒤쫓아가도록 지시했다. 그리고 화영과 그밖의 몇몇 장수에게는 성을 지키고 있으라 명령하고, 자기는 친히 3천의 군사를 거느리고 후방으로부터 원호하기로 했다.

경공이 거느린 군사가 고평성(高平城) 남문 밖에 도착했을 때에는 날이 이미 저물었고, 성벽에서는 온통 깃발이 꽂혀 있으며 성 안으로부터 경고 소리가 요란스럽게 들려왔다.

경공은 성문 밑에 가서 소리를 질렀다.

"나는 능주 수장 경공이다. 병사 백 명을 거느리고 북문을 열고 간신히 도주해 왔으니 빨리 성 안으로 통과시켜라!"

성문의 파수병은 횃불을 비추어서 경공의 얼굴을 살펴보는 한편, 시급히 장례와 조능에게 연락을 취했다. 장례와 조능은 친히 성벽 위에 올라와 봤다. 장례가 성 밑에 있는 경공에게 소리를 질렀다.

"우리 편 군사 같기는 한데 좀더 확인하고 싶소!"

아무리 살펴보아도 분명히 능천의 경공이 백여 명의 병사를 거느리고 있었고, 성벽 위 병사들 가운데서는 성 아래에 있는 두목의 얼굴을 아는 자들이 있어서,

"저건 바로 손여호(孫如虎)인데!"

"저건 이금룡(李擒龍)인데!"

하고 알아보는 자들이 있었다. 장례는 웃으면서,

"통과시켜 줘라!"

하고 선선히 명령을 내렸다. 성문이 열리고 적교가 내려가게 되자 3,40명의 병사들이 적교 양편을 감시하면서 마침내 경공을 입성시켰다. 뒤따르던 병사들도 노도처럼 성 안으로 밀려들었다.

성문의 파수병이 대경실색하고,

"여기가 어딘 줄 알구 함부로 밀려드느냐?"

하고 고함을 지르며 옥신각신하고 있을 때, 별안간 한왕산(韓王山) 일각에 불길이 뻗쳐 오르며 1대의 군사가 뛰쳐 내달았다. 그것과 때를 같이해서 경공의 군사 속에 미리 섞여 있던 이규, 포욱, 항충, 이곤, 유당, 양웅, 석수 등 일곱 명의 호걸들이 각각 무기를 뽑아들고 고함을 지르며 앞장으로 나서니, 백여 명의 병사들도 일제히 성 안으로 돌격해 들어갔다.

성 안에 있던 군사들은 하도 창졸간에 닥친 일인지라, 미처 성문을 닫을 겨를도 없이 당황하여 어쩔 줄 몰랐다. 성문 안팎에 있던 저편 병사들은 당장에 10여 명이 거꾸러졌고, 드디어 성문을 빼앗기고 말았다.

장례는,

"아차! 속았구나!"

하면서 창을 휘두르며 성벽에서 아래로 뛰어내려서 경공을 찾았다.

그러나 공교롭게도 석수와 맞닥뜨리게 되어서 3,4합을 대결했지만, 장례는 이미 싸울 만한 의욕이 없어져서 창을 질질 끌면서 도주했다.

한편, 한왕산에서 내달은 군사들은 성 근처로 쇄도해 들어오자, 노도처럼 성 안으로 밀려들었다. 이것은 사진과 양지의 군대로서, 닥치는대로 북병(北兵)을 거꾸러뜨렸다. 이리하여 조능도 전란 속에서 전사해 버렸고, 고평성의 병사들은 태반이 거꾸러졌으며, 장례의 가족까지 모조리 피살되고 말았다.

성 안의 백성들은 졸지에 닥쳐드는 분란 때문에 울음소리, 아우성 소리가 하늘을 찔렀다. 얼마 안 되어서 노선봉은 병사를 거느리고 입성하여, 명령을 내려서 각 성문을 견고히 수비하게 하고 10여 명의 병사에게 각각 손을 나누어서,

"백성을 살해하지 말라!"

는 명령을 시급히 전달시키도록 했다.

날이 밝자 방문을 내붙여서 백성들을 진정시키고, 병사들에게 상을 내렸으며, 송선봉에게 사람을 급파하여 보고

케 했다.

어째서 노준의가 이다지도 빠르게, 이다지도 손쉽게 두 군데 성을 함락시킬 수 있게 되었느냐 하면, 그것은 전호 (田虎)란 자의 부하들이 오랫동안 제멋대로 날뛰고 감히 대적하는 사람이 없었기 때문에 관군을 얕잡아 보고, 또한 송강 이하 여러 장수들이 이다지도 용맹한 줄은 꿈에도 생각지 못했던 까닭이었다.

노준의는 이 틈을 타서 허를 찌르고 연거푸 두 성을 함 락시킨 것이니, 군사 오용이 노선봉은 이번 싸움에서 기필 코 공을 세울 수 있으리라고 예측한 소이가 여기 있었다.

이때, 송강의 군사는 위주성 밖에 주둔하고 있었다. 송 선봉이 영채에서 상의를 하고 있자니까, 돌연 노선봉에게 서 사람이 달려와서 보고를 하며, 앞으로 군사를 진격시킬 계책을 세워 달라고 했다. 송강은 크게 기뻐하면서 오용에 게 말했다.

"노선봉이 하루 동안에 연거푸 두 군데 성을 함락시켰 소. 적군은 간담이 써늘했을 것이오!"

이때 또 양로의 척후병이 달려들어서 보고했다.

"휘현(輝縣), 무섭(武涉) 두 성을 포위하고 있던 적군은 능천이 함락당한 것을 알자, 모두 포위망을 해산시키고 철 수했습니다!"

송강이 오용에게 말했다.

"군사의 계책은 정말 고금을 통해서 보기 드물게 훌륭한 것이었소!"

즉시 진지를 철수한 뒤 서쪽으로 진격을 개시하여 노선 봉과 합류한 다음 서로 상의하여 병사를 진격시키기로 했다. 이때 군사 오용이 말했다.

"위주는 왼편으로 맹문(孟門), 오른편으로 태행(太行)이 있고, 남쪽으로 황하에 임했으며, 서쪽으로는 상당(上黨)을 누르고 있어서 실로 중요한 지점이오. 만약에 적군이 우리가 서쪽으로 이동해 나가는 눈치를 채고 소덕(昭德)에서 군사를 몰고 남하해 온다면 우리 군사는 동서의 연락이 두절될 것이니 거기에 대한 대책을 세워야겠습니다." 하면서 즉각에 관승, 호연작, 공손승에게 병사 5천을 거느리고 위주를 방비케 하고, 다시 수군의 두령인 이준·장횡·장순·원씨 삼형제·동위·동맹에게 명령하여 수군의 전선을 거느리고 위하에 집결하여 성 안의 군사와 호응하여 적군에 대항하도록 했다. 이렇게 배치가 끝나자, 여러 장수들은 명령을 받고 각각 떠나갔다.

송강 이하 여러 장수들은 대군을 거느리고 당일로 진지를 철수하여 출발했는데 도중에는 별다른 사건도 없었고, 얼마 안 되어서 고평에 도착했다.

노준의와 그밖의 여러 두령들이 성 밖까지 나와서 영접했다. 송강이 말했다.

"여러분이 연거푸 두 군데 성을 함락시킨 공로는 실로 지대한 바 있소! 공적부에 세밀히 기입해 두겠소!"

노준의가 이번 싸움에 투항한 장수 경공을 데리고 와서 대면시켰다. 송강이 말했다.

"장군이 사(邪)를 버리고 정(正)에 돌아와 우리들과 힘을 합쳐서 국가를 위하여 일해 준다면, 조정에서도 반드시 중용(重用)해 주실 것이오!"

경공은 절을 하고 옆으로 비켜 섰다.

송강은 병사의 수효가 너무 많아서 입성하기 거북하여 그대로 성 밖에 진을 쳤다. 그리고 즉각 오용, 노준의와 대책을 상의했다.

"이제부터 어떤 주군을 공격하면 좋겠소?"

오용이 대답했다.

"개주는 산이 높고 계곡이 깊고 길이 험난하지만 이미 그 관하 현을 두 군데나 점령했으니 이제는 고립상태에 빠졌습니다. 그러니까 먼저 개주를 공격하여 적군의 세력을 분산시키고, 그러고 나서 병력을 둘로 나누어 가지고 협공을 가하면 위승도 함락시킬 수 있습니다."

"지당한 의견이시오! 나와 꼭 동감이오!"

송강은 이렇게 말하고, 시진·이응을 능천의 수비책임자로 보내고, 그 대신 화영 등 여섯 명의 장수를 측근으로 불러오기로 했고, 또 사진·목홍은 고평을 지키도록 했다. 시진 등 네 명은 명령을 받고 떠나갔다. 이때 몰우전 장청이 감기로 인해서 2,3일 고평에서 휴양하겠다고 하여, 송강은 즉각에 신의 안도전을 장청과 함께 고평으로 보내서 치료하도록 해주었다.

이튿날 화영이 도착했다. 송강은 화영·진명·색초·손립에게 병사 5천을 주어서 선봉으로 내세우고, 동평·양지·주동·사진·목홍·한도·팽기에게 병력 1만을 주어서 좌익을 삼고, 황신·임충·선찬·학사문·구붕·등비에게 1만을 주어서 우익을 삼고, 서녕·연순·마린·진달·양춘·양림·주통·이충을 후군으로 하고, 송강·노준의는 중군이 되어서 오로(五路)의 웅병이 개주로 노도처럼 밀려 들어갔다.

92 신전장군(神箭將軍)

振 軍 威 小 李 廣 神 箭
打 蓋 郡 智 多 星 密 籌

　송강은 군병인마(軍兵人馬)를 통령(統領)하고 5대로 갈라져서 출발하여 개주(蓋州)로 쳐들어갔다.

　개주의 초탐군인이 이런 사실을 탐지하고 비보(飛報)를 들고 성 안으로 달려 들어갔다. 성 안의 수장 유문충은 본래가 도둑놈 출신으로, 강호에서 강탈한 금은재물을 모조리 전호(田虎)의 자금으로 바쳐서 반란을 공모하여 송조(宋朝)의 주군을 점령하고 있었기 때문에 관에서는 추밀사라는 직위를 봉해 주었다. 삼첨양인도를 잘 쓰는 명수요, 무예가 출중하며, 사위장(四威將)이라 일컫는 맹장 네 명을 부하로 거느리고 그들과 협력하여 개주를 진수(鎭守)하고 있었다.

　그 네 명의 장수는 예위장(猊威將) 방경(方瓊), 비위장(貔威將) 안사영(安士榮), 표위장(彪威將) 저형(褚亨), 능위장(能威將) 우옥린(于玉麟)이었고, 이들 밑에는 각각 4명씩, 도합 16명의 편장(偏將)들이 있는데 그들은 곧 양단(楊端), 곽신(郭信), 소길(蘇吉), 장상(張翔), 방순(方順), 심안(沈安), 노원(盧元), 왕길(王吉), 석경(石敬), 진승(秦升), 막진(莫眞), 혁인(赫仁), 조홍(曹洪), 석손(石遜), 상영(桑英)이라는 장수들이었다.

유문충은 이밖에도 3만 명의 북병(北兵)을 거느리고 개주를 점령하고 있었는데, 능주와 고평이 함락되었다는 보고를 받자 곧 정장 방경과 그의 편장인 양단·곽신·소길·장상에게 병력 5천을 주어서 성 밖으로 나가서 적과 대결하게 했다.

방경은 네 편장을 거느리고, 머리에는 권운관(倦雲冠)을 쓰고, 용린갑(龍鱗甲)을 걸치고 녹금포(綠錦袍)를 입고, 허리에는 사만대(獅蠻帶)를 띠고, 발에는 말록화(抹綠靴)를 신고, 황종마(黃驄馬)를 타고 혼철창(渾鐵鎗)을 휘두르며 동문 밖 진두에 나서서 도전했다.

송군의 진지에서는 손립이 먼저 내달아서 방경에게 덤벼들었다. 30여 합을 싸우자 방경이 맥이 빠지게 되니 북군의 진지에서 장상이 내달아 손립에게 활을 쐈지만 손립은 교묘하게 화살을 피하고, 이편에서는 신비장(神臂將) 화영이 그 귀신 같은 화살로 방경을 겨누고 쏘았다. 방경은 화영의 화살을 정통으로 맞고 말 위에 거꾸로 처박혀 떨어지고 말았다. 손립이 달려들어서 창으로 찔러 죽여 버렸다.

한편, 장상과 겨루게 되자 진명은 낭아곤으로 장상의 대갈통만 노리고 쫓아다녔는데, 장상은 방경이 말에서 거꾸로 처박히는 것을 보자 맥이 빠졌다. 북군의 진지에서 곽신이 싸움을 거들려고 달려와 진명은 두 장수를 혼자 대적하며 잘 싸우고 있었는데, 화영이 다시 두 번째 화살로 장상의 등덜미를 정통으로 맞혀서 거꾸러뜨렸다.

곽신은 장상이 죽는 것을 보자, 말 머리를 돌려서 뺑소니쳤고, 손립·화영·색초는 병사들을 거느리고 적진을 향하여 돌진해 들어갔다. 북병은 극도의 혼란을 일으켰고, 양단·곽신·소길 등은 도저히 막아낼 도리가 없어서 시급히 후방으로 철수했다.

이때, 북군의 후방에서는 고함소리가 천지를 진동했다. 유문충이 방경의 신변을 걱정하여 안사영·우옥린에게 각각 5천의 병력을 주어서 습격하게 한 것이다.

이편에서는 화영 등 네 장수가 대적했으나, 양단·곽신·소길이 병사를 돌려서 역습해 왔기 때문에 3면으로 포위를 당하여 궁지에 빠졌다.

이때, 동쪽에서 하늘을 무찌르는 고함소리가 들렸다. 북군은 또다시 극도의 혼란에 빠졌다. 왼편에서는 동평 등 7명의 장수, 오른편에서는 황신 등 7명의 장수, 이 좌우 양익의 군사들이 노도처럼 쳐들어오니 북군은 대패하여 무수한 사상자를 냈다.

안사영과 우옥린은 병사를 거느리고 이리 몰리고 저리 피하면서 간신히 성 안으로 도주했다. 송군이 성 밑까지 쳐들어가니, 성벽 위에서는 뇌목(擂木), 포석(砲石)을 빗발처럼 퍼부었다. 송군은 그제야 군사를 뒤로 물렸다.

얼마 안 되어서 송선봉의 대군이 도착하여, 성 밖 5리 지점에 진을 쳤다. 송강은 장(帳)에 나와 소양을 시켜서 화영의 제일 큰 공로를 기록해 두게 했다. 이때, 난데없는 일진의 괴풍이 일더니 흙을 날리고 먼지를 뿌렸다. 오용이 말하였다.

"이 괴풍은 오늘 밤에 적군이 우리 영채를 습격할 징조이니 빨리 준비를 해야겠습니다."

송강도 그것이 심상치 않은 바람이라 생각하고 즉각에 구붕·등비·연순·마린 등에게 명령하여 병력 3천을 거느리고 진지 왼편에 매복해 있게 하고, 왕영·진달·양춘·이충에게도 병력 3천을 주어서 진지 오른편에 매복해 있게 했다. 또 노지심·무송·이규·포욱·항충·이곤 등에게 병력 5백을 주어서 산중에 숨어 있게 하고, 포성을 신호로 일제히 뛰쳐나오라고 지시했다. 이렇게 배치가 끝나자 송강은 오용과 등불을 밝히고 싸움에 관한 의견을 교환하고 있었다.

한편, 유문충은 세 장수를 잃고 나서 병사를 점검해 보니 2천여 명이나 상실했다. 장중에서 답답한 시간을 보내고 있을 때, 비위장 안사영이 계책을 제공했다.

"은상께서는 안심하십시오. 송강 일당은 몇 번 싸움에서 이겼대서 기고만장하여 대단한 준비를 하고 있지 않을 것입니다. 오늘 밤에 이 안사영이 1대의 군사를 거느리고 적의 영채를 습격하면 반드시 승리를 거두고 어젯날의 원수를 갚을 수 있을 것입니다."

"장군이 출전해 준다면 나도 친히 군사를 거느리고 싸움을 거들러 나가겠소. 우(于)·저(褚) 두 장군은 성지를 잘 지켜 주기 바라오."

유추밀이 이렇게 말하자, 안사영은 크게 기뻐하여 밤 이경이 되자 편장 심안·노원·왕길·석경과 함께 병력 5천을 거느리고, 말방울 소리를 죽이고 성 밖으로 나서 곧장 송군의 진지로 쳐들어갔다.

그러나 진문은 열어젖혀져 있고, 진중에는 불이 훤하게 밝혀져 있었다. 안사영은 계책에 빠진 줄 알고 돌아서려고 했으나, 그 순간에 송강의 진지로부터 포성이 요란하게 일어나더니 왼편에서 연순 등 네 장수, 오른편에서 왕영 등 네 장수가 일제히 덤벼들었고, 진중으로부터 이규 등 6명의 장수가 만패(蠻牌) 보병(步兵)을 거느리고 달려들었다. 북군은 대패하여 도주했고, 심안은 무송의 계도에, 왕길은 왕영의 손에 목숨을 빼앗기고 말았다. 송군은 안사영·노원·석경의 군사를 포위하고 궁지로 몰아넣었는데, 이때 유문충이 편장 조홍·석손과 함께 군사를 거느리고 싸움을 거들러 달려와서 일대 혼전을 전개한 끝에, 양군은 각각 군사를 뒤로 물렸다. 그 이튿날 유문충이 군사를 점검해 보니, 1천여 명을 또 상실했다. 그리고 심안, 왕길 두 장수가 전사했고, 석손은 중상을 입고 생명이 경각에 달린 형편이었다. 답답한 마음 어찌할 바를 모르고 있는 판에 위승으로부터 전호의 사람이 영지를 가지고 왔는데, 최후까지 성지를 사수하라는 명령이었다.

유문충이 말했다.

"송나라 조정에서는 송강 일당의 군사를 파견하여 싸우게 해가지고 연거푸 두 군데 성을 격파했고, 이미 이곳에까지 쳐들어올 기세입니다. 어제 싸움에서는 정장과 편장 5명이 전사했습니다. 시급히 원군이 도착되어야만 마음을 놓을 수 있을 것입니다."

전호가 보낸 사신이 대답했다.

"소생이 위승을 떠났을 적에는 아직 그런 소식은 듣지 못했습니다. 도중에야 비로소 송조가 군사를 파견하여 쳐들어온다는 소문을 들었을 뿐입니다."

유문충은 주연을 베풀어 사신을 대접하고 예물을 주는

한편 뇌목(擂木), 포석(砲石), 강궁(强弓), 경노(硬弩), 화전(火箭), 화기(火器)를 준비해 가지고 성벽 주변을 지키면서 원군이 도착하기를 기다리고 있었다.

한편, 연순·왕영과 그밖의 여러 장수들은 진지를 습격해 온 적군을 무찔러 승리를 거두고 진지로 돌아왔는데, 그 이튿날 송강은 명령을 내려서 분온기계(轒輼機械)라는 무기를 정비해서 성을 공격할 준비를 하라고 했다.

그리고 임충·색초·선찬·학사문에게 병력 1만을 주어서 동문을 공격케 하고, 서녕·진명·한도·팽기에게는 병력 1만을 주어서 남문을 공격케 하고, 단정규·위정국에게는 병력 1만을 주어서 서문을 공격케 하고, 북문만을 그대로 남겨 두었다. 원군이 쳐들어왔을 때 양면으로 적의 공격을 받게 될 것을 생각하고 시진·주동·목홍·마린에게 병력 5천을 주어서 성 서북쪽 밀림 속에 매복해 있다가 적의 원군이 쳐들어올 때에 양면에서 협공을 가하도록 했다.

또 화영, 장청, 왕영, 손신, 이립에게는 마병(馬兵) 1천 명을 주어서 유기군(遊騎軍)이 되어 네 군데 성문을 빙빙 돌며 정찰케 하였다. 이날 포욱, 항충, 유당, 뇌횡에게는 보병 3백 명을 주어서 화영과 호응하면서 행동하도록 했다.

송강은 노준의·오용과 함께 본채를 성 동방 1리 지점으로 이동시키고, 이운·탕륭에게 명령하여 운제비루(雲梯飛樓)를 마련케 해서 그것을 진영으로 운반해다가 사용하도록 했다.

임충 등 네 장수는 성 동쪽에서 운제비루를 세우고 성벽으로 가까이 진출하여, 경첩(經捷)한 몸차림을 한 군사들을 비루(飛樓) 위로 올려 보냈다. 그러나 비루로 막 올라가는 순간에 성 안으로부터 고함소리가 천지를 진동하더니, 화전(火箭)이 빗발치듯 쏟아져서 병사들이 몸을 돌이킬 틈도 없이 비루는 불에 타고 허물어져 떨어져 죽은 병사가 5,6명이나 되고 부상자가 10여 명이나 났다. 서쪽, 남쪽 두 군데 공격도 똑같이 화전, 화포의 습격 때문에 병사들이 중상을 입고 여의치 못해서 6,7일 동안은 공격을 할 수 없게 됐다.

송강은 성의 공격이 순조롭지 않자, 노준의·오용과 함께 남문성 밑으로 가서 싸움을 최독(催督)하고 있었으며, 화영 등 다섯 장수들은 유기병(遊騎兵)을 거느리고 서쪽에서 동쪽으로 초탐(哨探)하며 건너왔다. 이때 성루에서는 우옥린이 편장 양단·곽신과 함께 병사를 지휘하며 수비하고 있었는데, 양단은 화영이 차츰차츰 성루로 접근해 오는 것을 보자,

"지난 번에는 저놈 때문에 우리 편 두 장수가 연거푸 전사했다. 오늘은 그 원수를 갚고야 말겠다."

하면서 시급히 화살을 재어 가지고 화영의 앙가슴을 겨누고 쐈다. 화영은 재빨리 눈치채고 화살이 날아드는 순간 몸을 뒤로 젖히고 손을 뻗어 그 화살을 덥석 움켜잡고 입에다 물고, 왼손으로 활을 잡자 양단을 겨누고 쐈다. 화살은 양단의 인후(咽喉)에 명중하여서 땅바닥에 나뒹굴고 말았다. 화영이 연거푸 성루에다 대고 활을 쏘려고 하니 우옥린과 곽신은 당황하여 어쩔 줄 몰랐다. 화영이 조롱하

였다.

"오늘이야말로 이 신전장군의 솜씨를 알아봤느냐?"

이리하여 화영 등 여러 장수들은 송강, 노준의, 오용과 함께 성벽을 정찰하고 진지로 돌아갔다. 오용은 임천에서 항복한 장수 경공을 불러서 개주성 안의 통로를 물었다. 경공이 대답했다.

"유문충은 구주(舊州)를 원수부(元帥府)로 만들었는데, 성 맨 가운데에 있습니다. 성 북쪽에는 몇 군데 묘우(廟宇)가 있고, 빈터는 모조리 말의 풀먹이땅[草場]이 되어 있습니다."

오용은 그 말을 듣자 송강과 계책을 상의하고, 곧 시천과 석수를 앞으로 불러서 넌지시 속삭이었다.

"여차여차하게 계획대로, 화영의 군전(軍前)으로 가서 명령을 비밀리에 전달하고 기회를 엿보아서 거사하도록 하시오."

다시 능진, 해진, 해보에게 2백 명의 병사를 딸려서 굉천(轟天), 자모(子母)라고 하는 대소 호포(號砲)를 가지고 가서 여차여차하라고 명령을 내렸다.

또, 노지심과 무송에게 금고수(金鼓手) 3백 명을 딸려 주고, 유당·양웅·욱보사·단경주에게는 각각 병사 2백 명씩을 딸려서 횃불을 마련해 가지고 동·서·남 세 방면으로 흐트러져서 계책대로 거사하라고 지시했다.

그리고 대종을 동·서·남 세 군데 진지로 보내어, 성 안에서 불길이 치밀어 오르는 것을 확인하는 즉시 전력을 다해서 성을 공격하라는 밀령(密令)을 전달시키게 했다.

이렇게 모든 수배가 끝나자, 여러 두령들은 명령을 받

고 각각 떠나갔다.

한편, 유문충은 초조한 나날을 보내면서 원군을 기다렸으나 통 소식이 없어서 성벽을 사수하는 데만 전력을 기울이고 있었는데, 어느 날 저녁때 북문 밖에서 고함소리가 천지를 진동하고 금고와 뿔피리 소리가 요란스럽게 들려왔다. 급히 북문으로 달려가 성벽 위에 올라가 봤더니, 고함소리도 고각(鼓角) 소리도 뚝 끊겨 무슨 군사의 짓인지 알 수가 없었다.

이상하다 생각하고 있을 때, 이번에는 성 남쪽에서 고함소리가 일어나고 금고가 요란스럽게 울렸다. 유문충은 우옥린에게 북문을 사수하라 명령하고 친히 성 남쪽으로 달려가 봤더니, 역시 고함소리도 금고 소리도 뚝 끊어져 버렸다.

유문충이 말했다.

"놈들은 의병지계(疑兵之計)를 쓰고 있는 것이니 아는 체할 게 없다. 우리 편에서는 성만 든든히 지키면서 놈들의 동정을 살피기로 하자!"

이때, 홀연 보고가 날아들었다.

"동문에서 화광이 충천하는데 횃불의 수효는 알 수 없습니다. 비루운제를 성벽에 바싹 들이대고 있습니다."

유문충은 성 동쪽으로 달려가서 조홍·석경·진승과 함께 병사를 최독(催督)하여 화전과 포석을 퍼붓고 있었는데, 돌연 한 방의 화포(火砲) 소리가 천지를 진동하며 성루(城樓)를 뒤흔들었다.

성 안의 군민들은 당황해서 어쩔 줄 몰랐다. 이렇게 이

틀 밤을 초조히 지내고 다시 날이 밝자, 송군은 또 성으로 쳐들어왔다. 병사들은 한시도 눈을 붙일 수 없었다. 유문충 역시 잠시도 쉬지 못하고 성 안을 순찰했다.

이때, 난데없이 서북쪽에서 정기(旌旗)가 하늘을 뒤덮고 동남쪽으로 몰려나가며 송군 가운데서 10여 기(騎)의 척후병이 쏜살같이 본채로 달려가는 것이 바라다보였다. 유문충은 그것이 원군이 도착한 것인 줄 알고 우옥린을 시켜서 성 밖으로 나가서 영접할 준비를 하라고 했다.

서북쪽에서 나타난 1대의 군마라는 것은 진녕(晋寧)의 수장 전호의 아우 삼대왕(三大王) 전표(田彪)가 개주에서 구원을 청하는 공문을 받고, 즉각에 부하의 맹장 봉상(鳳翔)과 왕원(王遠)에게 병력 2만을 주어서 구원하려 떠나보낸 군사들이었다.

그 군사들이 개주성 밖 10여 리 지점에 도착했을 때, 산기슭 밀림 속으로부터 사진, 주동, 목홍, 마린, 황신, 손립, 구붕, 등비 등 8명의 맹장과 1만 명의 웅병(雄兵)이 뛰쳐나와서 덤벼들었다.

진녕의 병사들은 2만 명이나 되었지만, 먼 곳에서 오느라 피로했고, 10여 일 동안이나 대기하고 있던 군사들의 협공에는 견딜 도리가 없었다. 진녕의 군사들은 대패하여 절반 이상이 전사했으며, 봉상과 왕원은 패잔병과 두목을 거느리고 목숨만 남아서 진녕으로 되돌아갔다.

유문충이 시급히 우옥린을 시켜서 병사를 거느리고 싸움을 거들러 북문 밖으로 내보냈을 때에는, 이미 거기에는 공격할 만한 아무 병사도 없었다. 우옥린이 병사를 거느리고 성을 나와서 적교를 건너서는 순간 화영의 유격병이 서쪽에서 달려들어 맞닥뜨리게 되었다.

북군의 병사들이 고함을 질렀다.

"신전장군이 나타났다!"

당황해서 성 안으로 뺑소니를 쳤고, 우옥린도 감히 대적하지 못하고 역시 성 안으로 몸을 피했다. 화영은 20여 명의 적병을 무찔러 버리고 그 이상 성 안으로 추격하지는 않았다. 성 안에서는 급히 문을 닫아 버렸다. 이 틈을 타서 석수와 시천은 북군(北軍)의 몸차림을 하고 재빨리 성 안으로 한데 휩쓸려 들어갔다.

두 사람이 좁은 골목길로 빠져 나와 저편 길로 꼬부라지자니, 거기에는 한 군데 신사(神祠)가 있고 그 패액에는 '당경토지신사(唐境土地神祠)'라고 씌어 있었다. 그리고 도인(道人) 한 사람이 동쪽 벽밑에서 불을 쬐고 있었다.

두 병사 차림을 한 석수와 시천이 가까이 가자 그 도인은 싸움의 형편이 어떻게 되어가느냐고 물었다. 석수와 시천이 대답하였다.

"조금 전에 우리들은 우장군을 따라서 싸움터에 나갔는데, 저 신전장군과 맞닥뜨리게 되어서 우장군도 감히 대적하지 못하고, 우리들도 여기까지 쫓겨온 길이오. 마련해 둔 술이라도 있으시면 우리들에게 한 잔씩만 마시게 해주시오. 추워서 견딜 수가 없으니…."

하면서 은전 몇 닢을 꺼내 도인에게 주었다.

그 도인이 껄껄껄껄 웃으며 말하였다.

"모르시는 말씀이오. 요즘 군정(軍情)이 긴급하여 신도(神道)의 향화(香火)도 통 구경할 수 없으니 술이라곤 한 방울도 살 수 없소!"

하면서 은전을 시천에게 도로 돌려보냈다.

석수가 도인의 손을 밀쳐 버리며 말하였다.

"이것은 받아 두었다가 쓰시오. 우리들은 성벽을 지키느라고 매일 너무 힘이 들어서 한시도 잠을 잘 수가 없소. 오늘 밤에는 여기서 좀 쉬도록 해주시오. 내일 아침 일찍 돌아갈 터이니…."

도인은 손을 흔들었다.

"언짢게 생각지 마시오. 유장군의 군령이 엄긴(嚴緊)하여 얼마 안 있으면 조사를 나올 것이오. 만약에 내가 두 분을 여기서 쉬시게 한다면 피차간에 마음 편치 않은 일이 될 것이오."

"그렇다면 다른 곳으로 가야겠군!"

시천이 이렇게 말하고 있을 때 석수는 도인 옆으로 바싹 대들어서 그와 같이 불을 쬐고 있었다. 시천은 옆에 인기척이 없는 것을 확인하자 석수에게 찡끗 눈짓을 해보였다. 석수는 곧 패도를 뽑아들었다. 도인은 아무것도 모르고 불만 쬐고 있었다.

석수는 도인의 뒤에서 일도로 그의 목을 내리쳐 버렸다. 신사 문에는 빗장을 질러 버렸다.

그때는 벌써 땅거미가 다가들 무렵이었다.

시천이 주방 뒤꼍에 있는 벽으로 돌아 들어가 봤더니, 거기에는 한 군데 조그만 문이 있고 문 밖에는 뜨락이 있으며, 처마밑에는 잡초가 두 군데 산더미처럼 쌓여 있었다.

시천과 석수는 잡초를 옮겨다가 도인의 시체를 덮어 버리고, 신사 문을 열고 뜨락을 지나서 지붕 꼭대기로 기어 올라갔다. 석가래 틈에 몸을 숨기고 하늘을 쳐다보니 뭇별이 반짝거렸다.

시천과 석수는 그대로 잠시 시간을 보내고 나서 다시 지붕 꼭대기에서 미끄러져 내려와 신사 밖으로 나가서 동정을 살펴보니 지나가는 사람의 인기척이라곤 통 없었다.

둘이서 발소리를 죽이고 몇 걸음인지 걸어가서 사방을 살펴보니, 근처에는 몇 채인지 인가가 있는데, 문은 조용히 닫혔으며 사람의 울음소리만 들려나왔다.

시천은 다시 남쪽으로 살금살금 걸어가서 담을 끼고 꼬부라졌다. 거기는 텅빈 터전이며 마른 풀이 산더미처럼 수십 군데나 쌓여 있었다.

시천이 빙그레 웃었다.

"흐음! 여기가 말먹이풀을 저장하는 곳이군! 그런데 파수병이 없는 건 무슨 까닭일까!"

그러나 사실인즉, 성 안에 있는 장수들은 성벽 방비에 눈코뜰 사이가 없어서 감시할 만한 겨를이 없었고, 파수병들은 송군이 구원병을 무찔러 버렸다는 소식에 성 안은 이미 어찌할 도리가 없다고 단념하고, 각자 자기 목숨이 소중해서 재빨리 뺑소니쳐 버렸던 것이다.

시천과 석수는 다시 신사로 돌아가서 불씨를 만들어 가지고 도인의 시체를 덮은 잡초에 불을 지르고, 다시 말먹이풀을 두는 빈터로 살짝 들어가서 둘이 손을 나누어서 연거푸 일곱여덟 군데에 불을 질러 버렸다.

얼마 안 되어서 빈터에서는 불길이 치밀어 올라서 하늘을 무찌를 것만 같았다. 신사까지 불붙고 말았다. 말먹이풀을 두는 빈터 서쪽에 살고 있던 백성이 불이 났다는 것을 알아차리고 횃불을 밝혀 가지고 동정을 살피러 나왔다.

시천은 후닥닥 뛰어 내달아서 횃불을 가로채 버렸다. 석수가 말했다.

"자아, 우리들은 유원수님께 알려 드리러 가자!"

백성은 두 사람이 병사인 것을 알자 뭐라고 말할 수도 없었다. 시천은 횃불을 빼앗아 가지고 석수와 함께 남쪽으로 달음질치면서 소리를 질렀다.

"원수님께 알려 드리러 간다!"

두 서너 군데 민가를 발견하자 거기에도 불을 질러 버렸다. 그리고 나서는 횃불을 집어 던지고 옆길로 숨어서 북군의 군복을 벗고 인기척이 없는 곳으로 몸을 피했다.

성 안에서는 네댓 군데나 불길이 치밀어 오르는 것을 보자 당장에 일대 혼란이 일어났다. 유문충은 말먹이풀을 두는 빈터에 불이 난 것을 알자, 시급히 군사를 거느리고 불을 끄러 달려갔다. 성 밖에서는 성 안에서 불이 난 것을 보자, 시천과 석수가 내응한 줄 알아차리고 전력을 다하여 총공격을 개시했다. 송강과 오용은 해진, 해보를 데리고 성 남쪽으로 달려갔다. 오용이 말하기를,

"지난번에 내가 살펴봤더니 저편 성벽이 좀 나지막합디다!"

하고 즉각에 진명에게 명령하여 비루를 그쪽 성벽으로 가깝게 이동해 갔다. 그리고 해진, 해보에게 말했다.

"적군은 간담이 써늘해졌고, 병사들은 지칠 대로 지쳤다. 자아, 기운을 내어 성벽으로 기어 올라가 주시오!"

해진은 박도를 차고 여장(女墻)으로 기어 올라가서 껑충 뛰어서 성 위로 올라갔다. 그리고 해보와 함께 고함을

지르며 성 아래로 뛰어내려 마구 무찔렀다. 성벽에 있던 적군의 병사들은 당황하여 일제히 성벽 아래로 뛰어내렸다.

저형(褚亨)은 두 사람이 성벽 위로 올라온 것을 보자, 창을 휘두르며 10여 합이나 대응했지만 해보의 박도에 찔려서 죽고 말았다. 해진이 달려들어서 그의 모가지까지 베어 버렸다.

이때 송나라 병사들은 비루를 넘어서서 성벽으로 기어오른 사람이 백여 명이나 더 되었다. 해진과 해보는 그 선두에 서서 성벽 아래로 무찔러 내려와서 고함을 질렀다.

"이놈들! 덤비기만 하면 모조리 고깃덩어리를 만들어 버리고 말 테다!"

석경, 진승마저 찔러죽이고 파수병을 무찔러 성문을 빼앗고 적교를 내려놓았다. 서녕과 한도는 군사를 거느리고 동편 문으로 쳐들어갔다. 안사영은 견디다 못해서 서녕에게 찔려 죽었고 성문을 빼앗겨서, 임충과 그밖의 여러 장수들이 노도같이 성 안으로 밀려들었다. 진명·팽기는 서문을 빼앗아서 동평을 입성시켰고, 막진·혁인·조홍은 전란통에 전사해 버렸다. 유문충은 2백여 명의 병사를 거느리고 우옥린과 함께 북문 밖으로 뺑소니를 쳤다. 1리 길도 못 가서 난데없이 흑선풍 이규와 화화장 노지심이 어둠 속으로부터 뛰쳐나와서 앞길을 가로막았다. 유문충과 우옥린의 목숨은 어찌될 것인지?

93 꿈은 통쾌했다

李 逵 夢 鬧 天 池
宋 江 兵 分 兩 路

　유문충은 개주가 이미 함락되었다는 것을 알자, 어찌할
도리가 없었다. 성을 탈출하여 우옥린, 곽신, 석손, 상영
등에게 호위되어서 뺑소니를 치다가 이규와 노지심이 거
느리는 1대의 보병과 맞닥뜨려서 앞길을 가로막힌 것이었
다.
　이규가 목청이 터지도록 외쳤다.
　"우리들은 송선봉의 명령을 받들고, 네 놈들이 쫓겨올
줄 알고 오랫동안 기다리고 있었다!"
　두 자루의 판부를 휘두르며 덤벼들어서 단숨에 곽신과
상영을 찍어 죽였다. 유문충은 대경실색하여 넋이 다 빠져
가지고 손을 쓸 겨를도 없었다. 노지심의 선장이 일격을
가하자, 쓰고 있는 투구와 함께 대갈통이 깨져서 말 위에
서 굴러떨어졌다. 2백여 명의 병사들이 몰살을 당했다. 우
옥린과 석손만이 간신히 옆길로 빠져 나와서 생명을 건져
가지고 도주했다.
　노지심이 소리쳤다.
　"저 두 놈은 목숨을 살려 주어서 전호에게 알리도록 내
버려 두지!"
　수급 2개를 잘라 가지고, 안마(鞍馬)와 회갑(盔甲)을

탈취해 가지고 그것을 바치려고 성 안으로 달려갔다.

한편, 송강은 본대를 거느리고 개주에 입성하자 즉각에 명령을 내려서 불을 끄게 하고 백성을 살해하지 말도록 했다. 여러 장수들은 저마다 공적을 보고했다.

또 병사에게 명령하여 날이 밝자 방문을 내붙여 백성들을 안무하고, 전군의 병사를 개주성 안에 총집결시켜서 위로해 주었다. 공적부에는 석수, 시천, 해진, 해보의 공훈을 기록하고, 또 상주문을 작성해서 개주를 점령한 사실을 조정에 보고하고, 부고의 재백금보를 모조리 경사로 운반하는 한편 숙태위에게 공문을 띄워서 이런 뜻을 전달했다.

설달도 저물어 갈 무렵.

송강은 군무를 처리하면서 2,3일을 보내고 있었는데, 뜻밖에도 보고가 날아들었다.

"장청이 병이 완쾌되어서 안도전과 함께 지시를 받으려고 왔습니다."

송강은 크게 기뻐하였다.

"그거 참 잘됐군! 내일은 선화(宣和) 5년 정월 초하루 아침인데, 여러 사람들이 모두 만날 수 있겠군!"

이튿날 새벽에 공복을 입고 관을 쓰고 멀리 궁궐을 향하여 조하의 절을 했다. 그것이 끝나자 공복과 관을 벗고 다시 홍금전포(紅錦戰袍)를 입고, 92명의 두령과 새로 참가한 항장(降將) 경공(耿恭)은 질서정연히 늘어서서 신년을 축하하고 송강에게 절을 했다. 송선봉은 성대한 주연을 베풀어서 경사스러운 새해를 축하했다.

호걸들은 모두 술잔을 송강에게 권해서 장수를 빌었다. 술이 몇 순배 돌아갔을 때 송강이 이렇게 말했다.

"여러분의 힘으로 국가는 세 군데 성을 탈환할 수 있었고, 정월 초하루의 경사스러운 날을 맞아 함께 즐길 수 있게 되었소! 단지 공손승·호연작·관승, 그리고 수군의 두령들인 이준 이하 여덟 명과, 능천을 지키고 있는 시진·이응, 고평을 지키고 있는 사진·목홍, 이 열다섯 형제들이 이 자리에 나오지 못한 것을 심히 유감스럽게 생각하오!"

그리고 즉시 군중의 두목들을 불러내어서 2백여 명의 병졸을 딸려 주고 각각 특별한 상을 내리고, 그날 중으로 양고기와 술을 떠메고 가서 위주·능천·고평 세 군데서 성을 지키고 있는 두령들에게 전달하도록 했다.

이런 분부를 하고 있는 판에, 돌연 보고가 또 날아들었다.

"세 군데 성을 지키는 두령들이 사람을 보내서 축하의 뜻을 표시해 왔습니다. 선봉의 명령을 받고 군무에 종사하는 몸이라 축하의 인사를 여쭈러 가지 못하니 양해하시기 바란다고 합니다."

송강이 크게 기뻐하며 말하였다.

"그런 소식이 왔으면 만나본 것이나 진배없소!"

심부름 온 사람을 상을 주어 위로해 주고, 여러 호걸들과 마음껏 술이 취해서 자리에 누웠다.

이튿날, 송선봉은 만반의 준비를 갖추어 가지고 동쪽 교외로 나가서 봄을 맞이했다. 이날 자시 정사각(正四刻)이 바로 입춘의 절후였기 때문에 밤에는 동북풍이 불고 짙은 구름이 하늘을 빽빽하게 덮었고 분분양양(紛紛洋洋)하게 진종일 눈이 퍼부었다.

이튿날 아침에 일어나서 쌓인 눈을 바라다보며 지문성(地文星) 소양이 이렇게 말했다.

"눈에는 여러 가지 종류가 있는데, 일편(一片)으로 된 것은 봉아(蜂兒), 이편(二片)으로 된 것은 아모(鵝毛), 삼편(三片)으로 된 것은 찬삼(攢三), 사편(四片)으로 된 것은 취사(聚四), 오편(五片)으로 된 것은 매화(梅花), 육편(六片)으로 된 것은 육출(六出)이라 하오. 눈이란 것은 본래 음기가 얼어붙어서 이루어진 것이니까 육출이란 것이 음수(陰數)에 들어맞지만, 입춘이 지난 뒤부터는 모두 매화 꽃잎 같은 여러 가지 형상으로 변해서 5편까지는 없어져 버리는 것이오. 지금이 바로 입춘이지만 겨울과 봄의 중간에 끼어서 눈도 5편도 되고 6편도 되고 하는 것이오."

낙화가 그 말을 듣더니, 즉시 추녀 밑으로 나가서 검정빛 소맷자락으로 내리는 눈송이를 받아 봤다. 과연 그 눈송이는 바로 육출이긴 한데 그 일출(一出)이 완전히 나타나 있지 않았다. 또 다소 모가 져 있기도 하고, 그 가운데는 오출로 된 것도 있었다. 낙화는,

"그거 정말 그렇군!"

하고 소리를 질렀다. 여러 사람들이 왁자지껄 모여들고 있을 때, 이규가 호되게 내뿜는 콧김 때문에 눈이 녹아 버리고 말았다. 여러 사람들은 와―하고 웃음을 터뜨렸다. 송선봉이 깜짝 놀라서 뛰어 내달으며 물었다.

"여러분, 뭣을 그렇게 웃고 계시오?"

"눈을 들여다보고 있는데 흑선풍의 콧김 때문에 녹아 버렸습니다."

여러 사람이 이렇게 대답하니, 송선봉도 웃음을 금치

못했다. 그리고 이렇게 말했다.

"의춘포(宜春圃)에 술을 마련해 놓았으니 여러분, 함께 가서 한잔 마십시다."

의춘포란 이 주(州) 동쪽에 있는데, 그 가운데 우향정(雨香亭)이란 정자가 있고, 그 앞으로는 전나무·잣나무·소나무·매화나무가 여러 그루 무성해 있었다. 그날 저녁에 여러 호걸들은 우향정에서 떠들고 웃고 하면서 술잔을 주고받고 했는데, 어느 틈에 날이 캄캄해지고 등잔불이 켜졌다.

송강은 술좌석이 한창 어울려 들어갈 때 이런 이야기를 했다.

"옛날에 고난에 빠졌을 적에는 여러 형제들의 신세를 많이 졌소. 나는 본래가 운성현(鄆城縣)의 소리(小吏)의 몸으로서 대죄를 범했는데, 여러 형제들이 천창만도(千鎗萬刀) 속에서, 구사일생 속에서 누차 생사를 헤아리지 않고 나를 구출해 주셨소. 강주에서 대종형과 함께 사형장으로 끌려 나갔을 때에는 꼼짝 못하고 저세상의 귀신이 되는 도리밖에 없었는데, 오늘날에는 국가의 신하가 되어 나라를 위하여 힘쓰고 있으니, 과거지사를 회상하면 정말 꿈속에 있는 것만 같소!"

송강의 눈에서는 눈물이 줄줄 흘러내렸다. 대종·화영, 그리고 고난을 같이 겪은 몇 사람의 호걸도 송강의 말을 듣자 똑같이 눈물을 흘렸다.

이규는 그때 술이 마냥 취해 가지고 여러 사람들과 이야기를 하면서 두 눈이 꿈벅꿈벅 감겨 가고 있었다. 어느 틈엔지 두 팔에다 얼굴을 파묻고 잠이 들어 버렸다.

퍼뜩, 뭣을 생각했는지 혼자 중얼거린다.

"밖에는 아직도 눈이 오고 있나?"

마음으로 그렇게 생각하면서도, 몸은 통 움직여지질 않았다. 그런데도 마치 정자 밖으로 나와 있는 것 같은 기분이었다.

밖을 바라다보니 이상하게도 눈이 통 내리지 않은 것 같았다.

"다른 사람들은 모두 정자 안에 앉아 있는 게 좋을 거야! 나는 저편으로 슬슬 건너갔다가 와야겠는걸!"

이규는 의춘포를 뒤로 하고 순식간에 성 밖으로 나왔다. 퍼뜩 머리에 떠오르는 생각이 있었다.

"판부를 가지고 있어야 했을 것을 깜빡 잊어버렸구나!"

혼자 중얼거리면서 허리춤을 더듬어 봤더니 판부는 틀림없이 거기 꽂혀 있었다.

방향이 어떻게 되는지 분간도 못하고 닥치는대로 줄달음질을 쳤다. 얼마를 나왔는지 알 수 없으나, 높은 산이 바라다보였다.

이규는 또 순식간에 그 산기슭까지 달려갔다. 바라보니 산속 깊숙한 곳에서 어떤 남자가 한 사람 걸어나왔다. 머리에는 모가 비뚤어진 두건(頭巾)을 썼고, 몸에는 담황색(淡黃色) 도포를 입은 선비 차림의 사나이가 싱글싱글 웃으며 이편으로 걸어오면서 말하는 것이었다.

"장군! 산보를 하시려면 이 산을 돌아서 저편으로 가보시오. 근사한 곳이 있을 테니."

이규가 말하였다.

“형장, 이 산의 이름을 뭐라고 부르오?”

그 선비가 대답하였다.

“이 산은 천지령(天池嶺)이라고 부르오. 장군, 산보를 다하시고 돌아가는 길에 우리 여기서 다시 만나십시다.”

이규는 그 선비의 말대로 산을 돌아서 저편으로 갔다. 길 옆에 집이 한 채 있는 것이 퍼뜩 눈에 띄었다. 그 집 안에서는 일대 소동이 일어난 모양이었다.

이규가 뚜벅뚜벅 걸어서 집 안으로 들어섰더니, 거기에는 10여 명의 장정 녀석들이 저마다 몽둥이와 연장을 휘두르며 상이건 의자건 가장집물을 엉망진창으로 두드려 부수고 있었다.

그 중에 체구가 거창하게 생긴 녀석이 호통을 쳤다.

“이 늙은 것아! 딸년을 선선히 내 여편네를 삼도록 내놓아라! 그렇게 한다면 무사하겠지만, 싫단 말을 한 마디라도 한다면, 온 집안사람을 몰살해 버릴 테다!”

이규는 밖에서 뛰어 들어간 판에 난데없이 그 말을 듣자, 울화통이 터져서 입으로 연기가 뻗쳐오를 지경이었다.

대뜸 호통을 쳤다.

“이 못된 놈들아! 어째서 남의 집 딸을 강제로 내어노라고 하느냐?”

그 장정 녀석들도 소리를 질렀다.

“우리가 이 늙은이의 딸을 달라고 하기로소니 네 놈이 무슨 상관이란 말이냐?”

이규는 대로하여 판부를 뽑아 들고 찍으려고 덤벼들었다. 그런데 이상한 일이었다. 판부를 한 번 휘두르기만 했는데, 어느 틈엔지 두서너 놈이 거꾸러져 버렸다.

　나머지 몇 놈들은 도망을 쳤다.

　그러나 이규는 놈들을 뒤쫓아가서 연거푸 일곱여덟 번이나 판부를 휘둘러서 7,8명을 찍어 버리고, 주위에 시체가 즐비하게 만들어 놓았다. 단지 한 놈이 용하게 빠져나와 밖으로 뺑소니쳐 버렸다.

　이규는 다시 집 안으로 뛰어 들어가 봤다.

　두 짝으로 된 문이 단단히 잠겨 있었다. 이규는 발길로 걸어차서 단숨에 열어 버렸다. 안으로 들어서 보니 거기에는 백발노인 한 사람이 노파와 같이 엉엉 울고 있었다. 그들은 이규가 달려드는 것을 보자 소리를 질렀다.

　"인제 마지막이구나! 여기까지 좇아 들어왔으니…."

　이규가 소리를 질렀다.

　"나는 길을 지나다가 분한 일을 보고 달려든 사람이오! 밖에 있던 그 못된 놈들은 내가 깡그리 죽여 버렸소! 나를 따라 나와 보시오!"

　그 노인은 전전긍긍, 이규를 따라 나와서 즐비한 시체를 바라보더니, 덥석 이규를 움켜잡으며 말하였다.

　"흉악한 놈들을 없애 버리기는 했다지만, 반드시 내가 누를 입고 관청에 끌려갈 판이니 어찌하면 좋겠소?"

　이규가 웃으면서 말하였다.

　"이 노인도 이 흑(黑)서방님을 몰라보시는군! 나는 양산박의 흑선풍 이규요! 이번에 송공명 형님과 조정의 명령을 받들고 전호를 토벌하려고 왔소. 우리 일행은 성 안에서 술을 마시고 있는데, 나는 심심해서 산보를 나온 길이오. 그 따위 시시한 놈들을 몇 놈 죽였기로서니 그까짓 게 겁날 까닭이 있겠소?"

노인이 그제야 눈물을 씻으면서 말하였다.

"그렇다면 참 잘됐군! 장군, 안으로 좀 들어와 앉으시오!"

이규가 안으로 들어가니 거기에는 어느 틈엔지 술상이 차려 놓여 있었다. 노인은 이규의 손을 잡아서 상좌에 앉히고 술잔을 가득히 부어서 이규에게 두 손으로 올리면서 말했다.

"장군 덕분에 내 딸이 목숨을 건졌습니다. 이 한 잔 술을 들어 주시오!"

이규가 잔을 받아 단숨에 들이켜니 노인은 연거푸 잔을 권했다. 이렇게 쉴새없이 네댓 잔을 마시고 났을 때, 처음에 울고 있던 노파가 젊은 여자 하나를 데리고 나오더니 두 손을 맞잡아서 날아갈 듯 절을 하고, 그 노파가 말하였다.

"장군께서는 송선봉님의 아래에 계신 분이시고 그렇게도 용맹하신 분이시니, 과히 꺼려하시지만 않으신다면, 못생긴 딸이나마 장군과 짝지어 드리고 싶습니다."

이규는 그 말을 듣자 펄쩍 뛰었다.

"이렇게 지저분하고 못생긴 계집아이를? 내가 당신의 딸이 탐이 나서 놈들을 때려죽인 줄 아시오? 입을 닥쳐 두시고 시시한 수작은 하지 마시오!"

상을 발길로 걷어차 버리고 문밖으로 뛰쳐나왔다.

저편에서 호랑이같이 무시무시하게 생긴 사나이 하나가 손에 박도를 움켜잡고 달려들었다.

"이 껌둥이 도둑 녀석아! 꼼짝 말고 게 있거라! 조금 전에는 우리 형제들을 함부로 죽여 버렸는데, 우리가 이 집

딸을 달라는 일에 네 놈이 무슨 상관이란 말이냐?”
하면서 호통을 치고 박도를 휘두르며 덤벼들었다.
　이규는 격분해서 판부를 휘두르며 그놈과 대결했다. 20
여 합을 싸우고 나자, 그 사나이는 이규의 판부를 슬쩍 피
해 버리고 박도를 손에 든 채 뺑소니를 쳐버렸다. 이규는
그놈의 뒤를 바싹 쫓아갔다.
　어떤 숲을 꿰뚫고 나섰더니 뜻밖에도 몇 채의 궁전(宮
殿)이 바라다보였다.
　그 사나이는 궁전 앞에까지 도망치자, 박도를 동댕이치
고 사람들 틈으로 휩쓸려 들어가서 어디론지 종적을 감춰
버렸다.
　이때, 궁전 안으로부터 호통을 치는 소리가 들렸다.
　“이규! 무례한 짓을 해선 못쓴다. 저자를 배알시키도록
해라!”
　이규는 그제야 퍼뜩 깨닫는 바가 있었다.
　‘여기가 바로 문덕전(文德殿)이었나! 예전에 우리 송형
과 함께 배알을 한 일이 있었지.’
　“여기는 황제님께서 계시는 곳이다!”
　전상(殿上)에서 또 말소리가 들렸다.
　“이규! 빨리 꿇어앉아라!”
　이규는 판부를 집어넣고 앞으로 나서서 고개를 쳐들고
바라다보았다. 황제는 멀리 전상에 앉아 있었다.
　수많은 관원들이 전전(殿前)에 늘어서 있었다. 이규는
단정한 태도로 황제를 향해 삼배의 절을 했다. 그는 퍼뜩
생각했다.
　‘아차! 일배(一拜)를 했어야 할 것을 잘못했구나!’

천자가 물었다.

"얼마 전에 그대는 어째서 수많은 사람들을 죽였는고!"

이규는 꿇어앉은 채 대답했다.

"놈들이 강제로 남의 딸을 빼앗으려고 하기 때문에 소생이 일시 격분을 참지 못하고 죽여 버리게 된 것입니다."

천자가 또 말하였다.

"이규는 못마땅한 일을 보고 간당(奸黨)들을 없애 버렸다. 의용(義勇)이 가상할 만하다! 그대의 무죄를 선언하고 치전장군(値殿將軍)의 자리를 주겠다."

이규가 내심 기뻐서 어쩔 줄 모르고 생각한다.

'황제는 정말 무슨 일이나 잘 아시는군!'

연거푸 열 차례나 머리가 땅에 닿도록 절을 하고 일어서서 전하에 서 있었다.

얼마 안 있다가, 채경·동관·양전·고구 넷이서 꿇어앉아서 계주하였다.

"현재, 송강은 군사를 거느리고 전호를 토벌하려고 왔습니다만, 한 군데 머물러서 진격하지 않고 진종일 술만 마시고 있사오니 황제께서 치죄하시기 바라옵니다!"

이규는 그 말을 듣자 분노가 불길처럼 치밀어 올라서 견딜 수 없었다. 도저히 그대로 참을 수 없었다. 두 자루의 판부를 움켜잡고 뛰쳐나서 단숨에 하나하나 목을 잘라 버리고 큰 소리로 호통을 쳤다.

"황제께 아룁니다. 이 따위 적신들의 말을 들으시면 안 됩니다. 저희들의 송형은 연거푸 세 군데나 성을 함락시켰으며, 방금 또다시 군사를 진격케 하려고 하는 중인데 어째서 이놈들이, 이런 터무니없는 거짓을 여쭙는 것입니까?"

여러 문무관원들은 네 사람의 목이 달아난 것을 보자 일제히 덤벼들어서 이규를 붙잡으려고 했지만, 이규는 두 자루의 판부를 움켜잡고 호통을 쳤다.

"나를 감히 잡을 놈이 있으면 얼마든지 덤벼라! 네 놈들도 이 네 놈처럼 목이 달아나고 말 것이다!"

여러 사람들은 감히 손을 대지 못했다. 이규가 또 통쾌하게 웃어젖히며 말하였다.

"신바람나는 일이다! 네 놈의 적신들을 이제야 처치해 버렸으니…. 자, 빨리 가서 우리 송형에게 알려 드려야겠다!"

뚜벅뚜벅 걸어서 궁전 밖으로 나왔다. 그랬더니 또다시 난데없이 산이 바라다보였다. 그 산을 자세히 살펴보니 그것은 바로 얼마 전에 서생을 만났던 곳이요, 그 서생이 언덕 위에 우뚝 서 있었다. 그는 이쪽으로 걸어오면서 웃는 낯으로 말했다.

"장군! 재미나게 노셨습니까?"

"내 말을 좀 들어 보시오! 나는 네 놈의 적신을 모조리 죽여 버렸소!"

그 서생이 여전히 웃으며 말하였다.

"아! 그런 굉장한 일을 하셨군요! 소생은 분심(汾沁) 땅에 살고 있는 사람으로 근자에 이곳까지 놀러 왔다가 장군님들의 충의지심(忠義之心)을 알게 되었습니다. 장군께 말씀드리고 싶은 중대한 일이 한 가지 있습니다. 현재 송선봉께서는 전호를 토벌하려고 하시는데, 거기에는 한 가지 비결이 있습니다. 장군께서는 이것을 잘 기억하셨다가 송선봉께 알려 드리도록 하십시오!"
　이렇게 말하면서 이규를 향하여 노래를 부르듯이 연거푸 대여섯 차례나 외었다.

　전호족을 쳐부수려면(要夷田虎族)
　반드시 경시촉과 친해야 한다(須諧瓊矢鏃)

　이규는 일리가 있는 말이라 생각하고 자기도 10여 차례나 그 말을 외어 봤다.
　그 서생이 다시 숲속을 가리키면서 말하였다.
　"저것 보시오! 저기 숲속에 노파가 한 사람 앉아 있습니다."
　이규가 훌쩍 뒤를 돌아다 봤더니 그 서생은 이미 간 곳이 없었다. 이규는,
　"날쌔게도 달아나 버리는 친구로군! 어쨌든 숲속으로 들어가 보기로 하자!"
고 중얼거리면서 숲속으로 깊숙이 들어가 보니, 과연 노파 하나가 거기 앉아 있었다. 이규가 가까이 가서 자세히 살펴보니, 그것은 자기의 모친이 정신없이 두 눈을 감고 시퍼런 바윗돌 위에 앉아 있는 것이었다. 이규는 달려들어서 모친을 부둥켜 안았다.
　"어머니, 그후에 얼마나 고생을 하셨습니까? 저는 어머니께서 호랑이에게 잡아먹혀 버리신 줄로만 알고 있었더니 여기서 이렇게 만나뵙게 될 줄야!"
　이규의 모친이 말했다.
　"나는 호랑이에게 잡아먹힌 기억이 없다."

이규가 울면서 말했다.

"어머니, 저는 이번에 관가의 용서를 받고 벼슬을 하게 됐습니다. 송형의 대군이 지금 성 안에 모여 있으니 제가 어머님을 업어 모시고 가겠습니다."

이런 이야기를 하고 있을 때, 어디선지 짐승의 울부짖는 소리가 들려오더니, 또 한 마리의 사납게 생긴 호랑이가 으르렁거리며 꼬리를 치고 덤벼들었다.

이규는 당황해서 선뜻 판부를 움켜잡고 호랑이에게로 쳐들어갔는데, 어찌나 힘을 썼던지 두 자루의 판부가 허공을 찌르고 의춘포 우향정 술상을 내리치고 말았다.

과거지사를 이야기하고 있던 송강과 그밖의 여러 사람들은 그제야 이규가 술상 한모퉁이에 엎드려서 쿨쿨 잠을 자고 있는 것을 발견했다.

대수롭게 여기지도 않고 있는 판인데, 이규가 별안간 큰 소리를 지르며 두 손으로 술상을 두들겨서 접시와 그릇들을 뒤엎어 엉망진창으로 만들어 버렸다.

"어머니! 호랑이는 달아났습니다!"

두 눈을 번쩍 떠보니 불빛이 휘황찬란하고 여러 사람들이 여전히 술을 마시고 있었다. 이규가 말하였다.

"이런 빌어먹을! 꿈이었구나! 어쨌든 통쾌한 일이었다!"

이규가 꿈이야기를 자세하게 하니 모든 사람이 통쾌하다고 박수갈채를 했다. 이규는 그 서생이 노래처럼 외어준 전호를 격파할 수 있는 비결이란 것을 송강에게 그대로 전해 주었지만, 송강도 오용도 그것이 무슨 의미인지 통 알 수가 없었다.

옆에 있던 안도전이 경시촉이란 말을 듣자 뭣인지 말하

려고 했을 때, 장청이 눈짓을 해서 그것을 가로막아 버렸다. 안도전은 빙그레 웃으면서 입을 다물고 말았다. 오용이 말하였다.

"그거 참 심히 괴상한 꿈인걸! 눈이 그치면 곧 진격을 개시하기로 합시다!"

날이 밝자, 그렇게 퍼붓던 눈도 그쳤다.

송강은 영채로 나와서 노준의·오학구와 상의한 결과, 군사를 두 갈래로 갈라 가지고 동·서 양면으로 진격을 개시하기로 했다.

정선봉 송강이 거느릴 정·부 장령은 군사 오용을 선두로 도합 47명.

부선봉 노준의가 거느릴 정·부 장령은 군사 주무를 선두로 도합 40명.

송강은 군사의 편성을 끝내자, 다시 노준의와 상의했다.

"이제, 여기서 군사를 두 갈래로 갈라 가지고 동·서 양면으로 진격을 개시하겠는데, 아우님은 어떤 편을 맡으시겠소?"

노준의는 송강의 명령대로 하겠다고 했지만, 송강은 천의(天意)에 따르기 위해서 제비를 뽑자고 주장했다.

배선이 곧 동·서 두 개의 제비를 만들었다.

94 환마군(幻魔君)

關 勝 義 降 三 將
李 逵 莽 陷 衆 人

　제비를 뽑은 결과, 송강은 동로군(東路軍)을 맡게 되었고, 노준의는 서로군(西路軍)을 맡게 되었다.

　이리하여 송강의 군사가 결국 개주에서 동서 두 갈래로 갈라져서 화영·동평·시은·두흥 등의 장사를 남겨 두고 출진할 준비를 서두르고 있을 때, 돌연 보고가 날아들었다.

　그것은 개주의 속현으로 되어 있는 양성(陽城)·심수(沁水) 두 고장의 군민들이 전호의 박해에 못 이겨 투항하고 있었으나, 이번에 천병이 토벌을 나왔다는 것을 알고 양성의 수장(守將) 구부(寇孚)와 심수의 수장 진개(陳凱)를 붙잡아서 결박하고 두 현의 장로들이 주민을 거느리고 성을 자진해서 바치러 왔다는 것이었다.

　송강은 크게 기뻐하여 주민들을 위로해 주고, 구부와 진개 두 수장을 천병이 온 것을 알고도 성문을 열지 않았다는 죄로 목을 잘라 버렸다.

　양로의 대군은 마침내 북문으로부터 출진을 개시하였다.

　송강이 노준의에게 당부한다.

　"양성과 심수의 백성들이 뜻밖에도 자진해서 성문을 열

어 주었으니 이 두 고장은 이미 완전히 평정된 것이나 다름없소! 노장군은 즉각에 장구(長驅)하여 진녕으로 쳐들어가 주시오. 큰 공로를 세우시고 적군의 두목 전호를 붙잡아서 조정의 은혜에 보답하도록 하십시다!"

송강은 소양에게 명령하여 허관충의 도화(圖畵) 한 축을 따로 묘사케 해서 노준의에게 주어서 요긴하게 쓰라고 했다.

송강은 동로군을 다시 3대로 나누었다.

임충·색초·서녕·장청 등은 병력 1만을 거느리고 전군이 되고, 손립·주동·연순·마린·단정규·위정국·탕륭·이운 등은 병력 1만 명을 거느리고 후군이 되고, 송강과 오용은 나머지 장사와 3만의 병력을 거느리고 중군을 맡게 되어서, 도합 5만의 병력이 동북방을 향하고 출발했다.

화영·동평·시은·두흥 등은 송강과 노준의를 전송하고 성 안으로 돌아왔다. 화영은 명령을 내려서 성 북방 5리쯤 되는 지점에 두 군데 영채를 구축하고, 시은·두흥에게 각각 병력 5천을 주어서 각종 무기를 갖추어 가지고 적의 공세를 막아내도록 했다.

한편, 고평에는 사진·목홍, 능천에는 이응·시진, 위주에는 공손일청과 관승·호연작이 각각 수비를 담당하고 있었다.

송선봉이 거느리는 3대의 군마가 30리쯤 행군을 계속했을 때, 송강이 말 위에서 바라보니 앞으로 한군데 산이 나타났다. 산기슭까지 가까이 가서 자세히 살펴보니 그 산은 어딘지 모르게 보통 산과는 다른 점이 있어 보였다.

별안간 이규가 달려들더니 손가락으로 가리키며 말하였다.

"형님, 이 산은 내가 얼마 전에 꿈에서 본 것과 똑같은데…."

송강이 즉각에 항장 경공을 불러서 물어 봤다. 그 산은 바로 이규가 꿈에서 본 산이름과 똑같은 천지령이라는 것이었다. 그리고 산꼭대기의 방위가 성벽같이 되어 있어서 옛날 사람들이 여기서 병란을 피하였다고 했다.

또 그 고장 사람들이 전하는 말을 들어 보면 이 천지령에서는 괴상한 일이 많이 일어나는데, 밤이면 바위 틈으로부터 새빨간 광채가 발사되고, 바위돌 가까이 가면 괴상한 냄새가 난다는 것이었다.

송강이 말하였다.

"그렇다면 이규의 꿈하고 꼭 들어맞는걸!"

그날은 60리쯤 행군을 계속하고 쉬었으며, 며칠 후에 호관(壺關) 남쪽에 도착하여 관외(關外) 5리쯤 되는 지점에 진을 쳤다.

호관이란 산 동쪽 기슭에 있는데 그 형상이 병과 같았다. 한나라 시대에 처음으로 이곳에 관을 두게 되었고, 호관이라고 부르게 되었다. 이 산 동쪽으로 포독산(抱犢山)이 있는데, 호관산과 기슭이 인접해 있었다.

호관은 바로 이 두 산 틈에 끼여 있는 요새지대이고, 산 위에는 전호의 맹장 8명과 정병 3만 명이 지키고 있었으니, 그 8명의 맹장이란 다음과 같았다.

산사기(山士奇), 육휘(陸輝), 사정(史定), 오성(吳成), 중량(仲良), 운종무(雲宗武), 오숙(伍肅), 축경(竺敬).

산사기란 자는 본래 심주 부호의 자제로서 거창한 체력을 지녔고 창봉에 능했는데, 살인죄를 범하고 그것을 피하기 위해서 전호의 부하로 투신한 자였다. 병마도감이라는 벼슬자리를 임의로 맡아 가지고 40근이나 되는 무거운 혼철봉(渾鐵棒)을 잘 쓰기로 유명하며 무예 전반에 능통한 자였다.

송강의 군사가 관외(關外) 5리 지점까지 쳐들어왔다는 보고를 받자 산사기는 기병 1만 명을 정비해 가지고, 사정·축경·중량 등과 함께 무장을 갖추고 말을 달려 관문 밖으로 나서서 송강의 군사와 대치했다.

산사기가 진두에 나서서 도전하자, 송강의 편에서는 표자두 임충이 말을 달려 진두에 나서서 대결했다. 50여 합을 싸웠으나 승부가 나지 않았다.

산사기가 힘이 부치는 눈치가 보이자, 저편에서는 축경이 싸움을 거들러 달려나왔고 이편에서는 몰우전 장청이 달려나와서 사기(四騎)가 백열전을 전개했다.

장청은 축경과 30여 합을 싸우다가 힘이 부쳐서 말 머리를 돌려서 달아났고, 축경이 그것을 뒤쫓았다.

그러나 다음 순간에, 장청은 금대 속에서 조약돌을 꺼내어 몸을 비틀면서 축경의 콧등을 후려갈겼다. 축경은 유혈이 낭자해 가지고 말 위에서 굴러떨어지고 말았다.

장청이 말 머리를 돌려서 축경을 찔러 죽이려 했으나, 저편에서 사정·중량이 덤벼들어서 결사적으로 축경을 구출해 냈다.

관문 위에서는 산사기의 신변이 위태로울까 하여 즉각에 금고를 울려 군사를 철수시켰으며, 송강도 금고를 울려서 싸움을 중지하고 군사들을 진지로 철수시키고 오용과 상의했다.

이튿날, 임충과 장청은 5천의 병력을 거느리고 관문 밑에 가서 깃발을 휘두르고 북을 울리며 점심때가 되도록 도전했지만, 관문 위에서는 아무런 반응이 없었다.

군사를 거느리고 되돌아서려고 했을 때, 별안간 관문이 열리며 산사기가 오숙·사정·오성·중량 등과 병력 2만을 거느리고 뛰쳐나와서 맹공을 가했다.

이편에서는 후군에 있던 색초와 서녕이 군사를 거느리고 싸움터에 나섰다.

양군의 병사들은 일제히 고함을 지르며 일대 혼전이 벌어졌을 때, 별안간 표자두 임충이 벽력같이 소리를 지르며 창으로 오숙을 찔러서 말 위에서 땅바닥으로 거꾸러뜨리고 말았다.

오성과 사정 둘이서는 색초 하나를 감당해내지 못하고 쩔쩔매던 판이었는데, 오숙마저 말 위에서 나뒹굴어 떨어지는 것을 보자, 사정은 갑자기 말 머리를 돌려서 자기 진지로 뺑소니를 쳤다. 그것을 보고 역시 도주하려던 오성은 색초의 판부에 대갈통이 두 쪽으로 깨져서 거꾸러지고 말았다.

두 장수를 잃어버리자, 산사기도 말 머리를 돌려 도주했다. 장청이 추격해 가서 조약돌을 날렸으나, 조약돌은 산사기의 머리 뒤통수를 치고 쨍하는 투구의 소리가 들릴 뿐이었다.

산사기는 겁을 집어먹고 안장에 배를 깔고 도주했다. 중량이 당황하여 군사를 이끌고 관문 안으로 도주하려고 했을 때, 임충이 거느리는 군사들이 노도처럼 밀려들어서 북군은 대패하고 말았다.

산사기는 관문 안으로 도주하여 문을 잠가 버렸고, 임충은 관문 밑까지 쳐들어갔으나 화살과 투석이 빗발치듯 해서 격파하지 못하고 있을 때, 별안간,

"앗!"

하는 소리와 함께 한 자루의 화살이 날아 들어서 임충의 왼편 팔에 꽂혔다.

임충은 진지로 돌아갔고, 송강은 안도전을 불러서 임충의 상처를 치료케 했다. 다행히 갑옷이 두꺼워서 상처는 대단하지 않았다.

산사기는 이번 싸움에 두 장수를 잃었을 뿐만 아니라, 병사도 2천여 명이나 상실하고 말았다. 그는 어쩔 도리가 없어서 전호에게 부하를 파견하여 송강의 군사가 강하여 용이하게 대적하기 어려움을 호소하고, 양장(良將)을 더 파견해 달라고 애원했다. 또 한편으로는 포독산의 수장인 당빈(唐斌)·문중용(文仲容)·최야(崔埜) 등과 밀약을 하고 날짜를 작정해서, 포독산 동쪽으로부터 나와서 호포(號砲)를 신호로 일제히 송강의 군사에게 공격을 가하자는 궁리를 하고 있었다.

이러는 판에 송강에게는 관승에게서 한 통의 밀서가 날아들었다.

그 내용인즉, 포독산의 채주 당빈이란 사람은 본래가 포동(蒲東)의 군관으로서 용감하고 강직한 사람인데, 관승 자기와 오래 전부터 의형제를 맺고 있는 사이여서 송강의 충의를 흠모한 지 오래이고, 이제 천조(天祖)에 귀순

하여 송강의 휘하에 가담하고 싶어하는 사람이며, 문중용·최야 두 사람까지 귀순시킬 자신이 생겨서 기회를 보아 관을 바치겠다고 했으니 그리 알고 있으라는 것이었다.

송강은 그 편지를 다 보고 나서, 저편 관내의 동정만 살피며, 당빈이 호응해 올 기회만 노리고 있었다.

그럭저럭 10여 일을 쌍방이 대치상태로 지내고 난 어느 날, 당빈은 산사기에게 와서 이렇게 말했다.

"오늘 밤, 삼경 때쯤 문중용과 최야가 병력 1만을 거느리고 포독산의 동쪽으로 송강의 군사를 들이칠 것이니, 이편에서도 관문 밖으로 군사를 동원하여 호응하여 주시기 바랍니다."

그와 동시에 저편 관문 위에서는 한 자루의 화살이 날아들어 송강의 병사 오른편 넓적다리에 명중했다. 좀 아프기는 했으나 이상하다 생각하고 화살을 살펴보았더니, 활촉은 박혀 있지 않고 화살 끝에 비단 헝겊이 친친 감겨져 있었다.

송강이 그것을 풀어 봤다. 거기에는 관을 송선봉에게 바치겠다는 당빈의 깨알 같은 글자가 씌어 있었다. 즉, 호포를 신호로 행동을 개시해서 관을 탈취할 것이니 송선봉도 시급히 만반의 준비를 갖추라는 것이었다.

산사기는 결국 당빈의 꾀에 넘어가고 말았다. 사정과 병력 1만을 거느리고 관문 밖으로 쳐나오다가 송군이 거느리는 대군에게 몰려서 관으로 되돌아갔을 때에는, 이미 거기는 당빈이 버티고 서서 호통을 쳤다.

"당빈이 예 있다! 호관은 이미 송조(宋朝)의 것이다! 산사기! 빨리 말을 내려 항복하라!"

당빈은 창을 휘두르자마자 재빠르게도 축경을 찔러 죽여 버렸다. 산사기는 대경실색, 어쩔 줄 모르며 불과 수십 기를 거느리고 서쪽으로 도주해 버리고 말았다.

임충과 장청은 산사기의 뒤를 쫓지 않았다. 이규 일행의 보군(步軍)이 날쌔게 관의 수비병들을 물리쳐 버리고 호관을 완전히 점령했다.

중량은 전란통에 죽었으며, 사정은 서녕의 손에 죽고 말았다.

송강의 대군이 입관(入關)하게 되자 당빈은 꿇어앉아 정중하게 인사를 드렸고, 송강도 그를 부축해 일으켜서 그의 위대한 공로를 치하해 주었다.

손립과 그밖의 여러 장수들이 문중용, 최야와 함께 양로의 군사를 거느리고 관 밖에서 지령이 내리기를 기다리고 있었다.

송강은 문·최 두 장수를 관내로 불러들여서 인사를 나누고, 손립으로 하여금 군사를 거느리고 관외에 그대로 주둔하고 있게 했다.

송강이 크게 기뻐하며, 문·최 두 장수에게 말하였다.

"장군들이 협력하여 이 관을 탈취하는 데 성공한 공로는 실로 훌륭한 것이었소! 공적부에 일일이 명백하게 기록해 둘 것을 약속하오!"

즉시 주연을 베풀고 당빈과 문중용, 최야 세 장수들을 위하여 축배를 높이 들었다.

한편, 관 안팎의 병사를 점검해 보니, 투항해 온 병력이 2만여 명, 나포한 전마가 1천여 필이었다.

송선봉은 정중하게 여러 장수들의 공로를 위로해 주고

성대한 축하연을 베풀었다.

송강은 당빈에게 소덕성(昭德城) 안의 장병 수효를 물었다. 당빈의 말에 의하면 성 안에는 본래 3만 명의 병사가 있었는데, 산사기가 1만 명을 뽑아내서 관의 수비를 담당시켰기 때문에 현재 성 안의 병력은 2만, 다음과 같은 정부(正副) 장령 10명이 있다는 것이었다.

손기(孫琪)·섭성(葉聲)·금정(金鼎)·황월(黃鉞)·냉녕(冷寧)·대미(戴美)·옹규(翁奎)·양춘(楊春)·우경(牛庚)·채택(蔡澤).

당빈은, 전호가 이번에 호관을 빼앗긴 것은 한편 팔을 잃어버린 셈이니 이제 소덕만 완전 점령하면 그를 굴복시킬 수 있을 것이라 하며, 선봉이 되어서 항장 경공과 함께 토벌에 나서겠다고 했다.

송강은 포독산에 오래 있던 문중용과 최야를 다시 포독산으로 보내어 그곳을 단단히 지키도록 명령하고, 그들을 떠나 보낸 다음 군사 오용과 소덕 공략의 군사편성을 끝내고 소덕성 남방 10리쯤 되는 지점까지 진격하여 진을 쳤다.

한편, 전호는 호관·진녕 두 고장이 위급에 직면해 있다는 보고를 받고, 구원병을 파견할 것을 협의하고 있었다.

이때, 반중으로부터 황관을 쓰고 학창(鶴氅)을 입은 장정 하나가 앞으로 나서면서 말했다.

"대왕께 아룁니다. 소생이 호관에 가서 적군을 격퇴시키겠습니다!"

이자는 교열(喬冽)이라는 자로서 섬서성(陝西省) 경원

(涇原) 사람이었다. 여덟 살 때부터 능히 창봉을 쓸 줄 알았고, 공동산(崆峒山)에 놀러갔을 때 이인(異人)을 만나 환술(幻術)이란 것을 배워서, 능히 바람을 일으키고 비를 불러내며 구름과 안개를 타고 허공을 날 수도 있다는 놀라운 인물이어서, 세상 사람들은 그를 환마군(幻魔軍)이라는 별명으로 불렀다.

언젠가 한번 안정주(安定州)라는 고장에 갔었는데, 마침 그 고장에는 가뭄이 심해서 다섯 달 동안이나 비 한 방울도 구경하지 못했다는 것이었다. 주관(州官)은 방문을 내걸어서 기우(祈雨)를 해서 비가 오게 하는 자에게는 상금 3천 관을 주겠다고 했다.

교열은 당장에 그 방문을 찢어 버리고, 높은 단에 올라서서 주문을 외어 비가 주룩주룩 퍼붓게 했다. 그러나 주관은 비가 시원스럽게 퍼붓는 데만 정신을 팔고 상금에 관한 일을 잊어버리고 있었다.

그런데 이 고장에 망나니 서생 하재(何才)란 자가 있어서 주의 고리(庫吏—출납관리)와 친하게 지내고 있었는데, 이 상금에 관한 일을 냄새 맡고, 고리를 사주하여 상금의 절반을 주리들에게 바치고, 나머지를 고리와 짜고 슬쩍 착복해 버렸다.

고리는 겨우 돈 3관을 교열에게 주면서 이렇게 말했다.

"당신의 상금은 당분간 나에게 맡겨서 금고 속에 보관하도록 해주시오. 우리 주에서는 세금만 가지고는 운영해 나가기가 어려워서 이리저리 융통성 있게 돈을 돌려 써야 하니까, 언제든지 당신이 필요할 때에는 얼마씩 내드리기로 합시다."

교열은 그 말을 듣자 격분했다.

"상금은 본래가 이 고을 부호들이 협조해서 내놓은 돈이다. 네 놈은 그것을 네 마음대로 슬쩍 해먹자는 수작이지? 창고 속에 있는 쌀도 모두 선량한 백성들의 피땀을 짜낸 것이다. 네 놈은 그것까지 슬쩍슬쩍해서 사복을 채우고 계집질이나 노름에 소비하면서…. 너같이 치사하고 더러운 놈 하나를 없애 버리는 것은 창고 속의 쌀을 좀먹는 벌레 하나를 죽이는 것과 마찬가지다!"

당장에 주먹을 휘둘러서 후려갈겼다. 고리는 술과 계집에 녹은 몸이 살까지 뚱뚱하게 쪄서 제 몸도 잘 가누지 못하고 숨이 차서 씨근씨근했는데, 주먹다짐을 받고 발길로 걷어 차이다가 간신히 쥐구멍을 찾아서 뺑소니를 쳤다. 그리고, 4,5일 동안 병상에 누웠다가 결국 죽고 말았다.

고리의 아내는 본주(本州)에 고소장를 냈다. 주관도 사건의 전말을 대강 알아차리고 공문을 발표하고 사람을 풀어서 교열을 체포하여 심문에 회부하려고 했다.

교열은 이런 사실을 재빨리 알아차리고 밤을 새워 가며 경원(涇原)으로 도주하여 가산을 정리하고, 모친과 함께 위승(威勝)으로 도망쳐서 변성명을 하고 도사 행세를 했다. 즉, 도청(道淸)이라는 법호(法號)를 쓰기로 했다.

얼마 안 있다가 전호가 반란을 일으키자, 도청이 환술(幻術)을 쓸 줄 안다는 소문을 듣고 그를 일당에 가담시킨 것이었다. 이리하여 도청은 요언을 날조하고 환술의 재간을 뽐내며 어리석은 백성을 선동시켜서 주현을 강탈해 버렸다.

전호는 매사에 도청만 믿고 그에게 호국영감진인(護國

靈感眞人) 군사(軍師) 좌승상(左丞相)이라는 어마어마한 벼슬자리를 주었다. 이때에야 그는 본명을 밝혔고, 사람들은 그를 국사(國師) 교도청(喬道淸)이라 부르게 되었다.

교도청이 전호에게 말하였다.

"군사를 거느리고 호관에 가서 적군을 막아내십시다."

"국사(國師)! 그렇게까지 나의 힘이 되어 주시겠다니 실로 감격하오!"

전호가 이렇게 말했을 때, 전수(殿帥) 손안(孫安)이 나서면서 계주하였다.

"소신이 군사를 거느리고 진녕으로 구원의 길을 떠나겠습니다!"

전호는 교도청과 손안을 정남대원수(征南大元帥)에 임명하고, 각각 병력 2만을 주어서 출전시키기로 했다. 교도청이 또다시 계주하였다.

"호관은 위급합니다. 소신은 경기병(輕騎兵)을 선발해 가지고 구원하러 떠나겠습니다."

전호는 크게 기뻐하여, 추밀원을 시켜서 군사를 교도청과 손안에게 배정시켜서 떠나 보내도록 하라고 명령했다. 교도청과 손안은 당일로 군사를 거느리고 출발했다.

이 손안이란 자는 교도청과 동향이요, 신장이 9척이 넘으며 거창한 힘을 지녔고 무예에 능한 자로서, 두 자루의 빈철검(鑌鐵劍)을 잘 쓰기로 유명했다.

일찍이 부친의 원수를 갚기 위해서 사람을 둘이나 죽이고 관가에 쫓기게 되자 집을 버리고 도주했는데, 평소부터 교도청과 친히 지내던 관계로 교도청이 전호의 휘하에 있음을 알자 위승으로 가서 교도청에게 몸을 의탁하게 된 것이었다.

교도청이 그를 전호에게 추천했더니, 적과 싸워서 공을 세웠던 일도 있고 해서 이제야말로 전수(殿帥)의 직함까지 받아 가지고 10명의 편장(偏將)과 2만의 병력을 거느리고 진녕으로 구원의 길을 떠나게 된 것이다. 그 10명의 편장이란 다음과 같은 자들이었다.

매옥(梅玉)·진영(秦英)·김정(金禎)·육청(陸淸)·필승(畢勝)·반신(潘迅)·양방(楊芳)·풍승(馮昇)·호매(胡邁)·육방(陸芳).

이리하여 손안은 교도청과 작별한 다음 군사를 인솔하고 진녕을 향해 떠났으며, 한편 교도청은 2만의 병력을 단련(團練)으로 있는 섭신(聶新)과 풍기(馮玘)에게 인솔시켜서 뒤를 따라오도록 해놓고, 자신은 다음과 같은 네 명의 편장을 거느리고 먼저 출발했다.

뇌진(雷震)·예린(倪麟)·비진(費珍)·설찬(薛燦).

이 네 명의 편장은 총관이라는 직함을 받아 가지고 교도청을 따라서 2천의 정병을 통솔하고 시급히 소덕을 향하여 출발했다.

며칠을 지나서 소덕성 북방 10리쯤 떨어진 지점에 도착했을 때, 전기탐마(前騎探馬)가 되돌아와서 보고하였다.

"송군은 어제 이미 호관을 격파하고 이제 군사를 3대로 갈라서 소덕성을 공격하고 있는 판입니다."

교도청은 이 보고를 받자 격분하여 마지않으면서,

"놈들이 괘씸하게도 무례한 짓을 하고 있구나! 내 솜씨가 어떤지 보여 주고 혼을 내주어야겠다!"

하고 곧 군사를 거느리고 덤벼들었다. 그랬더니 때마침 당빈과 경공이 군사를 거느리고 북문을 공격하고 있었다.

당빈과 경공은 서북쪽으로부터 2천여 기가 쳐들어온다는 뜻하지 않은 보고를 받자, 진형을 정비하고 있었다.

교도청의 군사는 이미 도착되어서 양군이 대치하고 깃발을 휘두르고 북을 울렸다.

남북 양진의 거리는 불과 화살 한 자루가 넉넉히 날아갈 수 있는 가까운 것이었다.

당빈과 경공이 바라보니, 북쪽 진영 앞에는 네 사람의 장수가 홍라(紅羅)의 보개(寶蓋) 밑에 말을 멈추고 서서 한 사람의 도사를 앞장으로 내세우고 있었다.

그 도사의 말 앞에 꽂힌 검정 깃발에는 금빛 글씨로 열아홉 자가 두 줄로 씌어 있었다.

호국영감진인군사(護國靈感眞人軍師) 좌승상정남대원수교(左丞相征南大元帥喬)

경공은 그것을 보자, 깜짝 놀라면서 중얼거렸다.

“이놈은 대단한 놈인걸!”

양군이 싸움을 시작하기도 전에 이규가 5백 명의 유격대를 거느리고 쇄도했다.

경공이 말하였다.

“저놈은 진왕의 부하 가운데서 가장 솜씨가 놀라운 놈이고, 환술을 써서 여간만 무서운 놈이 아니오!”

이규가 말하였다.

“내가 덤벼들어서 저 따위 놈은 당장에 거꾸러뜨리고 말겠소! 환술이란 뭐 말라죽은 귀신이란 말이오?”

“장군! 너무 멸시하시면 안 됩니다!”

당빈도 이렇게 말했다. 이규는 그 말에는 귀도 기울이

지 않고 판부를 휘두르면서 덤벼들었다. 포욱·황충·이 곤 등 몇 사람이 이규의 신변을 염려하여 5백 명의 단패 (團牌)와 표창(鏢鎗)의 병사를 거느리고 일제히 쳐들어갔 다.

이때, 그 도사 차림을 한 자가 큰 소리로 껄껄대고 웃으 면서 호통을 쳤다.

"이놈! 함부로 미쳐서 날뛰지 말라!"

그는 추호도 당황함이 없이 손에 잡고 있던 보검으로 하늘을 가리키면서 주문을 외며,

"야아앗!"

하고 호통을 쳤다.

맑게 개었던 하늘에 순식간에 시커먼 안개가 뒤덮이고 광풍이 휘몰아쳐서 흙과 먼지가 온통 사방으로 휘날리며, 또 한 무더기의 검정 기운이 퍼져 나서 이규가 거느리는 5백여 명은 눈앞이 캄캄하고 옴짝달싹도 할 수 없게 되었 다.

95 우마전(雨魔戰)

宋 公 明 忠 感 后 土
喬 道 淸 術 敗 宋 兵

흑선풍 이규는 당빈·경공의 말을 듣지 않고 여러 장수들을 거느리고 적진으로 쳐들어갔다가, 결국 교도청의 요술에 걸려서 5백여 명이 단 한 사람도 빠져 나오지 못하고 산 채로 잡혀 가고 말았다.

경공은 형세가 불리하다는 판단이 서자 말 머리를 돌려서, 두 자루의 채찍을 맹렬히 휘두르며 동쪽으로 제일 먼저 뺑소니쳐 버렸다.

당빈은 이규가 붙잡히고 병사들이 당황해하는 꼴을 보고, 또 경공마저 달아나는 것을 보자 교도청의 술법이 무서운 것을 알아차리기는 했으나, 형세가 이 지경이 된 바에야 죽음을 각오하는 도리밖에 없다는 비장한 결심을 하고 창을 휘두르며 말을 몰아 결사적으로 쳐들어갔다.

교도청은 당빈이 맹렬한 기세로 쳐들어오는 것을 보자, 얼른 주문을 외고 소리를 질렀다.

"야아앗!"

순식간에 진중에서 일진의 황사가 회오리바람처럼 휘몰아쳐 올라서 당빈의 얼굴을 사납게 후려갈겼다. 당빈이 눈을 뜨지 못하고 쩔쩔매는 것을 보자, 저편 병사들이 재빨리 달려들어서 당빈의 왼편 넓적다리를 창으로 찔러서 말에서 떨어뜨린 다음 산 채로 잡아 버렸다.

　본래, 북군에서는 장수를 산 채로 잡아오면 상금을 갑절로 탈 수 있으므로 장수는 한 사람도 죽이지 않았다.

　이때, 당빈이 거느리던 1만의 병사들도 모조리 황사에 휩쓸려서 지리멸렬의 상태에 빠져 절반 이상이 상실되고 말았다.

　한편, 임충과 서녕은 동문 밖에 있었는데, 성 남쪽 하늘에서 요란스런 고함소리가 일어나 시급히 군사를 돌려서 구원해 주려고 달려왔다.

　성 안에서는 수장 손기가 교도청의 깃발을 알아보고 재빨리 성문을 열고 그와 호응했다.

　이규와 그밖의 수많은 사람들은 산 채로 붙잡혀 성 안으로 끌려 들어갔다.

　이편에서는 경공이 몇 명의 패잔병과 함께 헐레벌떡, 안장이 비뚤어지고 재갈이 풀린 말을 타고 투구도 벗어 던진 채 달아나고 있었는데, 임충과 서녕의 모습을 발견하자 그제야 말을 멈추었다. 임충과 서녕이 당황해서,

　"어디 군사냐?"

고 물었다. 경공은 말도 제대로 못하고 우물쭈물 적당히 대답했다.

　임충과 서녕은 경공과 함께 시급히 본영으로 돌아갔다. 마침 왕영과 호삼랑이 3백 기를 거느리고 정찰을 하고 있는 중이었다. 두 사람도 사정을 알자 함께 송선봉에게 달려가서 연락을 하기로 했다.

　송선봉은 보고를 받자, 이규와 그밖의 여러 사병들을 생각하고 눈물을 흘렸다. 군사 오용은 송강을 위로하고,

적군이 요술을 부리면 우리 편에서도 즉각에 호관으로부터 번서를 불러다가 대결시키자는 의견을 제시했다.

송강이 말했다.

"번서를 부르러 사람을 보내는 동시에 군사를 진격시켜서 적군의 도사와 싸우게 합시다!"

이리하여 송선봉은 오용에게 몇 명의 장수와 함께 본채를 지키도록 지시하고, 자기는 친히 임충·서녕·노지심·무송·유당·탕륭·이운·욱보사 등 여덟 명의 장수와 병력 2만을 거느리고 즉각에 소덕성 남쪽으로 진격을 개시하였다.

색초와 장청도 그들을 맞이하여 병력을 한데 합쳐서, 깃발을 휘두르고 군고를 울리면서 고함을 지르고 징을 치면서 노도처럼 성 밑으로 쳐들어갔다.

한편, 교도청은 성 안으로 들어가서 원수부에 올라가 손기 등 열 명의 장수들을 만나보았다. 손기가 주연을 베풀어서 그들을 위로하려고 했을 때, 별안간 탐마(探馬)의 보고가 날아들었다.

"송군이 또 쳐들어왔습니다!"

교도청이 대로하여 소리쳤다.

"무례한 놈이로다!"

그리고 손기에게,

"내, 송강이란 놈을 붙잡아 오고야 말겠소!"

하고 즉각에 말을 몰아 네 사람의 편장과 3천의 병력을 거느리고 성 밖으로 달려나갔다.

송군이 진을 치고 도전하고 있자니까, 돌연 성문이 열리고 적교가 내려오더니 1대의 군사가 몰려들었다. 그 선두의 1기에는 한 사람의 도사가 타고 있었다. 그가 바로 환마군 교도청으로, 보검을 손에 잡고 군사를 거느리고 적교를 건너서 이편으로 달려왔다.

이리하여 양군은 깃발을 휘두르고 북을 울리며 강궁경노(强弓硬弩)로 서로 버티고 있었다. 쌍방의 진영에서 일제히 군고가 울리자, 송군 진영의 문기가 좌우 양편으로 갈라지면서 송선봉이 앞장을 서서 말을 몰고 나왔다.

욱보사가 수자기(帥字旗)를 높이 쳐들고 말 앞에 섰으며, 왼편으로는 임충·서녕·노지심·유당, 오른편으로는 색초·장청·무송·탕륭 등 여덟 명의 장수들이 호위하고 있었다.

송선봉은 격분으로 부풀어오른 가슴을 간신히 억제하면서 교도청에게 손가락질을 하고 호통을 쳤다.

"모반의 편을 들고 나선 적군의 도사놈아! 빨리 우리 형제와 군사 5백 명을 돌려보내라! 우물쭈물하고 있으면 네 놈부터 붙잡아서 육시처참을 하고 말겠다!"

교도청도 똑같이 호통을 쳤다.

"송강! 함부로 무례한 짓을 하지 말라! 돌려보낼 수는 없다! 어디 나를 붙잡을 재간이 있거든 붙잡아 봐라!"

송강이 대로하여 채찍을 한 번 높이 휘두르니 임충·서녕·색초·장청·노지심·무송·유당 등이 우르르 몰려들었다.

교도청은 이를 부드득 갈면서 술법을 쓰고 주문을 외었다. 별안간에 천지가 암담해지고 모래와 돌이 바람에 휘말려서 천지를 뒤흔들었다. 임충과 그밖의 여러 장수들이 쳐들어가려고 했더니, 앞으로 온통 황사와 흑기(黑氣)가 꽉

차서 적군의 병사라곤 하나도 찾아낼 수가 없었다. 송군은 싸워 보지도 못하고 저절로 혼란을 일으켰으며, 말들은 놀라서 뛰고 울부짖었다. 임충과 그밖의 여러 장수들은 당황하여 말 머리를 돌리고 송강을 호위하면서 북쪽을 향해 도주했다.

반리길쯤 다다랐을 때 이상한 사태가 발생했다. 처음에 진군해 왔을 때에는 평평하던 허허벌판이 물바다가 되어서 성난 물결이 출렁대어 도저히 앞으로 더 나갈 수가 없으며, 노지심·무송·유당 세 장수가 앞으로 쳐들어갔지만, 별안간 하늘에서 금갑신인(金甲神人) 20명이 나타나서 사람들을 때려눕히자, 북군이 재빨리 달려들어서 노지심·무송·유당 세 장수를 산 채로 잡아가 버리고 말았다.

어디선지 또 호통소리가 들려왔다.

"송강, 빨리 말을 내려서 포승을 받아라! 그렇게 하면 목숨만은 살려 줄 것이다!"

송강은 하늘을 우러러 보면서 탄식했다.

"내 한 몸은 죽어도 아까울 것이 없지만 군은(君恩)에 보답하지도 못하고, 어버이를 한 번 돌보지도 못하고, 이규와 그밖의 여러 형제들을 구출하지 못하는 것이 분하다! 그러나 이제 와서 붙잡혀 오욕을 당하느니보다는 도리어 죽는 편이 낫겠다!"

임충·서녕·색초·장청·탕륭·이운·욱보사 등 일곱 명의 두령들은, 송강을 호위하고 한데 뭉쳐서 이구동성으로 말했다.

"우리들도 형님을 따라서 목숨을 끊고 악령이 되어서 적군을 죽여 버리기로 합시다!"

욱보사는 이 순간까지도 몸에 두 자루나 화살을 맞고도 수자기를 높이 쳐들고 송선봉의 곁을 한 발자국도 떨어지지 않았다.

북군은 수자기가 꺾이지 않고 의연히 버티고 서 있는 것을 보자 섣불리 쳐들어가지 못했다.

송강과 그밖의 여러 장수들은 이미 칼을 뽑아들고 각각 제 목을 베려고 했다. 그런데 이 순간에 누군가 달려들어서 여러 사람을 가로막았다.

"잠깐만! 여러분, 안심하십시오! 나는 무기(戊己)라 일컫는 신(神)인데 그대들의 충의지심에 감동되어서, 특히 이 요수(妖水)를 진압시켜서 그대들을 구출하여 진지까지 돌려보내 드리도록 하겠소!"

여러 장수들이 그 사람을 살펴보니 심히 괴상한 모습으로, 머리에는 두 개의 육각(肉角)이 달려 있고, 몸은 거무튀튀하고 푸르죽죽하며, 머리는 새빨간데 알몸뚱이었다.

아랫도리에는 누른빛 잠방이를 입었고, 왼손에는 방울을 들고 있었다. 그 사람은 땅에서 흙을 한줌 움켜쥐더니 앞을 바라보며 바다같이 사나운 물결 위로 뿌렸다. 그랬더니 눈 깜박할 사이에 처음과 같은 평평한 허허벌판이 나타났다. 그 사람은 일행에게 향하여 다음과 같이 말했다.

"그대들은 앞으로 당분간은 재난을 면할 수 없소! 이미 요수는 물러나갔으니 빨리 진지로 돌아가시오! 위주로 사람을 보내면 재난을 면할 길이 생길 것이오! 전력을 다해서 나라에 보답해 주시기 바라오!"

말을 마치자, 한 줄기 선풍으로 화해서 훌쩍 종적을 감추고 말았다.

여러 장수들은 심히 이상하다 생각하면서 송강을 호위하고 남쪽으로 달려갔다. 5,6리쯤 갔을 때, 돌연 사진(砂塵)이 휘몰아쳐 올랐다. 또 1대의 군마가 남쪽으로부터 나타났다. 그런데 그것은 오용이 왕영·호삼랑·손신·고대수·해진·해보 등과 함께 병력 1만 명을 거느리고 구원하러 나온 군사들이었다.

송강은 오용에게 말했다.

"군사의 말을 듣지 않았기 때문에 하마터면 만나뵙지도 못하게 될 뻔했소이다!"

"어쨌든 진지로 돌아가서 이야기하기로 하십시다!"

일행이 진지로 돌아가서, 궁지에 빠졌을 때 신(神)이 나타났던 이야기를 했더니, 오용이 이마에 손을 대고 마치 기도를 올리는 사람같이 말하였다.

"무기의 신이라는 것은 토지신을 말하는 것입니다. 형님의 충의지심이 후토신(后土神—토지신)을 감동시킨 탓입니다. 흙은 물을 이겨낼 수 있으니까요."

송강과 그밖의 여러 장수들은 그제야 까닭을 알고 하늘에 대하여 감사했다.

이미 날이 저물었는데 도주해 온 패잔병들이 아뢰었다.

"혼란한 틈을 타서 다시 소덕성 안으로부터 손기·섭성·금정·황월 등이 남쪽 문으로부터 군사를 거느리고 덤벼들었기 때문에 다수한 군사가 죽게 되었고, 나머지는 뿔뿔이 흩어지고 말았습니다!"

송강이 군사를 점검해 보니 1만 명 이상이 없어졌다. 오용은 전군이 10리쯤 후퇴해서 영채를 정비하자고 권했다. 송강은 그 말대로 즉각에 명령을 내려서 전군을 10리쯤 후퇴시켰다.

오용은 다시 송강에게 권고해서 대채로써 소채를 포위하고, 다시 그 소채의 이 끝 저 끝을 구형(鉤形)으로 엇갈리게 만들어 꾸부러져서 상대하게 만들어 가지고 이약사(李藥師)의 육화진법(六花陣法)같이 하자고 했다.

여러 장수들이 오용의 의견대로 영채를 구축했을 때, 돌연 보고가 들어왔다.

"번서가 명령을 받고 호관으로부터 달려왔습니다."

번서가 영채로 들어와서 송선봉에게 인사를 하고, 교도청에 관한 일을 상세히 듣고 나더니 선뜻 말하였다.

"형님, 안심하십시오! 그놈은 요술임에 틀림없습니다! 이 번서가 술법을 써서 그놈을 붙잡아 드리고야 말겠습니다!"

오용이 말했다.

"놈이 도전해 오지 않을 경우에는 이편에서도 진격을 중지하고, 공손일청(公孫一淸)이 오기를 기다려서 다시 상의하기로 합시다."

송강은 즉각에 장청·왕영·해진·해보에게 명령하여, 경기병 5백 명을 거느리고 밤을 새워서라도 관문을 나가서 위주로 달려가 공손승을 불러온 다음 적을 격파할 작전을 세우자고 했다. 장청 등 일행은 말을 골라 잡아타고 송강에게 인사를 마친 다음 곧 길을 떠났다.

송강은 만반의 준비를 갖추고, 횃불을 밝혀 놓고 날이 밝기만 기다리고 있었다.

한편, 교도청은 술법을 써서 송강을 궁지에 빠뜨려 놓

고 산 채로 잡게 될 것 같은 아슬아슬한 찰나에, 돌연 강물 같은 물결이 한 방울도 남김없이 없어지고 송강이 도주해 버리자, 심히 이상하게 생각하였다.

"나의 술법은 보통 사람의 술법과는 다른데, 놈들이 어떻게 그것을 피하는 방법을 알았을까? 놈들의 군중에는 심상치 않은 놈이 있는 모양이다!"

즉각에 군사를 수습해 가지고 손기 등과 함께 성 안으로 돌아와 원수부로 들어갔다.

손기가 축하의 주연을 베풀고 있을 때, 한편에서는 병사들이 노지심·무송·유당과, 먼저 붙잡힌 이규·포욱·항충·당빈 등을 결박해 가지고 원수부 앞으로 끌어냈다.

손기는 교도청의 바로 왼편에 시립하고 있었는데, 당빈의 모습을 발견하자 대뜸 호통을 쳤다.

"이 역적놈아! 전왕께서 네 놈을 한 번이라도 소홀히 대접하신 일이 있더란 말이냐?"

당빈도 똑같이 호통을 쳤다.

"네 놈들이 거꾸러질 날도 멀지 않았다."

교도청이 여러 사람들에게 자진해서 각각 성명을 말하라고 명령했다. 그랬더니 이규는 무서운 눈을 부릅떠서 노려보면서, 호랑이 수염 같은 뻣뻣한 수염을 번쩍 일으켜 세우고 가슴을 턱 내밀고 큰 소리로 호통을 쳤다.

"역적 도사놈아! 똑똑히 들어 둬라! 내가 바로 검둥이, 흑선풍 이규다!"

노지심과 무송, 그밖의 몇 사람은 아무리 힐문을 해도 분연히 입을 다물고 끝까지 말하지 않았다. 교도청은 그들을 붙잡아 온 병사들을 불러들였다. 교도청은 병사들에게 자세히 알아본 결과 그들이 모두 송군의 용장(勇將)임을 알고 여러 사람들에게 말했다.

"그대들이 투항만 한다면, 내가 진왕께 여쭈어서 모두 고관대작의 자리를 줄 것이다!"

이규가 벽력같이 소리를 질렀다.

"네 놈은 우리들을 어떻게 보고 그 따위 개수작을 하느냐? 이 검둥이의 목을 베고 싶거든 몇백 번이라도 베어라! 만약에 이 검둥이가 한쪽 눈이라도 깜빡한다면 호걸이랄 수도 없을 것이다!"

노지심·무송·유당 등도 이구동성으로 호통을 쳤다.

"개 같은 도사놈아! 잠꼬대 같은 소리는 걷어 치워라! 우리 형제의 목은 베어질지 모르지만, 우리들의 이 무릎은 절대로 네 놈 앞에서 구부러지지 않을 것이다!"

교도청은 약이 바짝 올라서 명령을 내렸다.

"모조리 밖으로 끌어내어 목을 베어 버려라!"

노지심이 큰 소리로 호탕하게 웃어 젖히면서 말하였다.

"나에게 있어서 죽음을 당하는 것은 나의 갈 길로 돌아가는 것과 마찬가지다! 이제 죽어서 정로(正路)를 찾아가기로 하자!"

도부수(刀斧手)들이 여러 사람들을 끌고 밖으로 나갔다. 교도청은 혀를 내둘렀다.

'저렇게 억지가 센 놈들은 평생 처음 보겠는 걸! 우선 살려 두었다가 다시 무슨 대책을 강구하기로 하자!'

교도청은 시급히 병사들에게 명령을 내려서 그들을 도로 데려다가 우선 감금해 두라고 했다.

무송은 목청을 다해서 놈들을 매도했다.

"이 개 같은 역적놈들아! 빨리 깨끗이 내 목을 베어 던져다오!"

교도청은 고개를 푹 수그린 채 묵묵히 서 있을 뿐이었다.

병사들은 이규 일행을 다시 끌고 나가서 감금해 버렸다.

교도청은 삼매신수(三昧神水)의 술법이 효력을 발휘하지 못했기 때문에, 자못 의혹을 풀 길이 없어서 성 안에 꾹 틀어박힌 채 당분간 송군의 동정만 살피고 있었다.

이리하여 쌍방이 똑같이 군사를 움직이지 않고 그대로 5,6일이 지나갔다.

이때, 섭신과 풍기가 대군을 거느리고 도착하여 입성, 교도청에게 인사를 하고 전군을 성 안에서 숙영케 했다.

교도청은 송군이 영채를 든든히 지키고 통 싸우러 나오지 않는 것을 보자, 별다른 책략이 있어서 그러는 것이 아닌가 하는 생각으로 군사를 정비하고, 손기·대미·섭신·풍기 등 장수와 함께 병력 2만을 거느리고 날이 훤히 밝을 오고(五鼓—오경) 무렵, 성 밖으로 나와서 성 남쪽 오룡산(五龍山)에 진을 치고 날이 완전히 밝기만 하면 진격을 개시하려고 했다.

교도청이 손기에게 말하였다.

"오늘은 반드시 송강을 산 채로 잡아서 호관을 탈환하고야 말겠다!"

손기가 대답한다.

"믿는 것은 국사님의 법력(法力)뿐입니다!"

마침내 교도청은 병력 1만 명을 거느리고 송강의 진지로 쳐들어갔다. 병졸이 사실을 탐지하고 송선봉에게 비보를 날렸다.

송강은 벌써 단정규·위정국 등에게 명령하여 군마를 소집, 정비시키고 응전할 태세를 갖추고 있었다.

교도청이 높은 곳에서 송강의 영채를 내려다보니,

사면팔방에 준확함이 있고(四面八向之有準),

전후좌우에 서로 구함이 있고(前後左右之相救),

문호를 여는 데 법이 있으며(門戶開闔之有法),

호흡을 서로 연락함에 도가 있었다.(吸呼聯絡之有度).

교도청은 남몰래 감탄하여 마지않았다. 송군의 영채로부터 한 방의 포성이 울려 퍼지더니 채문(寨門)이 열리며 한떼의 군사들이 몰려나왔다.

쌍방의 진지에서는 채기(彩旗)가 휘날리고 징소리, 북소리가 하늘을 무찔렀다. 교도청은 높은 곳에서 내려와서 진두에 나섰다. 뇌진·예린·비진·설찬 등이 그의 좌우를 호위했다.

송군의 진지에서도 정기가 좌우로 갈라지며 장수 한 사람이 말을 달려 나섰다. 바로 혼세마왕 번서였다. 한쪽 손에 보검을 잡고 교도청을 가리키면서 큰 소리로 호통을 쳤다. 교도청은 이놈이 아마 술법깨나 쓸 줄 아는 놈인 게로구나 하는 생각으로 역시 똑같이 호통을 쳤다.

양군이 고함소리를 지르고 군고를 울리며 드디어 싸움이 시작되었다.

혼세마왕과 환마군—양마(兩魔)는 칼을 뽑아 들고 대결했다. 얼마 안 되어서 쌍방이 똑같이 술법을 쓰기 시작했다.

별안간에 두 줄기 시커먼 연기가 퍼져 올라서 휘감겼다.

번서는 틈을 노려서 교도청을 칼로 찔렀지만 허공을 찔렀을 뿐. 이것은 교도청이 일부러 틈을 보이고 번서로 하여금 자기를 찌르게 한 것이었다. 그는 너털웃음을 치면서 자기 진지로 돌아갔고, 번서도 겁을 집어먹고 진지로 후퇴했다.

이번에는 송군의 진지로부터 성수장군 단정규가 5백 명의 보군을 거느리고, 신화장군 위정국이 화군(火軍) 5백 명을 거느리고 맹렬히 쳐들어갔다.

교도청이 자기 편 병사들에게 호통을 쳤다.

"도망치는 놈은 목을 베어 버리겠다!"

그는 오른손에 보검을 잡고 입으로 주문을 외웠다. 홀연 시커먼 구름이 천지를 뒤덮고 맹렬한 바람이 일고 천둥 번개가 요란스럽게 일어나더니 주먹덩어리만한 우박이 쏟아지기 시작했다.

성수·신화 두 장군도 눈앞이 캄캄해서 어찌할 도리가 없이 후퇴하는 도리밖에 없었다. 얼마 안 있다가 우박도 멈추고 날도 밝게 개었는데, 땅바닥 위에는 계란만큼이나 커다란 우박 덩어리가 뒹굴고 있었다.

교도청이 송군 쪽을 바라다보니, 우박을 맞아서 머리가 깨진 놈, 이마가 터진 놈, 눈이 멀고 코가 비뚤어진 놈들이 수두룩했다.

교도청은 의기양양하여 큰 소리를 쳤다.

"송군 가운데는 더 놀라운 술법을 쓸 줄 아는 놈이 없느냐?"

번서는 수치와 분노가 불길처럼 훨훨 타올랐다.

머리를 흐트러뜨리고, 칼을 잡고 말 위에 앉아서 온갖

술법을 다하여 주문을 외었다. 그랬더니 광풍이 사방에서 휘몰아쳐 일어나고, 모래와 돌을 날리며 천지가 캄캄해지고 햇빛이라곤 통 찾아볼 수 없게 되었다.

번서는 이 틈을 타서 군사를 몰고 쳐들어갔다. 그러나 교도청은 냉소를 터뜨리고 있을 뿐이었다.

"그까짓 시시한 술법을 가지고 뭣을 어쩌겠다는 거냐?"

그도 역시 칼을 잡고 술법을 써서 주문을 외었다. 그랬더니 광풍이 송군 편으로 휘몰아쳐 가며 허공으로부터 벼락소리가 요란스럽게 일어나더니, 무수한 천장(天將)·신병(神兵)이 송군에게로 덤벼들었다.

송군의 진지에서는 말이 함부로 날뛰고 울부짖고, 또 일대 혼란이 일어났다.

교도청은 네 사람의 편장과 함께 군사를 몰아서 송군에게 맹공을 가했다. 번서가 쓴 술법은 아무런 효험도 발휘하지 못하고, 감당할 도리가 없어서 말 머리를 돌려서 도망쳤고, 북군은 그의 뒤를 추격했다.

이렇게 아슬아슬하게 위급한 판에, 별안간 송군의 영채로부터 한 줄기 금빛 광채가 뻗쳐나더니 바람과 모래를 진압시켜 버렸다. 신병, 천장은 모조리 영채 앞에 떨어져 버렸다. 자세히 살펴보니 그것은 모두 5색의 종이를 잘라서 만든 것들이었다.

교도청은 신병의 술법이 실패한 것을 알자, 다시 있는 술법을 다해서 머리를 풀어 헤치고 주문을 외었다. 그가 또다시 삼매신수의 술법을 쓰자 난데없이 천갈래 만갈래의 흑기(黑氣)가 북방으로부터 뻗쳐 왔다.

이때, 송군의 영채로부터 한 사람의 도사가 말을 달려

진두에 나타났다.

그는 소나무 무늬가 있는 고정검(古定劍)을 한쪽 손에 잡고 주문을 외면서,

"야앗!"

하고 소리를 질렀다.

이상한 일이었다. 허공으로부터 수많은 황포를 입은 신장이 나타나더니, 북쪽 하늘로 날아가서 그 천갈래 만갈래로 뻗치는 흑기를 꺼버렸다.

교도청은 대경실색, 어찌할 도리가 없었다.

송군의 병사들은 그 도사가 요술을 진압하는 것을 보자, 일제히 고함을 질렀다.

"역적! 요적(妖賊)! 교도청이란 놈아! 이제야말로 놀라우신 분께서 네 놈 앞에 나타나신 것이다!"

교도청은 부끄러움에 귀밑이 시뻘개져 가지고 자기 진영으로 뺑소니쳐 버렸다.

96   오룡전(五龍戰)

幻 魔 君 術 窘 五 龍 山
人 雲 龍 兵 圍 百 谷 嶺

송군의 진중에서 교도청의 요술을 격파해 버린 그 도사
란 사람은 다름 아닌, 바로 입운룡 공손승이었다.

그는 위주에서 송선봉의 명령을 받자, 즉각에 왕영·장
청·해진·해보 등과 함께 밤을 새워서 군전(軍前)으로
달려들었다.

영채로 들어가서 송선봉에게 인사를 했을 때에는 마침
교도청이 제멋대로 요법을 써서 번서를 곤경에 빠뜨리고
있는 판이었다. 그날은 2월 초팔일로 간지(干支)로 말하
자면 무오(戊午)였다. 무(戊)는 토(土)에 속하는 것이다.

그래서 공손승은 즉각에 천간(天干)의 신장을 내려오도
록 청하여, 임계(壬癸)의 물〔水〕을 격파하고 요기를 씻은
듯이 없애고 청천백일 밝은 날을 나타냈던 것이다.

송강과 공손승이 말을 나란히 타고 진두에 나와 본즉,
교도청은 부끄러운 얼굴로 어쩔 줄 모르면서 군사를 거느
리고 남쪽으로 도주하는 판이었다.

공손승이 송강에게 말하였다.

"교도청은 술법에 져서 도망치기는 했습니다만, 그가 이
대로 성 안으로 도주하도록 내버려 둔다면 뿌리를 깊이
박아 버리고 말 터이니, 즉각에 명령을 내리시어 서녕과

색초에게 병력 5천을 주시어 동쪽 길로부터 곧장 남쪽 길로 나가서 퇴로를 가로막게 하고, 왕영과 손신에게도 똑같이 병력 5천을 주시어 서쪽 문으로 달려가서 퇴로를 막아 버리도록 하십시오. 그리고 교도청의 군사가 도주해 오는 것과 맞닥뜨리게 되면, 그들이 성 안으로 뺑소니칠 수 있는 길을 막아 버리면 그만이고 싸우기까지 할 필요는 없습니다.”

송강은 그의 계책대로 즉각에 명령을 내려서 여러 장수들을 분담시켜서 각각 맡은 방향으로 떠나 보냈다.

시각은 아직도 사패(巳牌—오전)밖에 안 되었다. 송강은 공손승과 함께 임충·장청·탕륭·이운·호삼랑·고대수 등 일곱 사람의 두령을 거느리고 병력 2만을 동원하여 쳐들어갔다.

북군의 장수 뇌진과 그밖의 몇 사람은 교도청을 호위하고 싸움을 하면서 일변 도주하고 있었다. 이때, 전방으로부터 군사가 달려들었는데, 그것은 손기와 섭신이 군사를 거느리고 달려온 것이었다.

그들이 군사를 한데 합쳐 가지고 간신히 오룡산 진지에 도착했을 때, 뒤에서 송군이 징을 치고 군고를 울리며 천지가 떠나갈 듯이 고함을 지르며 곧장 쳐들어왔다. 손기가 말했다.

“국사님께서는 영채 안에 머물러 계십시오. 이 손기가 다른 장수들과 함께 한 번 결사적으로 싸워 보겠습니다!”

교도청은 여러 장수들 앞에서 큰 소리만 탕탕 쳐오던 판이었고, 여태까지 술법을 써서 이렇다 할 만한 적수를 만나본 적이 없었는데, 이번에는 송군에게 쫓기는 몸이 되

어 부끄러움과 울분을 참을 길이 없어서 손기에게 이렇게
말했다.

"모두들 뒤로 물러가 계시오. 내가 나가서 적군을 격파
하고 말겠소!"

그는 즉각에 군사들을 진열(陣列)의 자리에 남겨 두고
단기로 선두에 나섰다. 뇌진과 그밖의 몇몇 장수들이 좌우
에서 그를 호위하였다.

교도청은 큰 소리로 호통을 쳤다.

"물구덩이 속에서 튀어나온 도둑놈들아! 어찌 감히 이다
지도 사람을 골탕 먹이려 드느냐? 자아, 다시 한 번 승패
를 결해 보자."

이 교도청이란 자는 경원 태생으로 그 고장은 멀리 떨
어진 서북쪽이라, 산동과는 거리가 너무나 멀어서 송강과
그밖의 여러 호걸들에 관해서는 전혀 아는 바가 없었다.

이때, 송강의 영채에서 좌우 양편으로 깃발이 휘날리며
거기에 따라서 진형이 정비되었다.

쌍방의 진지는 서로 화각(畵角)을 불고 일제히 전고를
울렸다.

이때, 남쪽 진영에서 누런 깃발이 가로로 휘날리며 문
기가 좌우로 갈라지더니 안으로부터 2기(騎)가 뛰어 내달
았다. 그 중 1기를 타고 있는 사람이야말로 산동의 호보
의 급시우 송공명. 그리고 왼편 말을 타고 있는 사람은 입
운룡 공손일청으로 그는 손에 칼을 한 자루 잡은 채, 교도
청을 가리키면서 소리를 질렀다.

"그대의 술법은 모두 외도(外道)다. 결코 정법(正法)이
아니다. 냉큼 말을 내려서 항복하는 것이 좋을 것이다!"

교도청이 자세히 살펴보니 바로 자기의 술법을 격파한 그 도사였다.

교도청이 공손승에게 말하였다.

"여태까지는 나의 법력을 충분히 발휘하지 못했지만 너 같은 놈에게 굴복할 내가 아니다!"

"그 돼먹지도 않은 술법을 또 써보겠다는 거냐?"

공손승도 대꾸를 했다.

교도청은 여전히 호통을 쳤다.

"누구를 감히 업신여기구? 좋다! 한 번 더 나의 무시무시한 법력을 보여 주마!"

교도청은 있는 힘을 다해서 입으로 주문을 외고 손을 비진(費珍) 편으로 훌쩍 뻗쳤다. 그러자 비진이 손에 잡고 있던 점강창이 별안간 누가 채가기라도 하는 것같이 손에서 쒸하고 날아서, 용이 허공을 날 듯 공손승을 노리고 돌진해 들어갔다.

공손승도 역시 팔을 뻗쳐서 진명을 가리켰다. 그러자 진명이 손에 잡고 있던 낭아곤이 즉각에 손에서 빠져 나와 점장창과 대결하고, 일진일퇴 진풍과 같이 공중에서 싸우고 있었다.

쌍방의 진지에서는 일제히 박수갈채가 일어났다.

이때, 돌연 매서운 쇳소리가 들리더니 쌍방의 진영이 웅성웅성하는 가운데 공중에서 낭아봉이 점강창을 두들겨 떨어뜨려서 펑하는 소리와 함께 북군의 전고를 찢어 버리고 말았다.

전고를 지키고 있던 병사는 대경실색하여 얼굴이 새파랗게 질렸다. 그리고 그 낭아봉은 처음과 같이 언제 그런 일이 있었더냐는 듯이 진명의 수중으로 되돌아오고 말았다.

　송군의 병사들은 배를 움켜잡고 웃음을 참지 못했다. 공손승은 교도청에게 또다시 호통을 쳤다.
　"네 놈은 대장 앞에서 어줍지 않은 도끼를 자랑하는 놈과 마찬가지다!"
　교도청은 또다시 입으로 주문을 외면서 손을 북쪽으로 뻗치고 버럭 소리를 질렀다. 그러자 북군 진지 뒤편 오룡산 구렁텅이 속으로부터 즉각에 한 조각의 시커먼 구름장이 떠오르더니, 그 속으로부터 한 마리의 흑룡이 나타나서 비늘을 일으켜 세우고 목덜미 털을 와들와들 떨면서 덤벼들었다.
　공손승은 소리쳐 웃으면서 역시 손을 훌쩍 오룡산 쪽으로 뻗쳤다. 그러자 오룡산 속으로부터 전광석화와 같이 한 마리의 황룡이 날아 나와서 구름처럼, 안개처럼 공중에서 흑룡과 싸우기 시작했다.
　교도청이 또 소리를 질렀다.
　"청룡아, 빨리 나타나거라!"
　그러자 산꼭대기로부터 또 한 마리의 청룡이 날아 나왔는데, 바로 그 뒤를 따라서 한 마리의 백룡이 또 나왔다. 청룡과 백룡도 서로 어울려 싸움을 시작했다.
　쌍방의 병사들은 두 눈이 휘둥그레지고 입을 딱 벌린 채 바보처럼 바라다보고만 있었다. 교도청이 칼을 손에 잡고 큰 소리로 호통을 쳤다.
　"적룡아! 빨리 나와서 싸움을 거들어라!"

즉각에 산 구렁텅이 속으로부터 한 마리의 적룡이 날아 나와서 춤을 추면서 덤벼들었다. 이리하여 다섯 마리의 용들이 공중에서 난무하게 되었는데, 이것은 바로 금(金―白), 목(木―靑), 수(水―黑), 화(火―赤), 토(土―黃) 오행(五行)을 따라서 움직여진 것이었다. 서로 나타나서 한데 엉클어져 일대 난투를 벌이고 있었다.

이러는 동안에 광풍이 맹렬히 일어나서 양군의 깃발을 잡고 있는 병사들은 그 거센 바람 때문에 수십 명이나 벌떡벌떡 나자빠지고 말았다.

공손승은 왼손에 칼을 잡고 오른손에 잡고 있던 총채〔拂子〕를 하늘 높이 던져 버렸다.

그 총채는 공중에서 빙글빙글 돌더니 기러기 같은 새로 변해서 날아가 버렸다. 눈깜박할 사이에 높이 올라간 그 새는 점점 커지더니 춤을 추어서 회오리바람을 일으키며 마침내 구천 꼭대기까지 올라가서 무시무시하게 커다란 붕(鵬)새로 변해 버렸다.

그 커다란 날개는 하늘을 뒤덮는 구름과 같았다. 그것이 다섯 마리의 용을 향해 덤벼들었다. 청천벽력같이 요란스런 소리를 내더니, 다섯 마리의 용들은 두들겨 맞아서 비늘과 껍질이 산산조각이 되어 흐트러져 버렸다.

본래, 오룡산에는 영이(靈異)라는 것이 있어서 산속에서는 언제나 5색 구름이 감돌고 있었다. 그리고 이 고장 사람들에게 용신의 꿈이 가르쳐 준 바 있어서 묘(廟)를 세우게 되었고, 그 속에 용왕의 위패를 모셨으며, 따로 또 오방(五方―동·서·남·북·중앙)에 따라서 청·황·적·흑·백 다섯 마리의 용의 소상(塑像)을 만들어서 각각 그 방향으로 기둥에 친친 감아 두었다.

그것은 모두 흙으로 빚어서 만든 것이며 금빛 칠을 하고 채색을 한 것이었다.

이렇게 만들어진 다섯 마리의 용들이 두 사람의 술법의 힘으로 끌려 나와서 서로 싸움을 했던 것이다. 그런데 공손승이 총채를 큰 붕새로 변하게 해서 그 다섯 마리의 흙으로 만든 용들을 산산조각으로 부숴서 북군의 머리 위에 뿌린 것이었다.

북군의 병사들은 아우성을 치면서 갈팡질팡 허둥지둥 도주하려고 하는 판인데, 여러 해 동안 바싹 마른 흙덩어리를 얻어맞고 얼굴이 깨지고 이마가 쪼개져서 피를 줄줄 흘리며, 순식간에 2백 명 이상이나 부상을 당했고, 군중(軍中)은 일대 혼란을 일으키고 말았다. 교도청 자신도 흙덩어리 때문에 대가리가 깨질 뻔했으나 도관(道冠)을 썼기 때문에 간신히 모면했다.

공손승이 손을 흔들자 그 큰 붕새는 훌쩍 날아가 버리고, 총채만이 처음같이 그의 손으로 돌아왔다. 교도청이 또다시 요술을 쓰려고 하자, 공손승은 오뇌정법(五雷正法)의 신통력을 발휘하여, 교도청의 머리 위에 금갑신인(金甲神人)을 나타나게 해서 호통을 치게 만들었다.

"교열아! 말을 내려서 빨리 결박을 받아라!"

교도청은 여전히 중얼중얼 주문을 외었지만 아무런 효험도 나타나지 않았다. 그는 당황해서 어쩔 줄 모르며, 말을 빨리 몰아서 자신의 진지로 뺑소니쳐 버렸다.

임충이 창을 휘두르며 말을 달려 추격해 가서 호통을 쳤다.

"요도사! 꼼짝 말고 게 있거라!"

북군의 진지에서는 예린이 칼을 손에 잡고 말을 몰아 덤벼들었고, 뇌진도 말을 몰고 극을 휘두르며 싸움을 거들려고 덤벼들었다.

이편에서는 탕륭이 말을 몰고 철과추(鐵瓜鎚)를 휘두르며 덤벼들었다.

양군은 고함을 질렀고, 네 장수는 두 패로 갈라져서 진두에서 싸웠다. 예린과 임충은 20여 합을 대결했으나 승부가 나지 않았다. 임충은 틈을 노려서 창으로 상대방 말의 다리를 찔렀다. 그 말이 벌떡 나자빠지자 예린도 땅바닥으로 나둥그러져 버렸다. 임충은 예린의 가슴을 단번에 푹 찔러 죽여 버렸다.

뇌진은 탕륭과 백열전을 전개하고 있었는데, 예린이 말에서 떨어지는 것을 보자 싸움에 패한 체하고 말 머리를 돌려서 도주했다. 탕륭은 그것을 추격하여 철과추로 뇌진의 대갈통을 후려갈겼다. 뇌진은 투구까지 박살이 난 채 말 위에서 떨어져 죽어 버렸다.

송강이 채찍을 높이 휘둘러 신호를 보내니, 장청·이운·호삼랑·고대수 등이 일제히 쳐들어갔다. 북군은 일대 혼란을 일으키고 뿔뿔이 흩어져서 도주했으며 수많은 사상자를 내었다.

손기·섭신·비진·설찬 등은 교도청을 호위하면서 오룡산을 포기하고 군사를 거느리고 소덕성으로 들어가려고 했는데, 언덕을 넘어서서 성까지 불과 6,7리밖에 떨어지지 않은 지점에 다다랐을 때, 돌연 전방에서 하늘을 무찌를 듯 전고 소리와 고함소리가 들려오더니 동쪽 길로부터 1대의 군사가 뛰쳐나왔다.

그 선두에 서 있는 두 장수는 바로 금창수 서녕과 급선봉 색초였다. 양군이 칼끝을 맞부딪치기도 전에, 소덕성 안에서는 성 밖에서 일어난 싸움을 보고 수장 대미(戴美)와 옹규(翁奎)가 병사 5천 명을 거느리고 남쪽 문으로부터 원호하려고 달려나왔다.

서녕과 색초는 군사를 두 갈래로 갈라서 양면으로 적을 막아냈다. 색초는 병력 2천을 가지고 북쪽에서 적을 막아내고 있자니까 대미가 제일 먼저 달려나와서 색초와 대결하기 10여 합, 마침내 색초의 금잠부를 맞고 몸뚱이가 두 동강이 나서 죽고 말았다.

옹규는 당황하여 군사를 거느리고 성 안으로 들어가 버렸다. 색초는 그것마저 추격하여 북군의 병사를 1백여 명이나 거꾸러뜨리고 곧장 남문 성 밑까지 쳐들어갔는데, 옹규의 군사는 성 안으로 도주한 채 적교를 걷어올려 버리고 성문을 굳게 잠가 버렸다. 성 위에서 돌멩이를 빗발처럼 퍼부었기 때문에 색초는 단념하고 군사를 철수했다.

한편, 서녕은 병력 3천을 거느리고 북군의 퇴로를 가로막았다. 북군은 비록 싸움에 패했다고는 하지만, 아직도 2만여 명의 병력을 지니고 있었다. 손기·섭신 두 장수가 서녕의 군사와 대결했다. 비진과 설찬은 싸우고 싶은 의욕을 완전히 상실하여, 5천의 병력을 거느리고 교도청을 호위하면서 서쪽으로 도주해 버렸다.

이편에서는 서녕이 손기·섭신의 두 장수를 상대로 하고 싸우고 있었는데, 원래 소수로 다수를 당할 수 없어서

북군에게 포위를 당하게 된 판이었는데, 마침 색초의 북로
군과 송강의 남로군이 일제히 달려들었다.

손기와 섭신은 3면의 공격에 견디지 못하였다. 섭신은
서녕의 금창에 오른편 팔을 찔려서 말에서 떨어져 인마
(人馬)에 짓밟혀 흙덩어리같이 되어 버렸으며, 손기는 최
후의 살 길을 뚫고 도주하려다 장청에게 쫓겨 등에 창을
맞고 벌떡 말 위에서 땅바닥으로 나둥그러져 떨어지고 말
았다.

이리하여 북군은 대패하여 2만 명의 군사는 태반이 없
어졌고, 시체가 벌판을 뒤덮고 피가 바다를 이룰 지경이었
다. 내버린 금고(金鼓)·기번(旗幡)·회갑(盔甲)·마필
(馬匹)의 수효는 이루 헤아릴 수 없었고, 나머지 병사들은
뿔뿔이 흩어져서 도망쳐 버렸다.

송강·공손승·임충·장청·탕륭·이운·호삼랑·고대
수 등은 서녕·색초의 군사와 병력을 합쳐서, 총계 2만 5
천 명. 교도청이 비진·설찬과 함께 5천의 병력을 거느리
고 서쪽으로 도주했다는 보고를 받자, 바로 뒤를 추격하려
고 했으나 때는 이미 오후가 되었고, 병사들이 하루 진종
일 격전에 시달리고 시장해서 견딜 수가 없었다.

그래서 송선봉이 병사를 수습해서 영채로 철수하려고
했을 때, 돌연 보고가 날아들었다. 군사 오용이 송선봉의
군사들이 격전을 계속하고 있다는 소식을 듣고, 번서·단
정규·위정국 등에게 명령하여 병력 1만 명을 동원해서
횃불을 밝히면서 원호하러 떠나 보냈다는 것이었다.

송선봉은 크게 기뻐하였다. 공손승이 말하였다.

"신군(新軍)이 원호해 주려고 도착한 것이니 형님께서는 영채로 돌아가셔서 당분간 쉬시오. 번·단·위 세 두령과 함께 이 아우는 군사를 거느리고 교도청을 추격하여 반드시 붙잡고야 말겠소!"

송강이 대답했다.

"아우님의 신공의 힘으로 위급한 재난을 면하게 되었소. 아우님은 먼 곳에서 여기까지 오시느라고 피곤하실 것이니, 함께 영채로 돌아가서 쉬셨다가 내일 다시 대책을 세우도록 하십시다. 교도청은 술법도 밑천이 드러났고, 아무런 계책이 없을 것이니 과히 걱정하실 일은 없소!"

공손승이 다시 말하였다.

"형님, 모르시는 말씀입니다. 사실은 이 아우의 스승되는 나진인께서 일찍이 이런 말씀을 하신 적이 있습니다― '경원에 교열이란 자가 있다. 도사의 풍격을 제법 갖춘 놈으로서 한 번 도에 관한 일을 물어 보러 왔기에 나는 우선 그대로 쫓아 보냈다. 왜냐하면 그놈에게는 마심(魔心)이 왕성할 때였고, 또 하계의 중생들이 악한 일만 행해서 살기가 등등하던 무렵이었기 때문이었다. 그러나 언제고 간에 그의 마심도 차츰차츰 가라앉을 것이고, 덕(德)을 만날 인연이 생겨서 거기 복종하게 될 것이다. 공교롭게도 네가 그놈과 맞닥뜨릴 인연으로 되어 있으니 그놈을 잘 인도해 주는 게 좋을 것이다. 그렇게 되면 그놈도 도를 터득하게 될 것이고, 장래에 쓸모가 있을 것이다'라고 말씀하셨습니다.

이 아우는 위주에서 형님의 명령을 받고 이리로 오는 도중에, 그 요인(妖人)의 내력을 여기저기 탐지해 봤습니다. 장청 장군의 말에 의하며, 이런 사실은 경공 장군이 잘 알고 있는데, 교도청이란 바로 경현에 있는 교열을 말하는 것이라고 했습니다. 얼마 전에 그가 쓰는 술법을 똑똑히 봤습니다만, 확실히 소생과 대적할 만한 실력이나 재간을 지니고 있었습니다. 소생은 단지 스승인 나진인으로부터 오뢰정법(五雷正法)을 배웠기 때문에 그의 술법을 격파할 수 있었던 것뿐입니다. 저 성을 소덕(昭德)이라고 부르는 것은, 우리 스승께서 말씀하신 '덕(德)을 만나서 아귀를 항복시킨다'는 법어에 들어맞는 것입니다. 그런 까닭으로 지금 그를 놓쳐 버리고 마장(魔障—도를 닦는 데 장애가 되는 곳)에 가서 함락시키게 된다면 우리 스승님의 법지(法旨)에 어긋나는 일입니다. 이런 까닭으로 소생은 즉각에 군사를 거느리고 그를 추격하여, 기회를 노렸다가 그를 항복시키고 싶습니다."

송강은 이 말을 듣고 모든 점이 석연해졌다. 감사하여 마지않았다.

즉각에 여러 장수와 함께 병사를 거느리고 진지를 철수하고 잠시 휴식하기로 했다. 공손승은 번서·단정규·위정국 등과 함께 병력 1만 명을 거느리고 교도청의 뒤를 추격하여 곧 떠나갔다.

한편, 교도청은 비진·설찬 등과 함께 패잔병 5천 명을 거느리고 허둥지둥 소덕성 서쪽으로 도주하여 서문으로부터 성 안으로 들어가려고 했는데, 난데없이 군고가 울리고 호각 소리가 들려오더니, 앞에 있는 밀림 속으로부터 일대의 군사가 뛰쳐나왔다.

선두에 서 있는 두 장수는 바로 왜각호 왕영과 소울지

손신이었다. 병력 5천을 거느리고 앞길을 가로막았다. 비진과 손찬은 결사적으로 덤벼들었지만 손신과 왕영은 공손승의 명령대로 그들을 성 안으로 들어가지 못하게 했을 뿐, 추격하지는 않고, 그대로 북쪽으로 도주하게 내버려 두었다.

성 안에서는 교도청이 대패했다는 사실을 알기는 했지만, 송강 군사들의 맹렬한 기세에 눌려서 성을 빼앗길까 봐 겁내어 성문을 단단히 잠그고, 나와서 싸움을 거들 생각은 하지도 못했다.

손신과 왕영은 얼마 안 되어서 공손승이 번서·단정규·위정국과 함께 거느리고 온 군사들과 맞닥뜨리게 되었다.

공손승이 말하였다.

"두 분께서는 진지로 돌아가서 잠시 쉬고 계시오. 내가 혼자서 추격해도 넉넉할 것이니…."

손신과 왕영은 그 말대로 진지로 되돌아갔다.

한편, 교도청은 비진, 설찬과 함께 패잔병을 거느리고 마치 초상집 개 모양으로 맥이 풀려서 당황히 북쪽으로 도주하고 있었다. 공손승은 번서, 단정규, 위정국과 함께 병력 1만을 거느리고 교도청의 뒤를 맹렬히 추격했다.

공손승은 목청이 터질 듯이 호통을 쳤다.

"교도청! 빨리 말을 내려서 항복해라! 쓸데없는 고집을 부리지 말고."

교도청도 앞서 가는 말 위에서 똑같이 소리를 질렀다.

"사람이란 저마다 주인을 위해서 일하는 법이다. 네 놈은 어째서 이다지도 지독하게 나를 추격하는 것이냐?"

　날이 이미 저물었다. 그러나 송군이 횃불을 밝혀서 사방이 낮과 같이 밝았다. 교도청이 사방을 휘둘러보니, 겨우 비진과 설찬 이외에 30기쯤 남았을 뿐, 그밖의 병사들은 뿔뿔이 흩어져 도주하고 하나도 찾아볼 수 없었다.

　교도청은 칼을 뽑아 제 목을 찌르고 자결해 버리려고 했다.

　그것을 비진이 얼른 덤벼들어서 가로막았다.

　"국사님! 이게 무슨 일이십니까?"

　그리고 앞에 바라다보이는 산을 가리키면서 또 말했다.

　"저기 바라다보이는 산은 몸을 숨기기에 가장 좋은 피신처입니다!"

　교도청은 세궁역진하여 두 장수와 함께 그 산속으로 달려 들어갔다. 이 산은 소덕성 동북쪽에 있는 백곡령(百谷嶺)이라는 산이며, 거기에는 신농묘(神農廟)가 있었다. 교도청은 두 장수와 같이 이 신농묘에 몸을 숨겼는데, 신변을 따르는 병사라곤 이미 5,6기밖에 남지 않았다. 공손승은 교도청을 무슨 일이 있더라도 항복시킬 작정으로 산속으로 몰아넣은 것뿐이었다. 그렇지 않다면야 송군은 그를 추격하여 1만 명의 교도청이 있다 해도 항복시켜 버리고 말았을 것이다.

　공손승은 교도청이 백곡령으로 몸을 숨긴 것을 알자 병력을 풀어서 사방을 포위했고, 송강은 임충과 장청에게 명령하여 병력 5천을 거느리고 정세를 정찰하도록 내보냈다.

　송강은 바로 그 이튿날, 즉각에 오학구와 더불어 백곡령을 공격할 작전을 상의하고, 전군이 소덕성 밑까지 쳐들어가도록 명령을 내렸다.

그러나 성 안의 수장 섭청은 성을 결사적으로 지켰기 때문에, 송군이 연거푸 이틀 동안이나 맹공을 가했지만 성은 쉽사리 함락되지 않았다.

송강은 성남(城南) 진지에 있으면서 적의 수중에 빠져 있는 이규와 그밖의 여러 사람의 생사를 생각하고 눈물을 흘리며 엉엉 울었다. 군사 오용은 송강을 위로해 주면서 편지 몇 통만 가지면, 성을 쉽사리 함락시킬 수 있다고 말했다. 송강은 귀가 번쩍 띄었다.

"도대체 그게 무슨 계책이오?"

오용은 조용히 피도 흘리지 않고, 고성(孤城)을 함락시켜서 백성을 편안케 할 수 있는 계책을 설명했다.

97 경시축(瓊矢鏃)이라는 여장군(女將軍)

陳 瓘 諫 官 陞 安 撫
瓊 英 處 女 做 光 鋒

오용이 송강에게 선뜻 말했다.

"성 안의 병력이란 보잘것없는 것입니다. 얼마 전까지도 교도청이란 자의 요술을 믿고 버티고 있었지만, 이제는 그 자도 맥을 쓸 수 없게 되었고, 원군도 빨리 달려들지 않는 다는 것을 알게 되었으니 놈들이 어찌 놀랍고 당황하지 않을 수 있겠습니까? 이 아우가 오늘 아침에 구름다리에 올라가서 바라보니, 성을 지키고 있는 병사들은 모두 전전 긍긍하고 있는 모양이었습니다. 놈들이 이렇게 겁을 집어 먹고 있는 틈을 타서 살아날 수 있는 길를 열어 주고 이해 관계를 똑바로 밝혀 준다면, 놈들은 반드시 성 안으로부터 그들의 장수를 잡아 결박해 가지고 우리 편으로 투항해 올 것입니다. 이렇게 된다면 우리 편 병사들은 칼날에 피 한 방울도 묻히지 않고 성을 우리 수중에 넣을 수 있을 게 아니겠습니까?"

송강은 오용의 계책에 크게 찬성의 뜻을 표시하며, 즉 각에 송조(宋朝)에 투항 귀순하라고 간곡히 달래는 격문 을 수십 장 만들었다. 그런 다음 병사들을 시켜서 그 격문 을 화살 끝에 매여 가지고 서편으로부터 성 안으로 쏴 들 여보내게 했다. 그리고 각처 성문에 명령하여 일단 공격을 중지하고 성 안의 동정을 살피고 있으라 했다.

그 이튿날, 날이 훤히 밝을 무렵.

돌연, 성 안에서는 고함소리가 천지를 진동하더니 사방 성문에서 항복하겠다는 깃발이 높이 솟아올랐다.

성을 지키던 편장 금정과 황월이 군민을 인솔하고, 부장인 섭성·우경·냉녕을 죽여서 세 개의 수급을 막대기에 꿰어 높이 쳐들고, 옥중으로부터 이규·노지심·무송·유당·포욱·황충·이곤·당빈 등 여러 사람을 석방시켜 모조리 교자에 태운 다음 성문을 활짝 열어젖히고 성 밖으로 몰려나왔다.

그리고 성 안에서는 여러 군민들이 향화등촉(香花燈燭)으로 길을 메우다시피 하고 송군의 입성을 환영했다. 송강은 크게 기뻐하며 각처 성문의 장수들에게 명령을 전달시켜 일제히 군사를 거느리고 입성하도록 했다. 이리하여 칼날에는 피 한 방울도 묻히지 않고, 주민에게도 털끝만한 위험이나 해를 입히지 않고, 환호의 고함소리가 천지를 진동할 뿐이었다.

송강이 원수부로 들어가서 자리에 앉자 노지심 일행 여덟 사람이 앞으로 나와서 인사를 했고, 일동이 똑같이 꿈을 꾸고 있는 것 같은 심정으로 감격의 눈물을 금치 못했다.

뒤따라서 금정·황월이 옹규·채택·양춘을 데리고 나와서 꿇어앉으며, 대죄를 범했으나 귀순을 맹세하고 은혜에 보답하겠다고 눈물을 흘리며 항복했다. 흑선풍 이규가 또 내달으며 격분한 어조로 투덜거렸다.

"듣자니 그 교도청이란 돼먹지 않은 도사란 놈은 백곡령에 숨어 있다는데, 내가 달려가서 그놈을 당장에 도끼로 찍어서 죽여 버리고 분풀이를 해야겠소!"

송강이 달래듯이 타일렀다.

"교도청은 일청 아우가 백곡령에 몰아넣고 항복시키려는 중일세! 나진인께 그렇게 하라는 법지를 받았으니까, 성급히 날뛰어서는 안 되네!"

송강이 군무를 처리하고 있을 때 돌연 급보가 날아들었다. 신행태보 대종이 진녕으로부터 돌아왔다는 것이었다. 송강은 즉각에 대종을 원수부로 불러들여서 진녕의 형편을 물어 봤다. 대종의 말에 의하면, 그가 송강의 명령을 받고 진녕에 도착했을 때는, 바로 노선봉이 맹렬히 성을 공격하고 있을 때였다고 한다.

불원간 성을 함락시킬 터이니 3,4일만 기다려서 송강에게 첩보를 가지고 가도록 하라고 해서 즉시 돌아오지 못하고 붙잡혀 있게 되었다는 것이었다.

신행태보 대종은 진녕에 가 있는 동안의 가지가지 정세의 변화를 상세히 보고하기 시작했다.

"이 달 엿새였습니다. 그날 밤에는 안개가 자욱하게 끼어서 지척을 분간키 어려웠습니다. 노선봉은 병사들에게 명령하여 몰래 흙을 큰 포대에 잔뜩 담아서 성벽 밑에 쌓아올리게 하였습니다. 삼경 때쯤 되어서 성 동북쪽 수비가 약한 것을 파악하고, 우리 편 군사들은 살금살금 그 흙주머니를 밟으면서 성벽으로 기어 올라가서 성을 지키고 있는 장수 세 놈을 찔러서 죽여 버렸습니다.

전표란 놈은 북군으로 뛰쳐나가 결사적으로 도주해 버

렸지만 나머지 아장들은 모조리 항복했고, 노획한 전마가 5천여 필, 투항한 병사가 2만여 명, 찔러 죽인 병사의 수효도 굉장했습니다. 이렇게 해서 노선봉은 진녕을 점령했고, 날이 밝고 안개가 걷히자, 주민들을 안정시키고 군무를 처리하고 있었습니다.

이때, 돌연 위승에 있는 전호가 파견한 전수 손안(孫安)이란 자가 장수 10여 명과 병력 2만을 거느리고 구원에 나서서 성 밖 10리 지점까지 쳐들어와서 진을 치고 있다는 급보가 날아들었습니다. 노선봉은 즉각 진명·양지·구붕·등비 등 몇 사람에게 명령하여 병사를 거느리고 성 밖으로 나가서 적군과 대결케 하고, 자신도 병사를 인솔하고 싸움을 거들러 나섰습니다. 이때, 진명은 손안과 50여 합을 대결했지만 좀처럼 승부가 나지 않았습니다. 그런 판에 노선봉의 군사가 도착했고, 노선봉은 손안의 용맹한 솜씨를 보자 금고를 울려서 병사를 철수시켰습니다.

손안의 편에서도 즉각에 병사를 뒤로 물리고 피차간에 진지를 다시 지키기로 되었습니다. 노선봉은 영채로 돌아오자, '손안은 굉장히 용맹한 놈이니 꾀로써 항복시켜야지, 힘으로써 제압하기는 어렵다' 하고, 그 이튿날 노선봉이 친히 전두에 나서서 손안과 더불어 50여 합을 대결했는데, 손안의 말이 별안간 발을 헛디뎌서 손안은 말 위에서 나뒹굴어 떨어지고 말았습니다. 노선봉은 큰 소리로 고함을 질렀습니다. '그대가 패했다고는 보지 않는다. 시급히 말을 바꿔 타고 다시 나오너라!'

손안은 그 말대로 말을 바꿔 타고 나와서 다시 50여 합을 노선봉과 대결했습니다. 이때, 노선봉은 싸움에 패한 체하고 뺑소니를 쳐서 손안을 숲속까지 추격해 오도록 유인했습니다. 이때, 한 방의 포성이 울리고, 양편에 숨어 있던 복병들이 일제히 뛰쳐나왔습니다. 손안은 몸을 써볼 틈도 없이 양편에서 던지는 반마색(絆馬索) 줄에 걸려 그대로 땅바닥에 나뒹굴고 말았습니다. 여러 병사들이 노도같이 몰려들어서 말과 함께 산 채로 잡아 버렸습니다.

북군의 진지에서는 진영(秦英)·육청(陸淸)·요약(姚約) 세 장수가 일제히 손안을 탈환해 가려고 덤벼들었습니다. 우리 편에서는 양지·구붕·등비가 달려나가서 그들과 대결, 여섯 필의 말이 쌍쌍이 갈라져서 치열한 싸움이 시작되었습니다. 이때, 돌연 양지가 큰 소리로 호통을 치면서 창을 휘둘러 진영을 단번에 찔러서 말 위에서 거꾸러뜨리고 말았습니다. 육청과 구붕도 막상막하의 싸움을 계속하고 있었는데, 구붕이 일부러 틈을 보이는 체하자 육청은 그 틈을 노리고 맹렬히 쳐들어왔지만, 구붕이 번갯불처럼 몸을 돌리니 육청은 허공을 찔렀을 뿐, 칼을 거둬들일 틈도 없이 구붕의 창에 등줄기를 찔리고 말았습니다. 요약은 두 장수가 말에서 떨어져 나뒹구는 꼴을 보자 말머리를 돌려서 뺑소니쳤지만, 등비가 추격해 가서 쇠사슬을 요약의 머리에 뒤집어씌워서 투구와 함께 깨뜨려 버렸습니다. 노선봉은 경각을 지체치 않고 병사를 몰고 덮쳐들었습니다. 북군은 대패하여 4,5천 명의 병사를 빼앗긴 채 10여 리나 후퇴해서 간신히 다시 진을 치게 됐습니다. 우리 편은 큰 승리를 거두고 입성했습니다. 병사들이 손안을 결박해서 끌고 나오니, 노선봉은 친히 그 결박한 포승을 풀어 주고 후히 대접했으며, 천조(天祖)에 귀순하도록 간곡히 권고했더니 손안이 충심으로 감격하여 마지않으며 투항하기로 맹세하고, 성 밖에는 아직도 일곱 명의 장수와 1만 2천 명의 병력이 남아 있으니, 자기를 한 번 다시 성 밖으로 보내 주면 그들을 설복해서 모조리 투항시키겠다고 했습니다. 노선봉은 추호도 의심치 않고 선선히 손안을 성 밖으로 내보내 주었습니다.

손안은 단신으로 북군의 진지로 넘어가서 장수 일곱 명을 설복, 투항케 해가지고 노선봉에게 인사를 하러 데리고 왔습니다. 노선봉이 크게 기뻐하여 술상을 차려내고 후히 대접했더니, 그때 손안은 이런 말을 했습니다. 자기는 교도청과 함께 병사를 거느리고 위승을 나왔는데, 교도청은 호관(壺關) 쪽으로 싸움을 거들러 주려고 갔으니, 그가 요술을 잘 쓰기 때문에 송선봉도 그 요술에 걸려서 고생을 하실 것이다. 교도청은 자기와 동향(同鄕)인 사이니까, 자기가 호관까지 가서 정세를 살피다가 교도청에게 귀순을 권고해 보고 싶다고.

노선봉은 그의 의사를 받아들이고 나더러 손안과 함께 가서 기쁜 소식을 송선봉께 전해 드리도록 하라고 하셨습니다. 또 노선봉은 선찬·학사문·여방·곽성 등에게 병력 2만을 주어서 진녕을 지키도록 명령하고, 자신은 친히 나머지 장수들과 병력 2만을 거느리고 분양(汾陽)으로 쳐들어갔습니다.

나는 어제 진녕을 떠나면서 손안에게도 신행법의 술법을 써놓고 왔는데, 오는 도중에 송선봉께서 이미 소덕을 포위했고, 교도청이 쫓겨갔다는 소식을 들었습니다. 성 밖까지 왔을 때에는 대군을 거느리고 입성까지 하셨다는 소문을 듣고, 그대로 찾아뵈려고 온 것입니다. 손안에게는 원수부 문 밖에서 기다리고 있으라고 했습니다."

송강은 크게 기뻐하며 대종을 시켜서 손안을 데리고 오라고 했다. 대종은 명령을 받자, 손안을 원수부로 데리고 와서 송강 앞에 나섰다. 송강은 손안이 당당한 풍채와 비범한 대장부임을 재빨리 알아보고, 섬돌 아래로 내려서서 친히 영접했다. 손안은 머리를 수그리고 꿇어앉았다.

"이 손모는 대병에 항거하였사오니 그 죄, 만번 죽어 마땅하옵니다!"

송강이 답례하며 서슴지 않고 말하였다.

"장군은 반사귀정(反邪歸正)하여 이 송모(宋某)와 더불어 전호를 쳐부수게 됐으니, 조정에 돌아가 보주(報奏)하여 당연히 녹용(錄用)되시도록 하겠소이다!"

손안은 감사하다 절하고 자리에서 일어섰다. 송선봉은 자리를 달리하여 술상을 차려 후히 대접했다. 이 자리에서 손안은 교도청이 자기와 가장 친한 사이이므로, 자기가 나서서 투항하도록 간곡히 설복시키겠다고 했다. 송선봉은 쾌히 승낙하고 즉각에 대종과 손안을 북문 밖으로 내보내 공손승의 진지로 보냈다. 공손승은 손안이 찾아온 뜻을 알게 되자 크게 기뻐하며, 즉시 산으로 보내어 교도청을 찾아보라고 했다. 손안은 교도청의 명령을 받자, 곧 산으로 올라갔다.

한편, 교도청은 비진(費珍)·설찬(薛燦)과 15,6명의 병사를 거느리고 신농묘에 몸을 숨기고, 묘를 지키는 도인에게서 쌀겨죽을 얻어먹어 가며 간신히 연명을 하고 있었다.

어느 날, 성 안으로부터 이상한 고함소리가 들려, 묘 밖에 있는 언덕에 올라가서 사방을 휘둘러보고 있었다.

성 밖의 군사들은 이미 포위망을 뚫어 버렸으며, 성문 안을 병사들이 오락가락하고 있는 것이 눈에 띄었다. 송군이 입성한 것을 확인하지 않을 수 없게 되었다.

혼자 한탄하고 있을 때 언덕 근처 숲속으로부터 나무꾼 한 사람이 불쑥 뛰어나왔다. 허리에 도끼를 차고 밀대를 지팡이삼아서 한 걸음 두 걸음 언덕으로 올라오고 있었다. 그 나무꾼은 콧노래를 흥얼거리고 있었다.

산에 올라가기란 배를 끄는 것 같고
산을 내려가기란 물줄기를 따라서 흘러가는 듯.
배를 끌기란 힘든 노릇이니 언제나 조심해야 하고
물줄기를 따라 흘러가는 것은 언제나 거저 먹기다.
내 이제 애써서 산에 올라가는 것은
산을 내려갈 때 좋은 기분을 맛보려는 까닭이지.
上山如挽舟, 下山如順流, 挽舟常自戒, 順流常自繇,　我今上山者, 預爲下山謀.

교도청은 나무꾼의 콧노래를 듣자, 가슴속에 퍼뜩 느끼는 바가 있어서 성 안의 소식을 아느냐고 물었다. 나무꾼이 대답했다.

"금정, 황월이 부장인 섭성을 죽여 버리고 송조(宋朝)에 귀순했기 때문에, 송군은 피 한방울도 흘리지 않고 소덕을 수중에 넣고 말았소!"

교도청은 고개를 끄덕끄덕하며 그 나무꾼과 지나쳐 버

렸다. 얼마 안 있다가 말을 탄 사람 하나가 길을 찾아가며 산으로 올라오고 있었다. 그것이 손안인 것을 확인하자 교도청은 깜짝 놀라서 물었다.

"전수(殿帥)! 그대는 어떻게 여기까지 혼자 올라왔소! 산기슭에는 수많은 적군이 포위하고 있을 터인데 용히 붙잡히지도 않고…."

손안은 자초지종 경위를 자세히 설명하고, 공손승이 나진인의 명령에 의해 교도청을 선도(善導)할 계획을 세우고 있으니, 아무리 고집을 부려도 소용이 없다는 점을 누누이 설명했다.

교도청도 그제야 선뜻 깨닫는 바 있어서 즉각에 손안과 함께 비진, 설찬을 거느리고 산을 내려와 공손승의 군전에 도착했다. 공손승은 그들 일행을 거느리고 입성하여 송강에게 면회시키고, 그런 사법(邪法)을 가지고는 나진인의 오묘한 술법을 도저히 당해낼 수 없다는 점을 간곡히 타일렀다.

교도청은 그 말을 듣고 나서야 비로소 꿈에서 깨어난 사람같이 과거의 경거망동을 깨끗이 뉘우치고, 당장에 공손승을 스승으로 모시기로 했다.

이튿날, 송강은 소양을 불러서 상주문을 쓰도록 했다. 그것은 진녕·소덕 2부를 점령하게 된 사실을 조정에 보고하기 위한 것이고, 따로 편지 한 통을 작성해서 숙태위에게 승리를 알리는 한편, 여러 부·주·현의 결원을 시급히 보충해 주어서 장수들은 싸움에만 전념케 해달라는 요청이었다.

송강은 소양이 작성한 상주문과 편지를 대종에게 주어서 그날 중으로 출발하게 했다. 대종은 신행법을 써서 바로 그 이튿날 동경에 도착했다.

숙태위의 부중(府中)으로 편지를 전달하려고 찾아갔더니 마침 태위는 부중에 있었다. 대종은 문앞에서 양(楊)가라는 우후 한 사람을 잡아 가지고 은전 몇 닢을 집어주고 편지를 숙태위에게 전달해 달라고 부탁했다.

그 양우후는 편지를 받아들고 안으로 들어가더니, 얼마 안 되어서 되돌아 나와 안으로 안내해 주었다. 안으로 들어갔더니 마침 숙태위는 전달된 편지를 읽고 있다가 반색을 하면서 대종에게 말했다.

"사태가 심히 절박한 판에 마침 잘 와주셨소. 엊그제, 채경·동관·고구란 자들이 천자의 어전(御前)에서 송선봉이 싸움에 패하여 장수들을 모조리 죽였다는 터무니없는 말을 상주하고 대죄에 처하라고 비방을 했소. 천자께서 어찌할 바를 모르시고 망설이고 계신 때 우정언(右正言― 간언역(諫言役)의 측근 신하) 진관(陳瓘)이 상주하여 채경·동관·고구는 충성된 사람을 무고하고 선량한 사람을 배척하는 자들이라고 탄핵하고, 송군은 이미 호관(壺關)의 요새지대를 돌파했다고 아뢰고, 채경 일당의 기망(旣望)의 죄를 규탄하시라고 상주했소. 그랬더니 채경이란 자는 도리어 진관의 터무니없는 험집을 잡아 가지고 어제 천자께 상주했소. 즉, 진관은 《존요록(尊堯錄)》이란 책을 저술한 자로서, 은연중에 폐하를 마땅치 않게 생각하는 자이니 죄를 따져서 처벌하시라고 하는 것이었소. 오늘 그대가 승리의 보고를 드리러 왔으니 이야말로 진관의 면목을 세워 줄 수 있게 되었고, 나의 커다란 고민을 덜어 주게 되었소. 내일 아침 승리의 상주문을 천자께 올리도록 하겠소!"

숙태위는 그 이튿날 아침에 입내(入內)했다. 도군황제는 문덕전에서 문무백관을 모아 놓고 조견의 의식을 거행했다. 숙태위는 즉각에 송강이 승리했다는 뜻을 상주했다.

"전호를 토벌하러 나갔던 송강의 군사는 여섯 군데 부·주·현을 탈환하고, 승리의 정세를 상주하고자 사신을 시켜 상주문을 보내 왔습니다!"

천자의 용안에 흡족한 웃음이 떠올랐다. 숙태위는 계속해서 상주했다.

"우정언 진관은 《존요록》이라는 책을 저술하여 선제(先帝―신종황제)를 요임금에 비유하고, 폐하를 순임금에 비유했습니다. 요임금을 모시는 것이 어찌 죄가 되겠습니까? 진관은 강직불굴(剛直不屈)의 인물로서 국가대사에 관해서는 직언을 겁내지 않고 대담한 계책을 세울 줄 아는 훌륭한 인재입니다. 원컨대 진관에게 관작을 가봉(加封)하시고 칙명을 내리시어 하북에 파견하시와 군사를 감독케 하시면, 반드시 큰 공을 세우리라고 믿습니다!"

천자는 숙태위의 간곡한 뜻에 찬성하여 즉각에 성지를 내렸다.

"진관을 현관(現官)대로 추밀원동지의 자리에 올리고 다시 안무사에 임명하여, 어영병(御營兵) 2만을 주어서 송강의 군전(軍前)으로 보내 군사를 감독케 하는 동시에, 상사(賞賜)의 은량(銀兩)을 부탁해서 병사들을 위로해 주도록 하여라!"

숙태위는 부중으로 돌아오자, 대종을 불러 가지고 답장을 수교했다. 성지(聖旨)가 내린 것을 알고 곧 숙태위와 작별하고 동경을 떠나, 신행법을 써서 이튿날 소덕성 안에 도착했다. 동경까지 왕복 나흘밖에 안 걸린 셈이었다.

송강은 군사를 점검하고 진군할 계책을 상의하고 있었는데, 대종이 돌아온 것을 보자 성급히 상주문을 보낸 결과를 물었다. 대종은 즉각에 숙태위의 답장을 내주었다. 송강은 편지를 뜯어보고 그 내용을 상세히 두령들에게 설명해 주었다.

여러 두령들은 이구동성으로 말했다.

"진관 안무사의 대담성은 정말 굉장하군! 우리도 애쓴 보람을 이제야 느낄 수 있군!"

송강은 명령을 내려서 칙지를 받고 나서 진군을 개시하기로 했다. 여러 장수들은 그 명령대로 잠시 성 안에 주둔하기로 했다.

이야기는 달라져서, 소덕성 북쪽에 노성현(潞城縣)이라는 속현이 있었다. 그 수장인 지방(池方)이란 자가, 교도청이 포위당했다는 사실을 알게 되자, 위승에 있는 전호에게 급사를 파견했다.

전호의 수하에 있는 가짜 성원관이 노성현의 지방이 보낸 상고문을 전호에게 전달하려고 했을 때, 난데없이 또 급보가 날아들었다.

"진녕은 이미 함락되었고, 어제(御弟) 삼대왕(三大王) 전표님께서 간신히 구사일생으로 살아나시어 도주해 오셨습니다."

하는 것이었다.

그 급보가 전달되자마자, 전표가 당장에 달려들었다. 전표는 성원관들과 함게 입내(入內)하여 전호와 회견했다.

전표는 방성통곡하면서 말했다.

"송군의 군사를 도저히 당해낼 수 없어서 진녕성은 격파당하고 말았습니다. 아들녀석 전실(田實)도 전사해 버렸고, 저만 간신히 목숨을 건져서 도주해 왔습니다. 땅을 빼앗기고 군사를 죽였으니 그 죄 죽어 마땅하다고 생각합니다!"

옆에 있던 성원관이 상주하였다.

"얼마 전에 받은 노성현 지방이라는 수장의 상고문에 의하면, 교도청 국사는 송군의 포위망 속에 빠졌고, 소덕은 낙성(落城) 직전에 있다고 합니다!"

전호는 그 말을 듣자 대경실색.

우승상 태사 변상(卞祥)과 추밀관 범권(范權), 통군대장(統軍大將) 마령(馬靈) 등 문무제관을 모아 놓고 상의했다.

"근자에 송강이 변경을 침범하여 우리 대군을 두 군데나 점령했고, 수많은 장병을 죽였고, 교도청도 인제는 놈들의 포위망 속에 빠졌다고 하는데 그대들에게는 무슨 계책이 없는가?"

이때, 옆에 있던 국구(國舅) 오리(鄔梨)가 상주하였다.

"주상! 근심하실 것은 없소이다. 소신은 국은을 입은 자이니 원컨대 군마를 영솔하고 날짜를 작정해서 소덕으로 쳐들어가 보리다! 반드시 송강 일당을 잡아들이고 말겠소!"

이 국구 오리라는 자는 본래가 위승 땅의 유명한 갑부였는데, 창봉에 상당히 조예가 깊고, 두 팔은 천근 무게를 번쩍번쩍 들 수 있는 억센 힘을 지녔고, 경궁(硬弓)을 잘 쏘고, 무게 50근이나 되는 대발풍도(大潑風刀)를 잘 쓰기로도 유명했다. 전호는 그의 누이동생이 미모를 지닌 아가씨임을 알고 아내로 맞이했고, 오리를 추밀에 봉하여 국구라는 칭호까지 붙여 주었다.

국구 오리는 그때 또 거듭 상주했다.

"소신의 딸 경영(瓊英)은 얼마 전에 꿈속에서 신인(神人)을 만나 무예를 전수받고 꿈을 깨어 보니 비범한 체력을 갖추게 되었소! 그리고 불가사의한 재간까지 생기게 되어서 돌을 날려 나는 새를 백발백중 잡으며, 그래서 근자에는 사람들마다 그 애를 경시촉(瓊矢鏃)이라 부르오! 나는 이 딸년을 선봉으로 삼고 싶소. 반드시 큰 공을 세울 수 있으리라고 믿소!"

전호는 즉각에 칙지를 내렸다. 경영이란 처녀를 군주(郡主)에 봉하라고 했다.

오리 국구가 감사하다는 절을 했을 때, 이번에는 통군대장 마령이 또 상주했다.

"소신도 1군을 인솔하고 분양(汾陽)으로 나가서 적군을 격퇴할까 합니다."

전호는 크게 기뻐하여 둘에게 금인과 호패를 하사하고 명주(明珠), 진보(珍寶)를 선물로 주었다.

이리하여, 오리와 마령은 마침내 3만 명의 병력을 정비해 가지고 즉각 출진하기로 결정했다.

마령은 편장·아장들을 거느리고 분양으로 의기양양하

게 떠나갔다.

한편, 오리 국구는 출진하라는 칙지와 병부를 받자 곧 교장(敎場―교련장)으로 가서 병력 3만 명을 정선하여 정비하고, 칼이며 창이며 활이며 무기를 골고루 준비했다.

다시 자기 집으로 일단 돌아가서 여장군 경영을 휘하에 거느리고 선봉을 삼은 다음, 또 입내(入內)하여 전호와 작별의 인사를 나누고 위풍당당히 출전했다.

이리하여 여장군 경영은 부친의 명령대로 군사를 거느리고 곧장 소덕으로 쳐들어갔다.

98 돌팔매질이 맺은 부부

張 淸 綠 配 瓊 英
吳 用 計 鴆 鄔 梨

　오리 국구는 군주 경영을 선봉으로 내세우고, 친히 대
군을 거느리고 그 뒤를 따랐다. 경영이라는 처녀는 나이
불과 16세. 꽃같이 아름다운 여자로서 알고 보면 오리의
친딸이 아니었다. 이 처녀의 일족의 성은 구(仇)씨요, 부
친의 이름은 신(申)이라고 했다. 대대로 분양부(汾陽府)
개휴현(介休縣) 면상(棉上)이란 고장에서 살고 있었다.
　구신(仇申)이라는 사람은 재산도 상당히 지니고 있었는
데, 50이 넘도록 슬하에 소생이 없었다. 상처한 후에 평
요현(平遙縣) 송유열(宋有烈)이란 사람의 딸을 후처로 맞
아들였더니 경영이라는 딸을 낳았다.
　경영이 열 살이 되던 해, 송유열이 세상을 떠나게 되자
경영의 어머니 송씨는 남편 구신과 함께 장례식에 참석하
려고 70리나 떨어져 있는 평요현으로 가게 되었는데, 길
이 너무나 멀어 딸 경영을 집 안에 남겨 두고 청지기 섭청
(葉淸) 부부에게 잘 돌봐 달라고 부탁했다.
　길을 가는 도중에 강도들을 만나 구신은 세상을 떠나고,
송씨도 놈들에게 납치당하여 어디론지 없어져 버리고 말
았다. 간신히 살아서 돌아온 하인배들이 이런 사실을 섭청
에게 알렸다. 이 섭청은 비록 일개 청지기에 지나지 않는

몸이지만 우의를 존중하는 사람이며 창봉에도 조예가 깊었다. 또 그 부인 안씨(安氏)도 인정 많은 여자였다.

그때, 섭청은 이런 사실을 구씨의 친척들에게 알리고 관청에 고소하여 강도를 체포해 달라고 했다. 주인의 시체를 찾아서 매장까지 했다.

구씨의 친척들은 상의한 끝에 섭청과 그의 아내 안씨에게 경영을 맡기기로 했다. 1년이 지나서 전호가 반란을 일으키고 위승을 점령했을 때 오리의 군사를 거느리고 약탈을 시켰는데, 이때 그들은 면상까지 와서 재물을 강탈하고 남녀를 납치했다. 구씨 집안의 친척들은 반란군 때문에 몰살을 당하고, 섭청 부부도 경영도 모두 납치를 당했다. 오리는 소생이 없는 몸이었다. 미목이 깨끗하게 생긴 경영을 자기 집으로 데리고 가서 키우게 되었다.

그러나 세월이 흘러가는 동안에 전호의 잔인무도한 죄상이 드러나게 되었다.

전호가 반란을 일으켰을 때, 경영의 어머니를 붙잡아서 압채부인(壓寨夫人—도적두목의 처)을 삼으려고 하는 바람에 석실산(石室山) 높은 언덕에서 몸을 던져 자살해 버리고 말았다는 사실이 섭청을 통해서 경영에게까지 알려졌다.

경영은 이런 사실을 알게 되자, 부모의 원수에 대한 원한이 뼈에 사무쳐서 눈물로 세월을 보내며 자나깨나 그 원수 갚을 생각뿐이었다.

꿈속에 신인이 나타나서, 어떤 녹포(綠袍)를 입은 장군 한 사람을 대동하고 무술과 돌팔매질의 재질을 가르쳐 주면서 이렇게 말했다.

"나는 너로 하여금 너의 부모의 원수를 갚도록 해주기
위해서 천첩성(天捷星—장청을 말함)이라는 장군을 모시
고 왔는데, 이분도 너와는 전세부터 인연이 있으신 분이
다."

그 이튿날부터 경영은 열심히 무술과 돌팔매질을 연습
했다. 오리가 그 까닭을 물으면 '꿈속에서 신인이 이술(異
術)의 무예를 가르쳐 주어서 아버지에게 큰 공을 세우게
하기 위해서 그럽니다'라고 거짓말을 했다. 시집을 가라고
강권할 때마다,

"시집을 가려면 저만큼이나 돌팔매질을 잘하는 남자가
아니면 저는 싫어요!"
하고 완강히 거절해 왔다.

이제야말로 오리 국구는 왕후(王侯)라는 두 자를 생각
하고 야심이 만만해서, 결국 경영을 선봉으로 내세우고 송
강과 전호의 싸움판에서 어부지리를 꾀해 볼까 하고 나선
것이었다.

그는 장수와 병사를 거느리고 위승을 떠나, 경영에게
정예 5천 명을 주어서 선봉으로 내세우고, 자기는 대군을
거느리고 그 뒤를 따르기로 하였다.

한편, 송강 일행은 소덕에서 진안무사를 영접하려고 대
기하고 있었는데, 10여 일이나 지나서야 도착한다는 통지
를 받고, 멀리 교외에까지 나가서 소덕 부내(府內)로 안내
하여 쉬도록 했다.

송강은 진안무사에게, 소덕을 지켜 주면 자기는 군사를
거느리고 전호의 소굴을 습격하겠다고 간청했다. 진안무
사의 말에 의하면, 이미 조정에서 기일을 작정하고 결원을

보충하기 위해서 선발된 인마(人馬)가 멀지 않아서 도착한다는 것이었다.

송강은 장병들에게 상사품(賞賜品)을 분배해 주고 나서, 군령장을 작성하여 신행태보 대종을 각 부·주·현으로 파견하고, 새로 인마가 도착하는 대로 즉각에 교체하여 병사를 거느리고 자기 휘하로 돌아오라는 명령을 내렸다.

그와 동시에 금정·황월을 추천하여 호관(壺關)과 포독(抱犢)을 지키게 하고, 그들과 교체하여 손립·주동 등 장령을 자기 휘하로 돌아오도록 했다. 진안무사는 이런 모든 점을 쾌히 승낙했다.

이때, 돌연 유성탐마가 달려들더니 보고하였다. 전호가 마령에게 명령하여 분양으로 구원병을 파견했고, 또 오리국구와 경영 군주에게도 명령을 내려서 장병들을 거느리고 동쪽으로부터 양원(襄垣)까지 쳐들어오게 했다는 것이었다.

송강이 그 소식을 듣자 군사 오용과 대책을 강구하고 있을 때, 항장 교도청이 말하였다.

"마령이란 자는 요술을 할 줄 압니다. 또 신행법도 쓸 줄 알고, 금빛 조약돌을 던지면 백발백중입니다. 소생이 공손일청 스승과 함께 분양으로 가서 그자를 설복시켜 항복하도록 하겠으니, 승낙해 주시기 바랍니다."

송강은 크게 기뻐하여 병력 2천을 공손승과 교도청에게 주어서 출발하게 하고, 색초·서녕·단정규·위정국·탕륭·당빈·경공 등에게 병력 2만을 거느리고 노성현을 공격하라 명령하는 한편, 왕영·호삼랑·손신·고대수 등에게 기병 1천 명을 주어서 북군의 정세를 살피라고 먼저 떠나 보냈다.

그리고 송강 자신은 진안무사와 작별하고, 장령 31명과 병력 3만 5천을 거느리고 소덕을 떠나 북쪽으로 진격을 개시했다.

왕영 등 전위대가 양원 현경(縣境) 오음산에 도착하자, 북군에서도 섭청, 성본 등 장령이 나타나서 싸움이 붙었다. 이 싸움에서 호삼랑은, 남편 왕영을 거들어서 칼을 휘둘러 성본을 찔러서 말 위에서 거꾸러져 떨어지게 했다. 섭청은 감당할 수 없어서 도주했고, 송군은 맹렬히 추격해서 5백여 명의 적군을 무찔러 버렸다.

섭청이 겨우 1백 기를 거느리고 양원성 남쪽 20리 지점까지 도주했더니, 거기에는 벌써 여장군 경영의 군사가 도착하여 진을 치고 있었다.

사실인즉, 섭청은 이번에 딴 배짱이 있어서 양원을 지키라고 파견되자, 주장(主將) 서위(徐威)에게 말하여 부하를 거느리고 일선에 나와 정찰을 담당하고 있었는데, 그것은 오로지 기회를 노렸다가 옛날 주인의 딸 경영을 만나보자는 일념에서였다.

섭청을 만나게 된 여장군 경영은 솔직히 자기의 심정을 고백했다. 수하에 5천의 병력밖에 없으니 부모의 원수를 갚기는 도저히 어렵고, 도주하려고 해도 눈치를 채이면 죽는 목숨이 될 것을 두려워하고 있었다.

섭청은 자기도 여러 가지 계책을 생각하고 있으니, 무슨 줄이 닿는 대로 긴밀한 연락을 취해 주겠다고 약속했다. 이때, 돌연 남군의 장령이 군사를 거느리고 쳐들어온다는 급보가 날아들었다.

미모의 여장군 경영은 감연히 일어섰다. '평남선봉장군 주경영(平南先鋒將軍郡主瓊英)'이라고 쓴 깃발을 휘날리며 진두에 나서니 남군의 진영에서도 감탄하여 마지않았다.

제일 먼저 왕영과 맞닥뜨리게 되니, 왕영은 여장군 경영의 미모에 마음이 싱숭생숭, 제멋대로 싸우지를 못하고 경영의 극에 찔려 투구도 벗어던지고 말 위에서 나뒹굴어 떨어지고 말았다.

호삼랑이 남편이 부상당하는 꼴을 보자 뛰쳐나와 경영과 대결했고, 땅바닥에 쓰러진 왕영은 손신·고대수에게 구출되어서 간신히 진지로 되돌아갔다.

호삼랑과 여장군 경영의 싸움이 자기 편에 신통치 않음을 보고 있던 고대수는 다시 싸움을 거들러 뛰쳐나와서, 세 여장군이 한데 뒤범벅이 되어서 20여 합이나 싸우는 광경은 실로 장관이었다.

싸움이 끝없이 계속되어 나가고 있을 때, 경영은 웬일인지 말 머리를 돌려서 뺑소니를 쳤다. 호삼랑과 고대수가 그 뒤를 추격했다. 경영은 화극(畵戟)을 왼손에 바꾸어 쥐더니 오른손으로 조약돌을 꺼내 들고, 호리호리한 허리를 비비꼬고 두 눈이 말똥말똥해지더니 호삼랑을 겨누고 화살같이 급한 속도로 던졌다. 경영의 조약돌은 호삼랑의 오른편 팔에 보기좋게 명중했다. 호삼랑은 아픔을 참지 못해서 칼을 땅에 떨어뜨린 채 말 머리를 돌려서 자기 진지로 돌아갔다. 손신이 대로하여 내달았으나 역시 경영의 조약돌에 구리쇠로 만든 사자회(獅子盔) 투구를 얻어맞고 당황하여 시급히 자기 진영으로 돌아왔으며, 한편 왕영·호삼랑을 호위하고 군사를 후퇴시켰다.

여장군 경영의 돌팔매질은 과연 날쌔고도 정확하게 명중하는 무시무시한 것이었다. 임충·손안 그리고 보병의 두령 이규 등이 송강의 명령을 받고 병사를 거느리고 싸움을 거들려 달려들었지만, 경영의 묘기에는 그다지 만만하게 승리를 거둘 수 없었다.

우선 말 머리를 돌려서 도주하는 체하는 경영을 추격해 가던 임충이 경영의 조약돌에 얼굴 한복판을 보기좋게 얻어맞고 피투성이가 되어서 진지로 후퇴했으며, 다시 이규·노지심·무송·해진·해보 등 맹장들이 덤벼들었지만, 제일 먼저 험상궂게 생긴 이규가 경영의 조약돌에 이마를 얻어맞았다. 남달리 뼈가 단단한 이규는 좀 아픔을 느꼈을 뿐이었으나, 역시 경영의 묘기에는 놀라 자빠지지 않을 수 없었다.

괄괄한 성미를 참지 못한 이규는 두 번째로 여장군 경영에게 덤벼들었으나, 이번에도 역시 조약돌에 이마를 얻어맞고 피를 흘리면서, 원래가 강철 같은 몸인지라 두 자루의 판부를 질질 끌며 또다시 송군의 진지로 후퇴했다.

얼마 후에는 남북 양군 간에 일대 혼전이 치열하게 벌어졌다.

이번 싸움에서 오리 국구는, 손안의 부하들이 몰래 쏜 화살이 목덜미에 명중하여 말 위에서 나뒹굴어 떨어진 것을, 서위와 그밖의 몇몇 장사들이 필사적으로 구출해서 진지로 데리고 갔다.

한편, 송강의 장령들 중에서는 해진·해보가 적군에게 납치당했으며, 적진으로 쳐들어간 노지심·무송·이규가 한참 동안이나 행방불명이 되었는데, 이규와 무송만은 간신히 적진을 탈출하여 송강의 진지로 돌아왔고, 노지심의 행방은 그 이튿날이 되어도 알 수가 없었다. 송강이 눈물을 흘리며 슬퍼하고 있을 때, 욱보사가 적군의 첩자 한 사람을 끌고 송강의 앞에 나타났다. 그는 바로 북장의 총관 섭청이었다.

그의 솔직한 고백에 의하면, 화살을 맞은 오리 국구는 성 안에서 의사의 치료를 받고 있으나 실신 상태에 있기 때문에, 자기가 다른 명의를 청해 오겠다 속이고 성 밖으로 달려나왔다 하며, 납치해 간 해진·해보 두 장군도 자기가 국구 오리가 실신 상태에 빠진 틈을 타서 그의 명령이라 사칭하고 우선 감방에 편히 있도록 해두었다는 것이었다. 그는 또 다음과 같이 애원하듯이 말했다.

"소생의 옛날 주녀(主女) 경영은 평소부터 자기 부모의 원수를 갚아 설욕하자는 뜻을 품고 있습니다. 이런 입장에 있는 경영이 어쩔 수 없이 치열한 싸움을 하다가 옥석(玉石)이 함께 없어지지나 않을까 걱정하여, 소생이 생사를 헤아리지 않고 원수께 간청을 드리러 온 것입니다."

이때, 옆에 있던 군사 오용이 송강에게 말하였다.

"이자의 진지한 태도를 보니 조금도 거짓이 없는 진심이 분명합니다. 그리고 경영은 훌륭한 효녀입니다. 하느님이 이 여자에게 부모의 원수를 갚을 기회를 주신 겁니다!"

그리고 다시 송강의 귓전에다 대고 속삭이듯 소근소근 했다.

"장장군과 교묘한 인연을 맺어서, 여차여차하게 작전을 하면 전호의 모가지도 경영의 수중에 들어가기는 쉬운 노릇입니다!"

송강은 퍼뜩 깨닫는 바가 있어서, 즉각에 장청·안도
전·섭청 세 사람을 앞으로 불러서 각각 계책을 지시해
준 다음, 곧 떠나 보내도록 했다.

섭청은 양원(襄垣) 성문을 지키는 장병들에게, 자기는
오리 국구의 명령을 받들고 전령(全靈)·전우(全羽)라는
두 의사를 불러 가지고 온 섭청이라고 호통을 쳐서 무난
히 성문을 열게 했다.

그 길로 곧장 국구의 원수부로 달려가서 부내로 들어갔
다. 전령을 군주 경영에게 인사시킨 다음 국구 오리의 침
상가에까지 데리고 들어갔다. 전령은 간신히 숨을 쉬고 있
는 국구 오리의 맥을 짚어 보고, 고약도 발라 주고 내복약
도 먹게 했다. 사흘이 지나자 오리는 혈색도 차츰차츰 좋
아졌고, 식욕도 조금씩 생기게 됐다. 오리는 크게 기뻐하
여 섭청에게 명령하여 의사 전령을 불러들여서 만나보고,
당신의 신술로 나의 몸이 좋아졌으니 앞으로는 부귀영화
를 같이 누리자고까지 말했다. 전령은 이때 겸손한 태도로
자기 아우 전우를 소개하고, 무술에도 남 못지않은 재간을
지니고 있으니 잘 돌봐 달라고 부탁했다.

오리는 전우를 불러들여서 만나보고 그 비범한 풍채에
탄복했으며, 크게 기뻐하여 부외로 나가서 대기하라고 했
다. 전령과 전우는 원수부를 나왔다.

나흘이 지난 어느 날, 돌연 송강의 군사가 쳐들어온다
는 급보가 날아들었다. 섭청은 즉각에 원수부로 달려가서
국구 오리에게 연락을 취했다.

오리는 즉각에 여장군 경영을 거느리고 연병장으로 출

동하여 병사를 사열했다. 이때, 전우가 연무청(演武廳)에 나타나서 말하였다.

"은상께서는 소인더러 대기하고 있으라 하셨사온데, 이제 적군의 병마가 성 가까이 쳐들어온다 하오니 소인은 부재(不才)의 몸이나 병사를 거느리고 출성(出城)하고 싶습니다!"

이때, 옆에 있던 총관 섭청이 일부러 대로한 체하고 전우에게 호통을 쳤다.

"감히 그 따위 큰소리를 누구 앞에서 탕탕 치느냐? 나하고 무예를 겨루어 보겠다는 배짱이냐!"

전우가 호탕하게 웃으면서 말하였다.

"나는 십팔반 무예를 어렸을 적부터 배웠소! 오늘 한 번 우리들의 재간이나 솜씨를 견주어 보고 싶소!"

섭청은 국구 오리의 승낙을 받고, 말을 타고 창을 휘두르며 연무청 앞에서 전우와 4,50합을 싸워 봤지만 승부가 나지 않았다. 이때, 경영은 오리의 옆에 있었는데, 전우의 얼굴을 보자 이상한 생각이 들었다.

'어디서 만났던 일이 있던 사람 같은데? 창을 쓰는 솜씨도 나하고 비슷한데!'

한참 동안 이런 생각을 하던 경영은 퍼뜩 머릿속에 떠오르는 바가 있었다.

'맞았다! 꿈속에서 나에게 돌팔매질을 가르쳐 준 사람의 얼굴과 똑같다! 그런데 이 사람도 과연 돌팔매질을 잘 할 줄 알까!'

경영은 즉각에 화극을 손에 잡고 말을 달려가서 싸우고 있는 섭청과 전우의 사이를 가로막았다. 이것은 섭청에게 전우가 부상을 당할까 겁을 낸 까닭이었다. 경영은 섭청과 전우가 서로 내통하고 있다는 사실을 전혀 모르고 있었다.

경영이 화극을 뻗쳐 들고 곧장 전우에게 덤벼들었다. 전우도 창을 휘두르며 대결했다. 둘이서 싸우기를 50여 합, 경영은 별안간 말 머리를 훌쩍 돌려 연무청을 향하여 달아나기 시작했다. 전우가 놓치지 않으려고 뒤를 쫓아가니, 경영은 조약돌을 손에 들고 몸을 후딱 꼬면서 전우의 겨드랑 밑을 겨누고 화살처럼 던졌다. 전우는 재빨리 그런 눈치를 알아채고 오른편 손으로 덥석 그 조약돌을 힘 안 들이고 움켜잡았다. 경영은 약삭빠르게 조약돌을 움켜잡는 전우의 솜씨에 놀라면서, 두 번째 돌을 또 연거푸 던졌다. 전우는 경영이 손을 쳐드는 것을 보는 순간에, 오른편 손에 움켜잡고 있던 조약돌을 휙 하고 공중으로 날렸다. 두 조약돌은 허공에서 맞부딪쳐서 쨍하는 소리를 내며 눈발처럼 부서져 땅바닥에 떨어졌다.

그날 연무청에는 아장, 교위들 몇 사람이 있어서 이런 광경을 보고 이상하게 여긴 자도 있었지만, 경영은 금지옥엽 같은 군주(郡主)의 몸이요, 한편 전우는 오리 국구의 신임이 두터운 섭청이 청해 온 사람이라, 그들이 무술의 재간을 견주어 보는 것을 그다지 수상쩍게 생각지 않았다.

오리 국구는 전우를 연무청으로 불러서 의갑마필(衣甲馬匹)을 내주며, 병력 3천을 거느리고 성 밖으로 나가서 적과 싸우라고 했다.

그 이튿날, 송군은 또 쳐들어왔다. 오리는 또다시 전우에게 명령하여 병력 3천을 거느리고 성 밖에 나가 싸우라고 했다. 아침부터 점심때까지 격전이 계속되었다. 전우의 조약돌 때문에 송군의 병사들은 뿔뿔이 흐트러져서 도주했다. 전우는 단숨에 오음산 저편까지 추격해 갔다. 송군은 이것을 막아내지 못하고 소덕으로 퇴각해 버렸다. 전우는 개선장군이 되어서 군사를 거느리고 성으로 돌아와 승리를 보고했다. 오리의 기쁨은 이루 형언할 수도 없었다.

이때, 섭청이 말을 꺼냈다.

"이제야말로 국구님께서는 훌륭한 인재를 얻으셨고, 또 경영 군주님이 계시니 송강의 군사도 겁내실 게 없게 되셨습니다. 대사를 성취하시는 데 아무런 걱정도 하지 마십시오!"

다시 언성을 낮추어서 점잖게 말했다.

"군주님께서는 평소부터 자기만큼 돌팔매질을 잘하는 남자가 있으면 배필로 삼겠다는 소원이시었사오니, 이제 전우 장군의 영웅적인 인품으로 보면 군주님이 배필로 삼으셔도 추호도 손색이 없으실 것이라 생각합니다."

섭청의 간곡한 권고도 있었지만, 경영과 전우와는 천생의 배필이 될 인연이었는지, 국구 오리도 이를 쾌히 승낙했다.

3월 11일, 길일을 택하여 예의를 갖추고 주연을 베풀어 전우를 사위로 맞이했다. 전우란 장청, 바로 그 사람이었다.

결혼의 예식이 끝나자, 전우와 경영은 붉은 수건을 쓰고 화려한 비단으로 몸을 감고 나란히 서서 신기(神祇) 앞에 절하고, 수양아버지 오리에게도 절을 드렸으며, 고악 소리, 묘향(妙香) 속에 엉클어진 가운데 동방(洞房)으로 들어가 한쌍의 부부가 되었다.

전우가 등불 밑에서 경영을 자세히 관찰해 보니, 싸움터에서 본 여장군과는 전혀 딴판으로 하늘에서 내려온 선녀 같은 미모와 균형이 잡힌 육체미에 황홀함을 느끼지 않을 수 없었다. 이 순간의 전우와 경영은 마치 물속에 든 한쌍의 물고기와도 같고, 칠과 같이, 아교와 같이 찰싹 달라붙어서 떨어질 줄 몰랐다. 그들의 인생의 첫날밤을 지냈음은 더 말할 나위도 없는 일이었다.

그날 밤, 전우는 잠자리 속에서 비로소 자기의 본명을 밝혔다. 사실인즉 송군의 정장(正將) 몰우전 장청이었음은 물론이요, 의사 전령이라고 한 사람은 신의 안도전이었다. 경영도 그제야 억울하게 받아 온 괴로움을 솔직하게 고백했다. 두 남녀는 원앙새와도 같이 하룻밤을 속삭이면서 밝혔다.

다시 이틀이 지나간 다음, 그들 네 사람은 안팎에서 서로 호응하여 오리 국구를 독살해 버리고, 서위도 상의할 일이 있다고 원수부로 불러들여서 역시 죽여 버렸다. 그밖의 장병들은 모조리 항복했다.

장청과 경영은 명령을 내려서, 성 안의 소식을 밖으로 누설시키는 자가 있으면 연루자를 전부 같은 죄로 목을 베어 버리고, 주범은 군민의 차별 없이 삼족을 멸하겠다고 전달시켰다.

이러고 보니 물 한 방울도 새나갈 만한 틈이 없었다. 또 해진과 해보는 자유의 몸이 되어서 장청·섭청과 함께 각각 사방의 성문을 지키기로 했다.

안도전은 섭청의 부하 병사를 거느리고 소덕으로 돌아

가서 송선봉에게 보고했다

오용은 이때, 이규와 무송을 시켜서 밤중에 몰래 성수서생 소양을 보호하고 양원으로 가도록 했고, 소양을 시켜서 경영과 장청을 만나보고 오리 국구의 필적을 찾아내어 그 필적과 똑같이 상주문을 작성한 다음, 섭청을 시켜서 그것을 가지고 위승으로 가서 전호에게 군마(軍馬)를 영접했다 보고하게 하고, 내부에 머무르면서 기회를 엿보아서 거사하도록 지시했다.

섭청은 그 상주문을 몸에 지니고 장청·경영과 작별한 다음, 위승을 향하여 길을 떠났다.

한편, 송강이 소덕성 안에서 소양과 안도전을 떠나 보내고 있을 때, 별안간 통쾌한 소식이 날아들었다.

색초·서녕 등 장수들이 노성을 함락시키고, 부하를 파견하여 첩보를 전달시켜 왔다는 기쁜 소식이었다.

그 부하가 전하는 첩보에 의하면,

"색초 등 여러 장수들은 군사를 거느리고 노성을 포위했는데, 지방이란 자는 성문을 단단히 잠그고 싸움에 응하려고 하지 않았습니다. 서녕은 여러 장수들과 계책을 짜낸 결과 병사들을 발가벗겨서 온갖 욕설을 퍼부으며 성 안의 병사들의 약을 올렸습니다. 그랬더니 성 안의 병사들도 모두 싸움을 하자고 아우성을 쳤고, 지방이란 자도 이것을 막을 수 없어서 마침내 성문을 열고 덤벼들기 시작했습니다. 북군이 용기를 뽐내며 네 군데 성문으로 나오는 것을 우리 군사들은 당장에 응전했고, 일변 후퇴하는 체하고 북군을 유도해서 사방 성 밖 먼 곳까지 끌고 나왔습니다. 이때 당빈이 동쪽으로부터 군사를 거느리고 뛰쳐나왔으며,

탕륭이 서쪽으로부터 군사를 거느리고 습격하니, 동서 양
쪽 성문의 수비병들은 문을 닫을 틈도 없었고, 탕륭·당빈
두 장수는 병사를 거느리고 무작정 쳐들어가서 성을 빼앗
아 버리고 말았습니다. 서녕은 지방을 죽여 버렸고, 거꾸
러진 북군의 총수는 5천여 명, 투항한 병사가 1만여 명,
얻은 전마가 3천여 필, 색초와 여러 장수들은 곧 입성해
서 주민들을 안정시켰습니다."

송강은 이 소식을 듣고 크게 기뻐하여, 각로(各路)의
군사들이 도착하기를 기다려서 다시 진격할 계획을 세웠
다.

한편, 위승에 있는 전호의 가짜 성원관에게는, 교도청도
손안도 이미 항복했고, 노성도 함락당했다는 보고가 날아
들었다.

전호가 당황하여 장령들과 대책을 강구하고 있을 때,
양원서 편장 섭청이 국구 오리의 서신을 가지고 왔다는
소식이 전해졌다. 전호는 곧 섭청을 불러들이라고 했다.

99 물벼락

花 和 尙 解 脫 綠 纏 井
混 江 龍 水 灌 太 原 城

　전호는 섭청이 가져온 서신을 받자, 측근자에게 읽으라
고 했다. 그 내용은, 전우란 사람을 사위로 삼았는데, 그
는 대단히 용맹한 장수로서 송군을 격퇴시키고 소덕부를
지키고 있으며, 오리 자신도 자기 딸인 군주(郡主) 경영과
전우의 힘을 합쳐서 소덕성을 수복했다는 사연이 간단히
적혀 있었다.
　전호는 다 듣고 나더니, 전우에게 중흥평남선봉군마(中
興平南先鋒軍馬)라는 직에 봉하고, 다시 섭청에게 명령하
여 가지가지 선물을 가지고 가서 이 뜻을 전달하라고 했
다. 섭청은 전호와 작별의 인사를 하고 다시 양원으로 되
돌아왔다.
　이보다 앞서서, 신행태보 대종은 송강의 명령을 받고
각 부·주·현을 돌면서 군령을 전달하고, 분양현(汾陽
縣)으로 노준의를 찾아갔다.
　각처에는 신임 책임자들이 속속 부임해 왔고, 각로(各
路)에서 성을 지키고 있던 장수들은 모두 소덕부로 집결
하게 되었다.
　제1대로 도착한 것은 위주의 수장과 관승과 호연작이었
는데, 호관의 수장인 손립·주동·연순·마린과 포독산의

수장 문중용·최야의 군사들과 함께 도착하여, 진안무와 송강에게 인사를 드렸다. 그의 말에 의하면 수군의 두령 이준은 노성이 이미 송군에게 함락당했음을 알고, 즉각에 장횡·장순·원소이·원소오·원소칠·동위·동맹 등과 함께 수군의 배를 거느리고 위하로부터 황하로 나와서 노성현 동쪽 노수에 집결하여 대기하고 있다는 것이었다.

송강은 그 이튿날 관승·호연작·문중용·최야 등에게 명령을 내려, 곧 노성으로 가서 자기의 지시를 이준과 그 밖의 여러 두령들에게 전달하라고 했다. 그 지시란 것은 색초의 군사와 협력해서 진격을 개시하여 유사(楡社)·대곡(大谷) 등의 현을 공격할 것과, 길을 돌아서 위승주(威勝州)의 적군의 본거지 뒤로 돌아 들어가되, 적군이 궁지에 빠지게 되면 금(金)에 투항할 우려가 있으므로 절대로 실수하지 않도록 선처하라는 것이었다.

관승 일행이 송강의 명령을 받고 떠나간 다음, 능천현의 수장 이응과 시진, 고평현의 수장 사진과 목홍, 개주(蓋州)의 수장 화영·동평·두흥·시은 등이 신임 책임자와 교체하고 속속 돌아왔는데, 화영은 호관 싸움터에서 패한 북군의 장수 산사기를 납치해 가지고 왔다.

한편, 노준의는 분양부에 맹공을 가했다. 전표는 효의현까지 도주하여 마령의 군사와 합류했다. 이 마령이란 자는 요술을 잘 쓰고 하루 천리길을 달리는 놀라운 신행법을 쓸 줄 알며, 또 금전법(金磚法)을 잘 써서 금빛 조약돌을 던지며 사람을 놀라게 하는 무서운 장수였지만, 그 재간이나 솜씨가 교도청을 따르지는 못했다.

그의 수하에는 마령에게서 요술을 배운 무능(武能), 서근(徐瑾)이라는 두 편장이 있었다. 마령은 전표와 합세한 다음 무능·서근·색현(索賢)·당세륭(唐世隆)·능광(能光)·단인(段仁)·묘성(苗成)·진선(陳宣) 등과 웅병(雄兵) 3만 명을 거느리고 분양현 북쪽 10리쯤 떨어진 지점에 진을 쳤다.

남군의 장령들은 연일 마령과 싸웠지만 패하기만 했고, 노준의는 군사를 거느리고 분양성 안으로 후퇴한 채 나와서 싸우려고 하지 않았다.

이때, 난데없이 수비병으로부터, 급보가 날아들었다. 송강이 공손승과 교도청에게 병력 2천을 딸려서 구원으로 파견했다는 것이었다. 교도청은 그의 스승인 공손승과 함께 마령을 붙잡기 위해서 나섰다고 언명했다. 이때, 또 급보가 날아들었다. 마령이 장수들을 거느리고 동·서 양쪽 성문으로 쳐들어오고 있다는 것이었다.

공손승은 이 급보를 받자, 경각을 지체치 않고 다음과 같이 지시했다.

"나는 동문으로 나가서 마령과 맞닥뜨릴 테니까, 교도청은 서문으로 나가서 무능과 서근을 붙잡아 주게. 노선봉께서는 병사를 거느리고 북쪽 문으로 나가시어 전표와 대결해 주시오!"

노준의는 황신·양지·구붕·등비 등 네 장수에게 군사를 거느리고 공손승에게 가담하라고 지시했다. 이때, 대종은 마령이 신행법을 쓴다는 것을 알고 자기도 출전하겠다고 했다. 노준의는 쾌히 승낙하고, 또 진달·양춘·이충·주통에게 군사를 거느리고 교도청을 거들라고 명령했다.

그리고 노준의 자신은 진명·선찬·학사문·한도·팽기

등과 함께 군사를 거느리고 북문으로 나가서 전표와 대결
했다.

이리하여 분양성 밖에는 동·서·북 삼면에서 수많은
깃발이 휘날리며, 금고(金鼓) 소리 하늘을 무찌르고 일대
격전이 전개되었다.

마령은 군사를 거느리고 깃발을 휘날리고 군고를 울리
면서, 갖은 욕설을 퍼부으며 도전했다. 남군의 장령들이
성문 밖으로 노도같이 밀려나오며 장사진(長蛇陣)을 치
자, 치열한 싸움이 벌어졌다.

우선 구붕과 등비 두 장수가 곧장 마령에게 덤벼들어서
세 장수는 10여 합을 싸웠다. 마령이 금빛 조약돌을 움켜
쥐고 구붕을 노리며 던지려는 순간, 공손승이 재빨리 말을
달려나와서 칼을 휘두르며 술법을 썼다. 공손승이 한 번
손을 번쩍 휘두르자 당장에 뇌성벽력 같은 무시무시한 음
향이 일어나며 주변 일대에 시뻘건 광채가 뒤덮이고, 공손
승의 칼이 전부 불길로 변해서 마령의 금빛 조약돌은 맥
을 쓰지 못하고 땅바닥에 떨어져 버리고 말았다.

이때, 남군의 전 장병들이 총공격을 개시하였다. 북군은
대패하여 세 사람이면 두 사람은 거꾸러져 버렸고, 마령도
뺑소니를 치기 시작했다. 다행히 신행법이 신행태보 대종
보다 빨랐기 때문에 앞서서 달아날 수 있었다.

대종은 그래도 기를 쓰고 마령의 뒤를 쫓았다. 난데없
이 한 사람의 퉁퉁하게 생긴 화상이 나타나더니 앞서 달
아나는 마령을 선장으로 때려 눕혀서 산 채로 잡아 버렸
다. 그 화상이 마령을 힐문하고 있을 때, 대종은 간신히

그 자리까지 쫓아갈 수 있었다.

자세히 살펴보니 그 화상이란 바로 화화상 노지심이었다. 어찌된 까닭이냐고 대종이 물었더니, 노지심은 여기가 어디냐고 하면서 꿈에서 깨어난 사람같이 어리둥절해했다. 대종과 노지심은 마령을 결박해 가지고 걸어서 분양부로 향했다. 길을 가는 도중에 대종이 그 동안의 경과를 노지심에게 물었다.

그의 말에 의하면 2,3일 전 싸움에서 그는 여장군 경영을 붙잡겠다고 무작정 적진으로 쳐들어가다가, 풀더미 속에 우물처럼 깊숙한 함정이 있는 것을 모르고 발을 헛디뎌서 그 속에 빠져 버리고 말았다는 것이었다.

다행히 아무데도 몸을 다친 곳이 없어서 그 함정 속에서 사방을 휘둘러 보니, 저편으로 또 한 개의 굴이 뚫려 있고 거기서 태양광선이 눈부시게 흘러들어 왔다. 그 광선을 따라서 깊이 들어가 보니, 그곳은 완전히 다른 또 하나의 세상으로 마을도 있고 집도 있었다.

난데없이 목탁 소리와 함께 화상 한 사람이 나타나 자기보고 하는 말이, 그대는 인과업보의 함정인 연전정(緣纏井)에 빠져서 삼계(三界) 중의 하나인 욕계(欲界), 즉 욕미천(慾彌天)에서 헤어나지 못하고 있으나 자기가 빠져 나갈 길을 가르쳐 주마고 했다. 노지심은 그 화상을 따라서 암자 밖으로 서너너덧 걸음 걸어나왔을 때, 그 화상이 걸음을 멈추고 여기서 작별하고 다음 기회에 다시 만나자고 했다. 그리고 손을 들어서 앞을 가르쳐 주었다. 그 길로 곧장 나가면 신구(神駒)를 얻을 수 있을 것이라고 말해 주었다. 노지심이 돌아봤을 때에는 그 화상은 이미 간 곳이 없었다.

눈앞이 활짝 밝아지더니, 노지심은 처음 세상으로 되돌아왔다. 바로 그때 마령과 맞닥뜨리게 되어서, 수상쩍은 놈이라 생각하고 선장으로 때려눕히고 있는 판에 대종이 나타나게 되었다는 이야기였다.

대종은 그 이야기를 듣고, 도무지 불가사의한 일이라고 생각했다. 둘이는 결박한 마령을 끌고 일로 분양현으로 향했다.

이때, 공손승은 이미 북군을 무찌르고 병사를 수습해서 성 안으로 철수한 뒤였다. 노준의·진명·학사문·한도·팽기 등 여러 장수들은 색현·당세륭·능광 등 세 적장을 무찔러 버리고, 그대로 10리나 넘게 전표와 단인 등을 추격해서 북군을 모조리 쫓아 버렸다. 전표는 단인과 진선, 묘성 등 장수들과 함께 패잔병을 거느리고 북쪽을 향해서 도주해 버렸다. 그래서 노준의는 병사를 수습해 가지고 성 안으로 철수하기 시작했는데, 도중에 무능과 서근을 격파하고 진달·양춘·이충·주통 등 여러 장수와 추격해 가고 있는 교도청과 맞닥뜨리게 되었다.

남군은 두 갈래로 갈라져서 맹공을 가했기 때문에 북군은 대패하여 무수한 사상자를 냈고, 무능은 양춘의 칼을 맞고 말 위에서 거꾸러져 떨어지고 말았다. 서근은 학사문에게 찔려서 죽었고, 남군이 탈취한 마필·의갑·금고 등은 부지기수였다. 노준의는 교도청의 병사와 합세하여 개가를 드높이 부르며 당당히 입성했다.

노준의가 부아(府衙)에 도착했을 때, 노지심과 대종이

마령을 끌고 나타났다. 노준의는 크게 기뻐하며 성급히 그
까닭을 물었다. 노지심은 여태까지 함정에 빠졌던 경과와,
오리 국구와 송강과의 싸움의 형편을 자초지종 자세히 알
려 주었다. 노준의가 친히 마령의 결박을 풀어 주었다. 마
령은 자진해서 투항하겠다고 했다. 노준의는 전군의 장병
들을 위로해 주고, 그 이튿날 대종과 마령을 파견해서 송
선봉에게 첩보를 전달하도록 했다.

마령은 대종에게 하루에 천리길을 갈 수 있는 술법을
가르쳐 주어서, 두 사람은 불과 하루 만에 송선봉의 군전
(軍前)에 도착, 진지로 들어가서 승리를 알려 주었다. 송
강은 노지심이 함정에 빠졌다는 이야기를 듣고 역시 불가
사의한 일이라 기뻐하면서, 친히 진안무사를 찾아가서 첩
보를 전달했다.

한편, 전표는 단인·진선·묘성 등 장령들과 함께 패잔
병을 거느리고 초상집 개 모양으로 풀이 죽어서 간신히,
그물에서 튀어나온 물고기같이 당황하게 위승에 도착한
뒤 전호를 만나, 싸움에 패하여 땅을 빼앗겼다는 사실을
눈물을 흘리면서 호소했다. 이때, 또 추밀관원 하나가 당
황히 뛰어들더니 상신하였다.

"대왕님! 탐마의 보고에 의하면, 통군대장 마령은 이미
적군에게 잡혀 갔사옵고, 관승·호연작의 군사는 유사현
을 포위했사오며, 노준의의 군사도 개휴현을 격파했다고
하옵니다. 단지 양원현의 오리 국구님에게서만 가끔 첩보
가 들어오기는 하오나, 이편 역시 송군과 정면으로 대결할
만한 형편이 못 된다 하옵니다!"

전호는 대경실색, 어찌할 바를 모르고 즉각에 문무백관

과 협의하여 북쪽에 있는 금국(金國)에 투항하자는 의사를 표시했다.

이때, 우승상 태사 변상이 나서면서 전호의 의사에 찬동하는 여러 관리들에게 호통을 쳤다.

"설사 송군 3만 명이 쳐들어온다 할지라도 우리 위승은 만산(萬山)으로 둘러싸여 있고, 정병 20여만 명, 2년 동안은 버틸 만한 군량이 충족하오! 앞으로도 얼마든지 싸울 수 있지 않소!"

전호가 망설이기만 하면서 단을 내리지 못하고 있을 때, 또 급보가 날아들었다. 총관 섭청이 나타났다는 소식이었다.

"군주(郡主)와 군마(郡馬)께서는 때때로 승리를 거두시어 군의 사기가 크게 진작되었삽고, 미구에 소덕부를 들이쳐서 포위할 작정이옵니다. 공교롭게도 오리 국구님께서는 감기가 드시어 군의 지휘를 하실 수 없게 되었사오니, 원컨대 대왕님께서는 양장(良將)과 천병을 파견하시어, 군주와 군마님께 협력하시어 소덕부를 탈환토록 해주옵심이 긴급책인가 하옵니다!"

옆에 있던 도독 범권도 대왕 전호더러 친히 전선에 나서서 웅병맹장(雄兵猛將)을 거느리고 협조해 주면 반드시 중흥의 대업을 성취할 수 있을 것이라고 간곡히 권고하고, 자기는 태자를 잘 모시고 이곳을 지키고 있겠다고 말했다.

전호는 섭청과 범권의 의견을 그대로 받아들였다.

이 범권에게는 딸이 하나 있었는데, 실로 경국지미인(傾國之美人)이랄 만한 아리따운 계집이었다. 범권이 이 딸을 전호에게 바치자 전호는 이 미인을 지극히 총애하였다. 그 때문에 범권이 하는 말이라면 무엇이든 그대로 받아들였다. 이번에 범권은 섭청에게서 뇌물을 듬뿍 받아먹었을 뿐만 아니라, 송군의 강대한 세력을 막아낼 도리도 없다고 단념했기 때문에, 이런 기회에 나라를 팔아먹을 배짱을 품고 있었다.

이때, 전호는 우승상에게 장령 10명과 정병 3만 명을 주어서 노준의 · 화영 등의 군사와 대결토록 하고, 다시 태위 여학도(戾學度)에게도 장령 10명과 병력 3만을 주어서 유사로 나가 관승의 군사와 대결케 했다.

그리고 전호 자신은, 상서 이천석(李天錫) · 정지서(鄭之瑞)와 추밀 설시(薛時) · 임근(林肵), 도독 호영(胡英) · 당현(唐顯), 그리고 전수(殿帥), 어림어마(御林御馬)의 교두, 단련사, 지휘사, 장군, 교위 등을 총동원시켜서 인솔하고 정병 10만 병을 거느린 다음 길일을 택해서 기치를 높이 올리고, 소와 말을 잡아서 성대한 잔치를 베풀고 전군의 장병들을 위로해 주었다.

그리고 그의 아우 전표(田豹)와 전표(田彪)에게 명령하여, 도독 범권 이하 문무제관을 거느리고 태자 전정(田定)을 보좌하여 빈 나라를 잘 지키고 있으라고 했다.

섭청은 이런 소식을 알게 되자, 시급히 심복지인을 양원으로 파견하여 비밀리에 장청과 경영에게 통지해 주었고, 장청은 해진과 해보 두 사람을 줄을 태워서 성 밖으로 탈출시켜 송선봉에게 연락을 취하도록 했다.

일변, 변상은 병부(兵符)가 내리기를 기다려서, 사흘 후에 번옥명(樊玉明) · 어득원(魚得源) · 부상(傅祥) · 고개

(顧愷)·구침(寇琛)·관염(管炎)·풍상(馮翔)·여진(呂振)·길문병(吉文炳)·안사륭(安士隆) 등의 편장을 무수히 거느리고, 병력 3만 명을 동원하여 위승주의 동쪽 문으로부터 출진했다.

변상의 전군(前軍)이 심원현 면산이란 고장에 당도했을 때, 언덕 아래로 울창한 숲이 있는데 거기서 난데없이 징 소리가 요란스럽게 울려 퍼지더니 1대의 군마가 뛰쳐나왔다. 이것은 송강이 장청의 통지를 받고, 비밀리에 화영·동평·임충·사진·두흥·목홍 등에게 명령하여 기병 5천을 거느리고 출동하도록 한 것이었다.

송군의 앞장에 서 있는 장수는 선봉장으로 유명한 쌍창장 동평이었다.

"네 놈들이 감히 천병에게 항거할 작정이냐!"

동평은 호통을 치면서 제일 먼저 적장 번옥명에게 덤벼들었다. 번옥명은 창을 휘두르면서 말을 달려나와 대결했다. 두 장수가 싸우기를 20여 합. 번옥명은 도저히 감당해내지 못하고 동평의 창에 인후를 찔려서 말 위에서 거꾸로 박혀 떨어져 버렸다.

저편에서는 풍상이 격분하여 혼철창을 휘두르며 말을 달려 동평에게 덤벼들었고, 이편에서는 소리광 화영이 말을 달려 그것을 가로막으려고 덤벼들었다.

두 장수가 또 대결하기를 10여 합, 화영은 말 머리를 돌려서 자기 진지로 뺑소니쳤다. 풍상이 말을 달려 화영의 뒤를 추격하자, 화영은 화창(花鎗)을 거둬들이고 활을 손에 잡더니, 몸을 비스듬히 꼬고 화살을 꽂아서 풍상이 접근해 오기를 기다렸다가 멋들어지게 쐈다.

화살은 보기좋게 풍상의 머리에 명중했다. 풍상은 투구도 날려 버린 채 두 발이 허공으로 거꾸로 떠서 말 아래로 떨어져 버리고 말았다. 화영은 말 머리를 돌려서 다시 창으로 풍상의 숨통을 끊어 버렸다.

동평·임충·사진·목홍·두흥 등은 군사를 몰고 맹렬히 쳐들어갔다. 고개는 어느 틈에 임충의 칼에 찔려서 죽어 버렸고, 어득원도 말에서 굴러떨어져 인마에 짓밟혀 죽었으니, 북군은 대패하여 5천여 명 중 절반의 병력을 상실하고, 그 나머지는 뿔뿔이 흩어져서 도주해 버렸다.

화영 수하의 병사들은 금고와 마필을 탈취해 가지고 북군을 5리나 추격해 나갔는데, 거기서 진격해 오는 변상의 군사와 맞닥뜨리게 되었다.

이 변상이란 자는 농민 출신으로서 두 팔에 물소같이 억센 힘을 지니고 있었으며, 무예에도 정통하여 적군에서는 이름을 날리는 상장이었다. 양군 진지에서 북소리·징소리가 요란하게 울려 퍼지자, 변상은 선뜻 말을 몰아 진두에 나섰다. 9척 장신에다 넓데데하고 커다란 얼굴, 치올라간 눈썹이며 부리부리하고 둥근 두 눈, 충파전마(衝波戰馬)를 타고 개산대부(開山大斧)를 손에 잔뜩 움켜잡고 있었다. 그 좌우 양편으로는 부상·관염·구침·여진 네 통제관이 버티고 서 있으며, 뒤에는 통군·제할·병마방어·단련 등등 여러 관원들이 늘어섰으며, 병사들도 질서정연하게 대오를 짜서 진을 치고 있었다.

남쪽 진지로부터 구문룡 사진이 말을 달려 진두에 나타나며 호통을 쳤다.

"거기 나타난 놈은 누구냐? 도부(刀斧)를 더럽히지 말고, 선뜻 말을 내려 포승을 받아라."

변상은 호탕하게 웃어젖혔다.

"네 놈은 귀도 없는 놈이냐? 변상이라는 사람의 성명쯤
은 들은 일이 있었겠지?"

"네 놈은 끝까지 천병에게 항거할 작정이냐?"

사진은 연거푸 호통을 치면서 말을 달려 삼첨양인팔환
도(三尖兩刃八環刀)를 휘두르며 곧장 변상을 향해 덤벼들
었다. 변상도 대부를 휘두르면서 대결했다. 엎지락뒤치락
두 장수가 엉클어져서 접전을 하기 30여 합, 좀처럼 승부
가 나지 않았다.

이편에서는 화영이 변상의 무예 솜씨가 놀라운 것을 가
석하게 여겨서 냉전(冷箭)을 쏘지도 못하고, 그대로 말을
달려 창을 휘두르며 싸움을 거들려고 내달았다. 변상이 두
장수를 상대로 꿋꿋이 싸우기를 또다시 30여 합, 그래도
승부가 나지 않자, 북군의 진지에서는 변상의 신변을 염려
하여 급히 금고를 울려서 철수시키도록 했다. 화영과 동평
역시 날도 저물고, 소수를 가지고 다수를 당해낼 수 없음
을 깨닫고 추격할 것을 단념하고, 역시 군사를 거느리고
남쪽으로 후퇴했다. 그래서 양군은 10리쯤 간격을 두고
진을 치고 있게 되었다.

그날 밤에는 남풍이 사납게 불고 먹장 같은 구름이 잔
뜩 끼고, 밤중에는 폭우가 쏟아지고 뇌성벽력이 요란했다.
이때, 전호는 여러 관원·장령·병사들을 거느리고 벌써
위승성 밖에서 백 리쯤 떨어진 지점까지 와 있었다. 날이
저물어 숙영으로 들어갔고, 본영에서는 군을 따라 동행해
온 내시(內侍)의 희첩(姬妾)들과 범미인(범권의 딸)까지

한데 어울려서 주연이 베풀어지고 있었다.

그날부터 5일 동안이나 모진 비가 퍼부었다. 천우개(天雨蓋—천막)는 온통 비에 젖어서 물이 새고, 땅은 땅대로 시궁창이 되어서 병사들은 밥을 지어 먹을 수도 없어서 안절부절, 여러 진영에서는 옴짝달싹도 못하고 처박혀 있는 도리밖에 없었다.

한편 색초·서녕·단정규·위정국·탕륭·당빈·경공 등 여러 장수들은, 관승·호연작·문중용·최야 등 보병의 두령들과 수군의 두령 이준을 맞이하여 계책을 세웠다. 단정규와 위정국을 남겨 두어 노성을 지키게 하고, 관승과 그밖의 여러 장령들은 수륙으로 병진하여 선기동행(船騎同行), 유사현(楡社縣)을 격파하고, 색초와 탕륭을 성의 수비로 남겨 두고 일행은 다시 배를 타고 승승장구, 파죽지세로 대곡현을 함락시켰다.

관승은 군민을 진정시키고 장병의 공을 위로해 주는 한편, 부하를 송선봉에게 파견하여 첩보를 전달시켰다. 그런데 그 이튿날부터는 관승도 사나운 폭우를 만나게 되어서 성 안에 머무른 채 전진할 수가 없게 되었다. 이때 노선봉에게서 급보가 날아들었다.

노선봉은 선찬·학사문·여방·곽성 등 장령을 뒤에 남겨 놓고 병사를 딸려서 분양부(汾陽府)의 수비를 맡겼다. 그런 다음 자기는 다른 여러 장령들과 개휴(介休)·평요(平遙) 두 현(縣)을 함락시킨 다음 한도·팽기를 개휴현에 남겨 두어 수비를 맡겨 놓고, 공명·공량을 평요현에 남겨 두어 수비를 담당케 한 다음, 친히 여러 장령들과 군사를 거느리고 현재 태원현(太原縣)의 성을 포위하고 있

는데, 역시 폭우에 막혀서 공격을 계속할 수 없는 형편에
빠져 있다는 것이었다.

　이때, 마침 수군의 두령 이준이 성 안에 있어서 이 소식
을 듣자 성급하게 관승에게 말했다.

　"노선봉 일행은 현재 연일 퍼붓는 비 때문에 오도가도
못하고 곤경에 빠져 있다는데, 만약 장마라도 지면 전군이
갈 곳이 없게 될 것입니다. 이런 때 적군이 결사대라도 조
직해서 성 밖으로 쳐들어온다면 어떻게 될 것입니까! 이
아우에게 한 가지 계책이 있으니 노선봉께 가서 상의해
보고 싶습니다."

　혼강룡 이준은 즉각에 관승과 작별을 하고 성 밖으로
나와 동위·동맹에게 수군의 배를 맡겨 두고, 자신은 장
순·장횡, 그리고 원씨 삼형제와 수군 2천 명을 거느리고
삿갓을 쓰고 도롱이를 입은 다음 폭풍우를 무릅쓰고 사잇
길을 뚫어 노준의의 군전(軍前)으로 달려갔다. 인사를 하
는둥 마는둥 노준의와 밀담을 주고받았다. 노준의는 크게
기뻐하며 즉각에 병사들에게 명령하여 폭우를 무릅쓰고
나무를 베어다가 뗏목을 만들기 시작했다.

　한편, 태원성의 수성장 장웅(張雄)은 성 안의 주민들을
들볶으며 잔인무도한 짓을 하고 있었는데, 항충(項忠)·
서악(徐岳) 두 통제관과 작전을 세워서 폭우가 계속되는
틈을 타서 송군을 공격하자고 했다.

　때는 4월 초순. 장웅은 병사를 네 갈래로 나누어서 네
성문으로부터 밖으로 쳐나와서 송군에게 덤벼들려고 했
다. 그런데 이상하게도 사방에서 징소리가 요란스럽게 울
려 퍼졌다.

장웅은 적루(敵樓—망루)에 올라가서 아래를 내려다보
았다. 송군의 병사들이 나막신을 신고 폭우 속을 헤치면서
언덕과 산으로 올라가 있었다. 장웅이 무슨 까닭인지 몰라
의아하게 생각하고 있을 때, 또다시 사방에서 하늘을 무찌
를 듯이 고함소리가 들려오더니, 천군만마가 미친 듯이 달
려드는 것 같은 요란스런 음향이 잇달아 들려오고, 노도처
럼 거창한 물결이 천지를 휩쓰는 듯하더니 하늘에서 황하
의 물을 거꾸로 쏟아붓듯 내리쏟아 장웅의 군사들은 순식
간에 물벼락 속에 휘말려 버렸다.

100 어버이의 원수를 갚고

張 淸 瓊 英 雙 建 功
陳 瓘 宋 江 同 奏 捷

이 무서운 물줄기는, 혼룡강 이준이 폭우로 팽창한 지박거(智泊渠), 진수(晉水) 두 곳의 물줄기를 막은 뒤 태원 현성으로 끌어들여서 물바다를 만들어 버린 것이었다.

순식간에 성 안에서는 일대 혼란이 일어났다. 군인 장병들은 난데없이 밀려드는 조수 같은 물줄기를 피하려고 지붕·나무·대들보 꼭대기로 기어 올라가고, 붙잡고 매달리며, 노인과 아이들은 밥상·책상 위로 올라섰건만, 그것마저 순식간에 물 위에 둥둥 뜨게 되어서 어찌할 도리가 없었다. 집까지 물속에 허물어져 버리니, 모든 것이 물속의 잡초같이 되어 버리고 말았다.

성 밖에서는 이준·장순·장횡·원씨 삼형제가 비강천부(飛江天浮)라는 거창한 뗏목을 타고 성을 향하여 몰려들었다. 넘치는 물줄기는 성벽을 넘을 듯 넘을 듯하는 아슬아슬한 높이에까지 불어나 있었다. 송강의 병사들은 성벽으로 기어 올라가서 날카로운 칼을 휘두르며 성을 지키는 적군의 병사들을 마구 무찔러 버렸다. 이때, 또 다른 송군의 병사들이 뗏목을 타고 노도같이 몰려드니, 성벽은 그 충격 때문에 흔들릴 지경이었다.

장횡과 장순은 성루로 올라가서 적병을 단숨에 10여 명이나 찔러 죽였다. 장웅은 몸을 숨길 틈도 없이 장횡의 박도에 맞아 거꾸러진 것을, 장순이 다시 발로 짓밟고 나서 일도에 목을 베어 버렸다.

성 안의 백성들은 무수하게 물속에서 죽었고, 온갖 것이 물 위에 둥둥 떠서 목불인견의 처참한 광경을 빚어냈다. 성 안에는 단지 한 군데, 북제(北齊) 신무제(神武帝)가 건립한 피서궁(避暑宮)만이 높직한 곳에 터를 잡고 있었기 때문에, 근처의 군민들은 일제히 이리로 몰려들어서 밀치고 짓밟고 하여 여기서도 2천여 명이나 사망했다. 그러나 성 밖의 주민들은 노준의가 미리 연락을 취해 둔 까닭에, 징소리를 신호로 일제히 피난을 하여 물속에 빠져 죽은 사람이 없었다.

결국 사방 성문에서는 송군의 깃발이 휘날리게 되었다. 저녁때가 되어서 물줄기가 물러가고 평지가 나타나자, 이준은 성문을 활짝 열고 노준의를 입성하도록 했다.

성 안에서 간신히 살아난 1천여 명은 시궁창에 꿇어앉아서, 쉴새없이 머리가 땅에 닿도록 절을 하면서 목숨만 살려 달라고 애원했다. 노준의가 그들을 조사해 보니, 병졸은 10명밖에 없고 그 나머지는 모두 주민들이었다.

적군의 통제관 항충과 서악은 원수부 뒤 측동(側棟) 옆에 있는 큰 느티나무 위에 기어올라가 있었는데, 물이 점점 높이 치달아 미끄러져 내려오다가 송군의 병사에게 붙잡혀서 노선봉에게로 납치되어 갔다. 노준의는 그의 목을 베어서 표본을 삼았다. 그리고 현의 부고의 은량을 꺼내어 주민들을 구제해 주고, 부하를 송선봉에게 파견하여 승리했다는 소식을 전하게 했다. 한편, 병사들을 시켜서 시체를 매장하고, 성벽과 가옥을 수축케 하고 주민들을 불러서 다시 살도록 해주었다.

한편, 태원이 아직도 함락되기 직전의 이야기인데, 전호가 10만 대군을 거느리고도 퍼붓는 폭우 때문에 동제산(銅鞮山) 남쪽에 주둔하고 있을 때 급보가 날아들었다. 오리 국구가 병사했으며, 군주(郡主) 경영과 군마(郡馬) 전우의 군사는 양원까지 철수해서 국구의 장례를 치르고 있다는 것이었다.

전호는 대경실색하고 즉각에 사자를 양원성 안으로 파견하여, 경영은 그대로 성 안에 머물러서 성을 지키고, 전우는 당지로 돌아와서 지시를 받도록 하라고 명령하는 한편, 양원으로 보낸 사자들이 하나도 복명(復命)하는 자가 없으니 무슨 까닭이냐고 힐문했다.

이튿날, 날이 들고 비가 개자, 또 급보가 날아들었다. 송강이 손안과 마령에게 병사를 주어서 일선에 내세워 방비하고 있다는 것이었다.

전호는 그들이 송군에 투항한 데 격분을 참지 못하고, 즉각에 군사를 집결시킨 뒤 친히 출전하여 송강과 대결하기로 했다.

북군 편에서 송군의 기치를 바라보니, 그것은 병울지 손립과 철적선 마린이었다.

북군의 진두에는 금과추(金瓜槌)가 빈틈없이 놓여 있고, 철부(鐵斧)가 즐비하여 검극(劍戟)이 줄을 짓고, 기번(旗幡)이 대(隊)를 이루고 휘날리는 가운데 도적의 괴수 초두대왕(草頭大王) 전호가 구곡비룡(九曲飛龍)을 그린 누르스름한 산개(傘蓋) 아래 백마를 타고 앉아서 친히 지휘를 하고 있었다.

남군의 진지 뒤로는 송강이 오용·손신·고대수·왕영·호삼랑·손립·주동·연순 등이 군사를 거느리고 도착해 있었으며, 여기서도 송강이 친히 전투를 지휘하고 있었다.

전호는 송강이 도착했다는 소식을 듣자, 즉각에 병사를 내보내 붙잡게 하려고 했다.

이때, 돌연 비마(飛馬)가 날아들며 보고하는데, 관승의 군사가 유사·대곡 두 현을 연거푸 격파했으며, 서로(西路)의 노준의의 군사도 평요·개휴 두 현을 격파하고 태원성을 물로써 공략하여 성 안의 정병은 하나도 살지 못하고 전멸을 당했다고 했다. 그리고 우승상 변상은 면산에 진을 치고 화영의 군사와 대치상태에 있었는데, 노준의가 태원으로부터 군사를 거느리고 와서 그 배후를 습격했기 때문에 변상은 전후로부터 협공을 받고 대패한 나머지 노준의에게 산 채로 잡혀서 적진으로 끌려 갔으며, 노준의는 또다시 관승과 병력을 합쳐서 심원현을 철통같이 포위해 버렸다는 것이었다.

전호는 이런 급보를 받자 대경실색, 허둥지둥 명령을 내려서 전군을 철수시킨 뒤 위승성 안에 처박혀 버렸다.

이렇게 되어서, 이천석 등이 후군을 맡고, 설시·임근·호영·당현 등이 전호를 호위하고 앞장서서 가고 있을 때, 돌연 동제산 북쪽에서 항충·이곤과 보병들의 정예부대가 두 갈래로 갈라져서 습격을 가해 왔다.

전호는 즉각에 어림군(御林軍)을 총동원시켜서 방비하고 싸웠다. 그런데 뜻밖에도 손안과 마령이 군사를 거느리고 동쪽으로부터 측면에서 공격을 가해 왔다. 마령은 북군을 향하여 금빛 조약돌을 무수하게 날렸고, 손안은 쌍검을 휘두르면서 닥치는대로 무찔렀다. 두 장수는 병사를 거느리고 마치 무인지경을 달리듯이 북군 진지에 돌진해서 진영을 양단시켜 버리고 말았다. 북군은 10만 대군을 거느리고 있으면서도, 오용의 계책에서 나온 이 3면의 군사들에 의하여 전후좌우, 치명적인 타격을 받게 되어 대패하고, 사분오열로 흐트러지고 말았다.

북군의 상서(尙書) 이천석이 전호를 호위하면서 동쪽을 향해 결사적으로 뺑소니치고 있었는데, 노지심이 거느리는 표창(鏢鎗)·단패(團牌)·비도(飛刀)를 쓰는 병사들이 혈로(血路)를 돌파하고 노도처럼 밀려드는 바람에, 이천석·정지서·설시·임근 등의 군사들은 뿔뿔이 흐트러져 서쪽으로 도주했다.

이때, 전호의 측근에는 겨우 도독인 오영·당현, 총관인 섭청, 호위무관 교위 등이 따르고 있을 뿐, 5천 명의 패잔병을 거느리고 도주하고 있었다. 이렇게 마지막 곤경에 빠졌을 때, 또다시 일대의 군마가 동쪽으로부터 덤벼들었다. 전호는 그것을 보자, 하늘을 우러러 장탄식을 했다.

"아아! 하느님은 인제 나를 모른 체하시는 것이구나!"

북군이 그 1대의 병사를 바라다보니, 선두에는 미목이 수려한 젊은 장군이 백설 같은 흰말을 타고 서 있는데, 그 기폭에는 '중흥평남선봉군마전우(中興平南先鋒郡馬全羽)'라고 선명하게 씌어 있었다.

이때, 섭청은 전호의 바로 옆에 있었는데, 기폭을 보자 전호에게 누구라는 것을 알려 주었다. 전호가 말하였다.

"전군마(全郡馬)더러 빨리 와서 나를 구출하도록 하라고 하라!"

군마 전우는 전호의 앞으로 와서 말을 내리고 꿇어앉아서 말했다.

"사태가 지극히 위험하오니, 원컨대 양원성 안으로 들어가시어 잠시 적군의 선봉부대를 피하여 주시기 바라옵니다. 소생은 군주(郡主)와 함께 송군을 격퇴하고 나서 다시 대왕님을 위승 어소(御所)로 모신 다음 좋은 계책을 협의하여 대왕님의 위업을 회복해 올리고자 하옵니다."

전호는 크게 기뻐하며, 즉각에 명령을 내려 양원을 향하고 출발했다.

군마 전우는 후군의 책임을 맡아 가지고 추격해 오는 군사들을 방비하게 되었다. 전호 일행이 간신히 양원성 아래 도착했을 때, 배후에서 하늘을 찌를 것만 같은 고함소리가 일어나며 송군의 군사들이 추격해 왔다.

양원의 성벽을 지키고 있던 장수들은, 그 광경을 보자 경각을 지체치 않고 성문을 열고 적교를 내려놓았다. 호영은 군사를 거느리고 앞장 서 있었는데, 병사들은 송군이 추격해 오는 것을 알자, 저마다 앞을 다투어 노도처럼 성 안으로 밀려들었다. 대왕이고 뭐고 거들떠볼 겨를이 없었다.

호영은 간신히 3천 명의 병사를 거느리고 성문 안으로 들어서기는 했으나, 돌연 딱다기 소리가 들리더니 양편으로부터 복병이 몰려들어 미리 파놓은 깊은 함정 속에 호영의 전군을 빠트려 버리고 말았다. 그리고 성 안에서는 벽력 같은 고함소리가 들려왔다.

"전호란 놈은 산 채로 잡아라!"

전호는 성 안에 폭동이 일어난 것을 보고서야 자기가 계책에 빠졌음을 비로소 깨닫게 되었고, 당황한 나머지 말머리를 돌려서 북쪽을 향해 도주했다.

장청과 섭청은 말을 달려 전호의 뒤를 추격했다. 그런데 전호가 타고 있는 명마가 어찌나 빨리 달리는지, 군사를 거느린 섭청과 장청은 쉽사리 쫓아갈 수가 없었다. 이때, 전호의 말 앞에서 일진의 맹렬한 회오리바람이 일더니, 그 바람 속으로부터 어떤 여자가 하나 나타나며 호통을 쳤다.

"간적(奸賊) 전호야! 우리 부부는 모두 네 놈의 손에 죽었지만, 오늘은 네 놈을 놓치지 않을 것이다."

그 여자의 신변에서 또 한 번 음풍(陰風)이 일더니, 곧장 전호를 향해 휘몰아쳐 나왔다. 그리고 그 여자의 모습은 어디론지 훌쩍 사라져 버리고 말았다. 전호가 타고 있는 말이 소리를 지르고 껑충 뛰어오르는 바람에 전호는 말에서 떨어졌다.

이때, 뒤쫓아온 장청과 섭청은 말에서 뛰어내리자 병사들과 우르르 몰려들어서 전호를 덮쳐 버렸다. 창을 휘두르며 말을 달려 덤벼든 당현은 장청이 던지는 조약돌에 얼굴을 정통으로 얻어맞고 말에서 떨어져 버렸다. 장청은 그제야 큰 소리로 호통을 쳤다.

"나는 전우(全羽)가 아니다! 천조(天祖) 송선봉의 휘하에 있는 몰우전 장청이다!"

이때, 이규와 무송이 5백 명의 보병을 거느리고 성 안으로부터 뛰쳐나왔다. 두 장수는 고함을 지르며 전수·장군·호위무관·교위 등 2천여 명을 모조리 무찔러서 쫓아 버렸다. 장청은 당현을 찔러 죽이고 전호를 결박한 뒤 성 안으로 납치한 다음 성문을 굳게 닫아 버렸다. 송선봉이 북군을 격파하고 난 다음에 그의 앞으로 끌고 갈 작정이었다. 노지심이 뒤쫓아왔지만, 전호가 이미 성 안으로 납치되어 갔음을 알고, 서쪽으로 다시 물러나서 동제산 기슭을 향해 쳐들어갔다.

날은 벌써 저물어 왔다. 송강의 삼면으로 갈라진 군사들은 북군과의 하루 동안의 격전에서 3만여 명의 적병을 무찔렀다. 주인을 잃어버린 북군은 사면팔방으로 뿔뿔이 흩어져 버리고 말았다. 범미인도 희첩들도 모조리 전란 속에서 죽어 버렸다. 이천석·정지서·설시·임근 등은 3만 남짓한 병력을 거느리고 동제산으로 올라가서 처박혀 버렸다. 송강은 병사를 거느리고 사방을 포위했다.

이때, 노지심이 달려들어 장청이 전호를 산 채로 잡았다는 보고를 했다. 송강은 경각을 지체치 않고 명령을 내려서 양원으로 부하를 파견하여, 무송에게는 성문을 단단히 지키고 전호를 감시하고 있도록 하고, 장청은 군사를 거느리고 급히 위승으로 가서 경영 군주를 원호해 주라고 했다.

이보다 앞서서, 경영은 군사 오용의 밀계에 의하여 해진·해보·낙화·단경주·왕정륙·욱보사·채복·채경 등과 함께 병력 5천을 거느리고, 모조리 북군의 기치를 드높이 휘날리면서 무향현(武鄕縣) 성 밖 석반산 기슭에 숨어 있었다.

전호의 군사와 이편 군사가 싸움을 시작했다는 소식을

들고, 경영은 일행을 거느리고 급거 위승성 밑으로 달려갔다. 날이 이미 저물어 하늘에는 초승달이 갈고리처럼 떠 있었다. 경영은 성벽 밑에서 앙칼지고 귀여운 음성으로 소리를 질렀다.

"나는 군주(郡主)요! 대왕님을 호위하고 왔으니 빨리 성문을 열어 주시오!"

성벽의 수비병들은 즉각에 궁내(宮內)로 통지했다. 전표(田豹)와 전표(田彪)는 그 통지를 받자 곧장 남쪽 성으로 말을 달려 올라와 아래를 내려다봤다.

과연 누르스름한 산개 밑에는 대왕이 백설 같은 흰 말을 타고 있으며, 그 앞에는 '군주 경영(郡主瓊英)'이라는 깃발이 휘날리고 있었다. 서슴지 않고 성문을 열게 하고 성 밖으로 영접하러 나갔다.

두 전표가 말 앞으로 나섰을 때, 말 위에 앉아 있는 대왕이 호통을 쳤다.

"이 두 도둑놈을 당장에 결박해라!"

두 전표는 우리에게 무슨 죄가 있느냐고 발악을 했지만, 그때에는 벌써 덤벼든 여러 병사들에게 꽁꽁 묶여 있었다. 알고 보면, 이 전호라는 것은 군사 오용이 손안을 시켜서 남군의 병사 중에서 전호와 얼굴이 비슷하게 생긴 자를 골라내어 전호와 똑같은 복장을 입힌 다음, 해진·해보와 그밖의 몇 명이 상서·도독인 체하고 뒤를 따랐던 것이다

송군의 모든 장령들은 선뜻 무기를 뽑아들었다. 왕정륙·욱보사·채복·채경 등은 5백여 명의 군사를 거느리고 밤을 새워 두 전표를 양원으로 압송해 갔다.

성벽 위에서는 두 전표가 붙잡혀 가는 것을 보고 북군의 장병들이 달려나왔지만, 경영은 전정을 잡으려고 생사를 헤아리지 않고 해진·해보와 함께 성 안으로 쳐들어갔다. 여러 수문장들이 달려들어서 싸웠지만, 경영이 던지는 조약돌에 6,7명이 단숨에 쓰러져 버렸고, 해진·해보도 경영을 거들어서 적병을 닥치는대로 무찔렀다.

성 밖에 있던 낙화와 단경주는, 병사들이 북군으로 변장한 것을 시급히 벗어 버리게 하고 송군의 복장으로 갈아입게 한 다음 성 안으로 돌진하여 남문을 점령했다. 낙화와 단경주는 박도를 휘두르며 성벽으로 올라가서 북병을 무찔러 버리고 송군의 깃발을 드높이 올렸다.

성 안에서는 일대 혼란이 일어났다. 남아 있던 수많은 문무백관과 왕족·외척 등이 병사를 거느리고 덤벼들었다. 경영이 거느리는 4천여 명의 병사들은 적군의 소굴 깊숙이 파고 들어갔지만, 저편이 워낙 수효가 많아서 당해낼 도리가 없었다.

이때, 마침 장청이 8천여 명의 병사를 거느리고 달려와서, 조약돌을 던져서 북장(北將) 네 명을 당장에 거꾸러뜨렸다. 장청이 경영에게 말하였다.

"소수의 병력으로 위험한 지역을 함부로 뚫고 들어가서 어찌할 작정이었소?"

"부친의 원수를 갚겠다는 일념에서, 몸이 으스러져도 좋다고 결심했기 때문에…."

이렇게 대답했던 경영은, 장청의 입에서 전호가 이미 잡혀서 양원으로 납치되어 갔다는 소식을 듣고서야 얼굴에 웃음을 띠었다.

이때, 또 심원성을 격파한 노준의가 대군을 거느리고 달려왔다가, 남문에 휘날리는 깃발을 보고 군사를 몰아 성 안으로 닥쳐들었다. 송군은 동·서·북 세 성문마저 모조리 점령해 버렸고, 성 안의 적군을 닥치는대로 무찔렀다. 무수한 왕궁의 빈비·희첩·내시들이 칼에 찔려 죽었으며, 전정은 사태가 악화됨을 알고 제 목을 제 손으로 찔러 자결해 버렸다. 이리하여 송군은 완전히 성 안을 제압했다.

한편, 위승의 성 안에서도 송군은 맹렬한 기세로 적병을 무찔러 버렸다. 노준의는 명령을 내려서 주민을 살해하지 못하도록 하고, 급히 부하를 송선봉에게 보내어 승리를 보고했다.

노준의는 날이 밝을 무렵에 장령들을 점검했다. 신기군사 주무만은 심원성 안에서 수비를 하고 있었고, 그밖의 장령 전부가 무사했다. 단지 항장 경공이 인마에 짓밟혀서 죽었다.

초정이 전정의 시체를 말에 싣고 오니, 경영이 이를 악물고 패도(佩刀)를 뽑아서 그 목을 쳐버리고 시체를 산산조각으로 찢어 버렸다. 이때 오리의 아내 예씨(倪氏)도 이미 죽은 뒤였다. 경영은 섭청의 부인 안씨(安氏)를 찾아낸 뒤 노준의와 작별하고, 장청과 함께 양원으로 전호 일당을 송선봉에게로 호송하고 갔다.

노준의가 군무를 처리하고 있을 때, 난데없이 급보가 날아들었다. 북군의 장령 방학도(房學度)가 색초와 탕륭을 유사현에서 포위해 버렸다는 것이었다. 노준의는 즉각에 관승·진명·뇌횡·진달·양춘·양림·주통 등에게 명령하여 군사를 거느리고 색초를 구원하러 떠나 보냈다.

이튿날, 송강은 이천석 일당을 동제산에서 격파하고 즉각에 부하를 진안무사에게 파견하여 첩보를 전달시켰다.

"적군의 본거지는 모조리 함락되었고, 적군의 괴수도 이미 납치했습니다. 안무사께서는 위승주의 성 안으로 옮아 오시어 군무를 처리해 주시기 바랍니다."

이리하여 송강은 대군을 거느리고 위승성 밖에 도착하여 노준의 일행의 영접을 받으며 입성했다. 송강은 우선 방문을 써붙여서 민심을 안정시켰다. 노준의는 사로잡은 변상을 끌어냈다. 송강은 늠름하게 생긴 변상의 모습을 보자, 친히 결박을 풀어 주고 정중하게 대접했다. 변상은 송강의 태도에 감격하여 그 자리에서 귀순했다.

그 이튿날, 장청과 경영, 섭청이 전호와 두 전표를 함거(檻車)에 처박아 가지고 압송해 왔다. 경영은 장청과 함께 나란히 서서 송강에게 숙부(叔父)로서의 인사를 하고, 그 자리에서 앞서 왕영 등에게 대항했던 죄를 사과했다.

송강은 전호 일당을 감금해 두었다가 전군이 개선하여 동경으로 돌아갈 때 함께 호송해 가기로 하고, 즉시 주연을 베풀어 경영과 장청을 위해서 축배를 높이 들었다.

그날, 위승의 속현인 무향의 수성장 방순 일행이 군민의 호적부와 창고의 전량을 바치러 왔다. 송강은 일행을 위로해 주고, 방순 일행더러 처음과 같이 돌아가서 성을 잘 지키고 있으라고 명령했다.

송강은 그대로 위승성 안에서 이틀을 묵었다. 탐마(探馬)가 달려들며 급보를 전했다.

"유사현으로 구원차 떠나간 관승 일행은 색초·탕륭과 협력하여 내외 협공의 작전으로 북장 방학도를 거꾸러뜨렸습니다. 북군의 사망자는 5척여 명이나 되고, 나머지 병사들은 모조리 투항했습니다."

송강은 크게 기뻐하며 여러 장수들에게 말하였다.

"모든 것이 여러분의 덕택으로 역적을 평정하는 데 성공하게 된 것이오!"

그 자리에서 여러 장수들의 공적과, 적군의 괴수를 붙잡고 적군의 본거지를 격파한 장청·경영의 큰 공로를 기록해 두었다.

3,4일 지난 뒤에 관승의 군사가 도착했고, 잇따라 진안무사의 군사도 도착한다는 통지가 왔다. 송강은 여러 장령들을 거느리고 성 밖에까지 나가서 그를 영접했다. 진안무사는 송강에 대해서 격찬의 말을 아끼지 않았고, 그 위대한 공로를 높이 평가해 주었다.

이튿날, 경영은 태원에 있는 석실산에 가서 자기 모친의 유골을 찾아서 매장하고 싶다고 했다.

송강은 그 뜻을 가상히 생각하여 쾌히 승낙하고, 장청과 섭청을 딸려서 함께 떠나도록 했다.

송강은 진안무사의 승낙을 받고, 전호의 궁전과 원우(院宇) 주헌취옥(朱軒翠玉) 들을 모조리 불태워 버렸다.

역시, 진안무사와 상의한 결과, 창고 속에 있는 물건을 깡그리 털어서 전란 때문에 고생한 각지의 주민들을 구제해 주었고, 숙태위에게 올릴 공문을 작성하고, 조정에 바칠 상주문도 작성해 가지고 대종을 사신으로 뽑아서 그날로 떠나 보냈다.

대종은 상주문과 공문을 받게 되자, 신행술을 최고도로 발휘하여 먼저 진안무가 조정으로 떠나 보낸 사신의 뒤를 쫓아가서 그와 함께 동경으로 올라갔다.

그는 우선 숙태위의 부전에 도착하여, 예전과 같이 양우후를 찾아서 공문을 전달케 했다.

숙태위는 크게 기뻐하며, 이튿날 조견의 자리에서 진안무사의 상주문과 함께 송강의 위대한 공로를 계주했다.

도군황제의 용안에는 한없이 기쁜 빛이 감돌았고, 송강 일행이 뒷수습을 다 마치고 신임해 간 관원들과 교체한 다음 개선장군이 되어서 서울로 올라올 때에는 관작을 수여하겠다는 성지를 내렸다.

대종은 그 소식을 듣자, 기쁨에 넘쳐서 즉시 숙태위와 작별하고 동경을 떠나, 이튿날 오후에는 벌써 위승성 안에 도착, 황제의 성지를 송강과 진안무사에게 보고했다.

안무사 진관과 송강은 산 채로 잡은 적군의 장령 중에서 전호·전표(田豹)·전표(田彪) 세 사람만 따로 동경으로 호송해 가기로 하고, 나머지는 모조리 사형장에서 목을 베어 버렸다.

아직도 함락되지 않은 지방인 진녕 관하의 포해(蒲解) 같은 주나 현에서는, 적군의 편에 서 있던 악질 관원들도 전호가 이미 납치된 것을 알자, 어떤 놈은 도망치고 어떤 놈은 자수해 왔다.

진안무사는 자수해 온 자는 모조리 용서해 주어서 선량한 백성이 되라 권하고, 각지에 방문을 내붙여서 민심을 안정시키기에 노력했다. 그밖에도 적군과 행동을 같이한 자라 할지라도 사람을 상하지 않은 자는 자수하고 투항케 해서, 선량한 백성이 되어서 농사와 장사에 전념하도록 했다.

또 각처의 주와 현으로 관군의 수비대를 파견하여 그 고장을 지키고 민심을 안정시키도록 했다.

이미 조칙을 내린 도군황제는, 그것을 사신에게 맡겨서 하북 땅으로 파견하여 안무사 진관에게 전달시키게 했다. 그리고 그 이튿날, 황제는 병법을 강의하는 무학(武學)이란 묘(廟)에 나아갔다.

문무백관이 모여 있는 자리에서 채경이 전쟁에 관한 이야기를 하고 여러 사람들은 열심히 듣고 있는데, 어떤 관원 한 사람만 고개를 쳐들고 천장 한구석을 물끄러미 쳐다보며 전혀 아랑곳 없다는 표정을 짓고 있었다. 채경은 격분을 참지 못하고 성급하게 그 사람을 불러서 성명을 물었다. 도대체 채경이 성명을 물어 본 그 관원은 누구였을까?

옮긴이 약력

중국 남양대학에서 수업
경향신문 문화부장 및 편집부국장 역임.

저서
단편집 : ≪결혼패전≫ ≪날아다니는 코끼리≫ ≪인형의 도시≫ 등 다수
단편소설 : ≪태양은 누구를 위하여≫

역서 : ≪삼국지(전6권)≫ 서문문고 55~60

수호지(5)　〈서문문고 079〉

초판 발행 / 1973년 4월 20일
개정판 인쇄 / 2002년 9월 20일
개정판 발행 / 2002년 9월 25일
옮긴이 / 김 광 주
펴낸이 / 최 석 로
펴낸곳 / 서 문 당
주소 / 서울시 마포구 성산동 54-18호
전화 / 322—4916~8　팩스 / 322—9154
창업일자 / 1968. 12. 24
등록일자 / 2001. 1. 10
등록번호 / 제10-2093
SeoMoonDang Publishing Co. 2001

ISBN 89-7243-279-2　　※ 잘못된 책은 바꾸어 드립니다

서문문고 목록

001~303
◆ 번호 1의 단위는 국학
◆ 번호 홀수는 명저
◆ 번호 짝수는 문학

156 임어당 에세이선 / 임어당
157 신정치행태론 / D.E.버틀러
158 영국사 (상) / 모로아
159 영국사 (중) / 모로아
160 영국사 (하) / 모로아
161 한국의 괴기담 / 박용구
162 욘손 단편 선집 / 욘손
163 권력론 / 러셀
164 군도 / 실러
165 신역 주역 / 이기석
166 한국 한문소설선 / 이민수 역주
167 동의수세보원 / 이제마
168 좁은 문 / A. 지드
169 미국의 도전 (상) / 시라이버
170 미국의 도전 (하) / 시라이버
171 한국의 지혜 / 김덕형
172 감정의 혼란 / 쯔바이크
173 동학 백년사 / B. 웜스
174 성 도밍고성의 약혼 /클라이스트
175 신역 시경 (상) / 신석초
176 신역 시경 (하) / 신석초
177 베를레르 시집 / 베를레르
178 미시시피씨의 결혼 / 뒤렌마트
179 인간이란 무엇인가 / 프랭클
180 구운몽 / 김만중
181 한국 고시조사 / 박을수
182 어른을 위한 동화집 / 김요섭
183 한국 위기(圍棋)사 / 김용국
184 숲속의 오솔길 / A.시티프터
185 미학사 / 에밀 우티쯔
186 한중록 / 혜경궁 홍씨
187 이백 시선집 / 신석초
188 민중들 반란을 연습하다
　　 / 귄터 그라스
189 축혼가 (상) / 샤르돈느
190 축혼가 (하) / 샤르돈느
191 한국독립운동지혈사(상)
　　 / 박은식
192 한국독립운동지혈사(하)
　　 / 박은식
193 항일 민족시집/안중근외 50인
194 대한민국 임시정부사 /이강훈

195 항일운동가의 일기/장지연 외
196 독립운동가 30인전 / 이민수
197 무장 독립 운동사 / 이강훈
198 일제하의 명논설집/안창호 외
199 항일선언·창의문집 / 김구 외
200 한말 우국 명상소문집/최창규
201 한국 개항사 / 김용욱
202 전원 교향악 외 / A. 지드
203 직업으로서의 학문 외 / M. 베버
204 나도향 단편선 / 나빈
205 윤봉길 전 / 이민수
206 다니엘라 (외) / L. 린저
207 이성과 실존 / 야스퍼스
208 노인과 바다 / E. 헤밍웨이
209 골짜기의 백합 (상) / 발자크
210 골짜기의 백합 (하) / 발자크
211 한국 민속약 / 이선우
212 젊은 베르테르의 슬픔 / 괴테
213 한문 해석 입문 / 김종권
214 상록수 / 심훈
215 채근담 강의 / 홍응명
216 하디 단편선집 / T. 하디
217 이상 시전집 / 김해경
218 고요한물방아간이야기
　　 / H. 주더만
219 제주도 신화 / 현용준
220 제주도 전설 / 현용준
221 한국 현대시의 이해 / 이현회
222 부와 빈 / E. 헤밍웨이
223 막스 베버 / 황산덕
224 적도 / 현진건
225 민족주의와 국제체제 / 힌슬리
226 이상 단편집 / 김해경
227 삼략신강 / 강무학 역주
228 굿바이 미스터 칩스 (외) / 힐튼
229 도연명 시전집 (상) /우현민 역주
230 도연명 시전집 (하) /우현민 역주
231 한국 현대 문학사 (상)
　　 / 전규태
232 한국 현대 문학사 (하)
　　 / 전규태
233 말테의 수기 / R.H. 릴케